BARBARA ERLENKAMP

Weihnachten im kleinen Café an der Mühle

Weitere Titel der Autorin:

Das kleine Café an der Mühle
Winterzauber im kleinen Café an der Mühle
Frühlingsglück im kleinen Café an der Mühle
Glückssterne über dem kleinen Café an der Mühle
Sommerzauber auf der kleinen Insel
Der Sommer hat doch Meer zu bieten
Strandkorbsommer

Über die Autorin

Andreas J. Schulte ist freier Journalist und Autor. Christine Schulte hat bereits in ihrer Schulzeit zusammen mit einer Freundin ihren ersten Roman verfasst und arbeitet heute als technische Redakteurin. Das Ehepaar lebt mit seinen beiden Söhnen seit 25 Jahren in einer alten Scheune zwischen Andernach und Maria Laach. Unter dem Pseudonym Barbara Erlenkamp schreiben sie zusammen moderne, humorvolle Frauen- und Unterhaltungsromane. 2018 ist ihr erster Bestseller-Roman »Das kleine Café an der Mühle« erschienen.

Barbara Erlenkamp

Weihnachten im kleinen Café an der Mühle

lübbe

Dieser Titel ist auch als E-Book erschienen

Die Bastei Lübbe AG verfolgt eine nachhaltige Buchproduktion. Wir verwenden Papiere aus nachhaltiger Forstwirtschaft und verzichten darauf, Bücher einzeln in Folie zu verpacken. Wir stellen unsere Bücher in Deutschland und Europa (EU) her und arbeiten mit den Druckereien kontinuierlich an einer positiven Ökobilanz.

FSC
www.fsc.org
MIX
Papier aus verantwortungsvollen Quellen
FSC® C014496

Vollständige Taschenbuchausgabe
der bei Bastei Lübbe erschienenen E-Book-Ausgabe

Covergestaltung: Maria Seidel, atelier-seidel.de unter Verwendung von Motiven © iStockphoto.com: wesleysilvayaya | Eric Milos | almoond | Svetlana Borokova
Satz: 3w+p GmbH, Rimpar (www.3wplusp.de)
Gesetzt aus der Minion
Druck und Verarbeitung: GGP Media GmbH, Pößneck
Printed in Germany
ISBN 978-3-404-18863-5

5 4 3 2 1

Sie finden uns im Internet unter luebbe.de
Bitte beachten Sie auch: lesejury.de

Für alle, mit denen wir sieben Jahre lang durch die Wochen getanzt sind, bis wir es konnten …
Und ganz besonders für Sibylle.

Man muss das Leben tanzen.

Friedrich Nietzsche

Vorwort: Willkommen in Wümmerscheid-Sollensbach

Wo ist Wümmerscheid-Sollensbach? Das sind wir schon oft gefragt worden. Die Antwort ist: Der kleine Ort liegt irgendwo oberhalb von Cochem, zwischen Mosel und Eifel. Genauer können wir es leider nicht sagen, denn dieses Doppeldorf mit seinen charmanten Bewohnern ist frei erfunden.

Es ist ohne weiteres möglich, den fünften Band *Weihnachten im kleinen Café an der Mühle* zu lesen, ohne die Vorgeschichte zu kennen. Allen, die es etwas genauer wissen wollen, stellen wir hier die wichtigsten Personen kurz vor.

Sophie von Metten hat das kleine Café an der Mühle von ihrer **Tante Dotti** geerbt und betreibt es jetzt mit riesigem Erfolg als *Tante Dottis Bistro*. Mit ihrer freundlichen, zupackenden Art und vielen kreativen Einfällen hat sie die Herzen der Dorfbewohner erobert und ist aus ihrer Mitte längst nicht mehr wegzudenken. Vor fast drei Jahren haben sie und **Peter** geheiratet. Ihre Tochter **Lisa** ist etwas über zwei Jahre alt.

Peter von Metten ist Sophies Ehemann. Hand in Hand mit seinem Beruf als Marketingfachmann geht seine Vorliebe dafür, sich kreative Überraschungen für andere auszudenken – nicht immer mit dem erwarteten Ergebnis. **Herrn**

Württemberg, den süßen, braun gelockten Labradoodle, hat er mit in die Ehe gebracht.

Rita, fröhliche Society-Lady, **Heidi,** früher eine berühmte Sterneköchin, und **Karin**, eine ruhige, herzliche Bankerin, treffen sich regelmäßig zur Pokerrunde in *Tante Dottis Bistro*. Alle drei sind um die sechzig und waren mit Dotti eng befreundet. Nach Dottis Tod sind sie für Sophie wie eine zweite Familie geworden.

Henry, Trödelhändler und Lebenskünstler, ist immer da, wenn jemand auf der Suche nach besonderen Möbelstücken und Dekorationen ist. Woher er kommt und wie es um sein Privatleben bestellt ist, weiß in Wümmerscheid-Sollensbach niemand so genau.

Leonie ist Heidis erwachsene Tochter. Sie hat lange in Frankreich gelebt, bis sie vor einigen Jahren mit ihrer kleinen Tochter **Marie** nach Wümmerscheid-Sollensbach gezogen ist. Leonie und Sophie sind längst beste Freundinnen geworden.

Tante Dottis Bistro wäre nicht dasselbe ohne Sophies treue Mitarbeiter. **Igor** ist der schweigsame, aber liebenswerte Chefkoch. Unterstützt wird er von **Melanie**, der Jungköchin. Im Service hat sich **Sarah** als ein wahrer Glückstreffer erwiesen. Dann sind da noch die charmanten, wenn auch manchmal etwas schrulligen Dorfbewohner von Wümmerscheid und Sollensbach. Immer wieder begegnen wir Tischlermeister **Hermann Weibold** mit seiner Frau **Else** und dem Metzger-Ehepaar **Hetti und Johannes Braubart.** Und natürlich all den anderen, die dieses Doppeldorf so liebenswert machen.

Prolog

Der Pianist spielte leichte Jazzvariationen bekannter amerikanischer Weihnachtslieder. Die Töne perlten durch den hohen Spiegelsaal des barocken Lustschlösschens. Das letzte Abendlicht tauchte den Raum in einen wunderbaren goldenen Schein.

Peter führte Sophie zurück an den kleinen runden Tisch, wo die beiden und ihre Freunde Leonie und Jan die Getränke stehen hatten.

Die vier waren zum Tanztee ins barocke Lustschlösschen gefahren, das auf dem Gelände der alten Abtei Brennerbach stand. Lisa, die zweijährige Tochter von Sophie und Peter, war in guten Händen bei ihrer Babysitterin.

»Das ist genau richtig«, sagte Sophie und ließ sich mit einem Aufatmen auf ihren Stuhl sinken. »Eine Pause kann ich jetzt gut gebrauchen. Und die Musik … hört mal … jetzt spielt er *Rudolph, The Red-Nosed Reindeer.* Nicht zu feierlich für den November, aber doch schon ein bisschen wie Weihnachten. Ich mag das.«

»Ja«, pflichtete Leonie ihr bei, »die Vorweihnachtszeit ist so kurz, da kann es nicht schaden, schon ein bisschen früher mit der Vorfreude anzufangen. Wie schön sie den Spiegelsaal dekoriert haben.«

Sophie nickte zustimmend und ließ ihren Blick durch den Saal wandern. Die uralten Kronleuchter funkelten. Ihr Licht spiegelte sich in dem polierten Parkettboden. Die goldgerahmten Spiegel auf der einen Seite des großen Raumes hatte man mit Tannengirlanden geschmückt. Auf der anderen Seite hing mitten in jedem der bodentiefen Fenster ein zarter durchsichtiger Stern aus Glas, während an der Oberkante dicht an dicht in einer Reihe mundgeblasene Glasornamente hingen, die an Eiszapfen erinnerten. Mit einer Hand griff Sophie nach Peters Arm und wies mit der anderen nach oben zu den Fenstern, um ihm zu zeigen, wie schön das Licht in den Eiszapfen glitzerte.

Ein plötzlicher Wechsel in der Musik riss sie aus ihren Betrachtungen.

»Und nun, liebe Tänzerinnen und Tänzer, starten wir in den zweiten Teil unseres Tanztees heute im Spiegelsaal des Lustschlösschens …« Ohne auf die Tasten zu schauen, spielte der Pianist ein verträumtes Musikstück und sprach währenddessen in das Mikrofon, das auf einem Ständer neben dem Flügel aufgebaut war.

»Oh, das kenne ich«, sagte Sophie mit einem Lächeln. »Das ist die Filmmusik zu *Drei Haselnüsse für Aschenbrödel.* Den Film habe ich schon als Kind jedes Jahr zu Weihnachten zusammen mit meinen Eltern angesehen …«, ihre Augen verdunkelten sich ein wenig, bevor sie mit einem Seufzen hinzusetzte: »… als sie noch gelebt haben.«

Seit Sophies Eltern vor mehr als zehn Jahren bei einem Autounfall gestorben waren, während sie noch mitten im Studium gesteckt hatte, gab es immer wieder solche Momente – Augenblicke voller Wehmut, Augenblicke, in denen sie sich schmerzlich nach den beiden sehnte. Peter legte ihr einen Arm um die Schultern und drückte sie sanft an sich. Er wusste genau, woran sie gerade dachte. Sophie ließ den rechten

Arm sinken, mit dem sie gerade noch auf die gläsernen Eiszapfen auf der Fensterseite gezeigt hatte.

»Wunderbar, wir haben zwei Freiwillige gefunden.« Der Pianist hatte sich von seiner Klavierbank erhoben und wies in einer großen Geste in Richtung des Tisches, an dem Sophie und Peter saßen. »Bitte einen Applaus für die beiden, die jetzt den zweiten Teil des Nachmittags mit einem Wiener Walzer eröffnen werden. Bitte sehr, das ist eure Ehrenrunde.« Er setzte sich wieder auf die Klavierbank und stimmte noch einmal die ersten Takte des Walzers aus *Drei Haselnüsse für Aschenbrödel* an.

Verwirrt schaute Sophie Peter an, er blickte zu ihr zurück. Leonie war es, die Sophie antippte und die beiden damit aus ihrer Erstarrung löste. »Los, ihr zwei, Sophie hat doch gerade die Hand gehoben, als der Moderator gefragt hat, wer mit einer Ehrenrunde beim Wiener Walzer den Anfang machen möchte.«

Den Mund zu einem leichten staunenden »O« geöffnet, saß Sophie da, während die Einleitungstakte weiter erklangen. Ausgerechnet ein Wiener Walzer! Würden sie den hinbekommen? Gleichzeitig stiegen vor ihrem inneren Auge wunderbare Bilder von der Ballkönigin auf, die in einem weißen, goldverzierten Kleid in den Armen ihres Prinzen im Dreivierteltakt durch den Saal schwebte und anmutig ihre Kreise drehte.

Sie erhob sich von ihrem Stuhl, und Peter blieb nichts anderes übrig, als ihr zögernd auf die Tanzfläche zu folgen. »Aber ich kann nicht …« Sein leiser Protest blieb ungehört. Erwartungsvoll blieb Sophie stehen, die Arme schon in Tanzhaltung. Gut zwanzig Paare applaudierten wohlwollend, während Peter und Sophie die erste halbe Runde tanzten.

Die Ballkönigin und der Prinz, die anmutig durch den Saal schwebten … von dieser Vorstellung musste sich Sophie schon nach wenigen Sekunden verabschieden. Es fiel Peter nach jeder Drehung offenbar schwerer, den Takt zu halten, und dann …

»Aua! Mensch, Peter, du führst so sch…« Sophie blieb mitten in der Drehung stehen und rieb sich mit schmerzerfülltem Blick den Fuß. Der letzte Tanzschritt ihres Gatten hatte sie mit Schwung und Elan getroffen, genau auf den Fußrücken, da, wo es am meisten wehtat.

Leider hatte sich Sophie für ihren Kommentar ausgerechnet die kurze Pause ausgesucht, als die Musik für einen effektvollen Moment leiser wurde, bevor das Hauptthema wieder einsetzen würde. Interessierte Blicke richteten sich wie auf Kommando von allen Seiten auf Sophie und Peter. Etliche Gesichter verzogen sich zu einem spöttischen Grinsen.

»Äh, du führst so schrecklich«, setzte sie etwas lahm hinterher. Sophie wurde rot vor Verlegenheit. Nur für Peter hörbar flüsterte sie: »Sorry, Peter, aber das hat echt wehgetan.«

»Es tut mir leid, ich … ich habe einfach nicht aufgepasst«, flüsterte Peter zurück. Zum Glück setzte der Pianist mit einem neuen Stück ein, er hatte die Situation mit einem Blick erfasst. Die Aufmerksamkeit der Paare konzentrierte sich wieder auf die Musik, und alle strömten auf die Tanzfläche. Peter führte währenddessen mit feuerrotem Kopf Sophie zurück zum Tisch, und ihm entgingen nicht die abfälligen und überheblichen Mienen einiger Paare, die an ihnen vorbeitanzten.

Insgeheim musste er zugeben, dass es mit seinen Tanzkünsten nicht weit her war. Seinen ersten und letzten Kurs hatte er mit siebzehn absolviert, und heute Nachmittag war er Sophie mehr als einmal sehr unsanft auf die Zehen getreten.

Ich werde das ändern, schwor er sich. Ganz gleich, was es kostet und wie lange es dauert, ich lerne richtig tanzen, und ich verrate es Sophie erst, wenn ich so weit bin. Sie wird staunen. Schon bei dem Gedanken an diese Überraschung breitete sich ein warmes Gefühl in seinem Bauch aus. Währenddessen erklangen die ersten Takte von *You Are So Beautiful* in der

Version von Joe Cocker. Für einen kurzen Moment dachte Peter nach. »Darauf könnten wir eine Rumba tanzen, dabei kann ja nicht viel schiefgehen. Komm, willst du es noch mal mit mir versuchen?« Er reichte Sophie, die sich gesetzt hatte, die Hand.

»Aber ich sitze doch erst seit einer Sekunde hier.«

»Frau von Metten, hier geht es um die Ehre Ihres Gatten«, erklärte Peter würdevoll.

Sophie kicherte. »Ja, wenn das so ist, Herr von Metten. Versöhnungs-Rumba, hat meine Tanzlehrerin immer gesagt. Ja, der Tanz ist so langsam, den kriegen wir hin. Wenigstens den Grundschritt.«

Lächelnd führte Peter sie zurück auf die Tanzfläche. Sie begannen zu tanzen. Diesmal achtete er höllisch darauf, wohin er trat. Sein Entschluss war gefasst: Ich werde richtig tanzen lernen.

Er spürte ihren Körper in seinen Armen, sah das verliebte Glitzern in ihren Augen und wünschte, dieser eine Tanz würde nicht enden.

Picknick mit Mischka

»Hast du alles, Lisa? Komm her und lass mich mal gucken.«

Eifrig nickte Lisa und begann langsam und sorgfältig die drei grauen Steinstufen hinunterzuklettern. Erst den einen Fuß, dann den anderen hinterhersetzen. Dann die nächste Stufe. Sophie wartete geduldig unten vor der Treppe. Neben ihr sprang der Familienhund Herr Württemberg hin und her, bis Sophie ihm energisch befahl, Platz zu machen. Mit ergebenem Blick ließ sich der braun gelockte Labradoodle zu Boden sinken, nur sein aufgeregt hin und her wedelnder Schwanz verriet, dass er darauf brannte loszulaufen. Nach einer gefühlten Ewigkeit war Lisa endlich unten angekommen. Für Sophie war es immer noch ein kleines Wunder, wie schnell ihre Tochter gewachsen war. Gerade eben war sie noch ein winziges Baby gewesen, und nun, wenige Monate nach ihrem zweiten Geburtstag, schon ein fertiger kleiner Mensch, der die Eingangstreppe ganz allein hinabsteigen konnte. Es war allerdings gut, dass sie sich dabei Zeit ließ. Sophie musste sich immer noch zwingen, nicht hinzulaufen und Lisa die Stufen hinunterzutragen. Zu groß war die Sorge, dass ihre Tochter stolpern und die Steinstufen hinunterkullern würde.

In der Nacht hatte es geschneit. Sophie hatte die Stufen schon frühmorgens freigekehrt und gestreut, und inzwischen war auch das letzte Restchen Feuchtigkeit in der Mittagssonne getrocknet. Der frisch gefallene Schnee würde jetzt, Mitte November, wohl nicht lange liegen bleiben, aber heute war der Anblick herrlich.

Leise schnaufend drehte sich Lisa um und legte den Teddybär, den sie bis jetzt im Arm gehalten hatte, auf die unterste Stufe. »So, Mischka.« Mischka hieß er, und er war wahrscheinlich das hässlichste Stofftier der Welt. Aber Lisa liebte ihn heiß und innig. Mischka war es, den sie überallhin mitschleppte und den sie jeden Abend beim Einschlafen fest im Arm hielt. Sophies beste Freundin Leonie hatte ihn gemeinsam mit ihrer Tochter selbst genäht. Dabei hatte die achtjährige Marie den Stoff aussuchen dürfen, daher war dieser Bär leuchtend gelb kariert. Die eine oder andere Naht war ein wenig krumm geraten – Leonie war keine Künstlerin an der Nähmaschine. Die gestickten Augen verliehen Mischka einen leicht schielenden Blick. Aber das alles schmälerte nicht Lisas Liebe zu diesem einzigartigen Teddy.

Ihren rosa Rucksack hatte Lisa auf dem Rücken getragen und setzte ihn nun ab. Auch das konnte sie schon allein, obwohl es ihr nicht leichtfiel, wenn sie die dicke Winterjacke und ihre Handschuhe trug. Sophie öffnete die Klappe des Rucksacks, lockerte die Schnur und kramte mit schnellen geübten Handgriffen durch den Inhalt. »Kakao«, murmelte sie. »Butterbrot. Kekse. Taschentücher. Alles klar, wir können gehen.« Sophie wollte den strahlend sonnigen Wintertag ausnutzen, um zusammen mit Lisa ein kleines Picknick zu machen. Bis zu der Holzbank an der nächsten Weggabelung würden sie laufen und sich dort in die Sonne setzen. Mit einem gut isolierten Sitzkissen ließ es sich dort auch bei kaltem Wetter aushalten, das hatten sie schon mehrmals ausprobiert. Sie nahm ihren eigenen Korb, setzte Lisa den Rucksack wieder auf und hielt ihr die Hand hin. »Komm.«

Doch anstatt wie sonst sofort nach Sophies Hand zu greifen, blieb Lisa wie angewurzelt stehen.

»Mama!«

»Ja? Was ist denn?«

»Papa soll auch mit. Bitte, Mama.«

»Nein, Häschen, das geht nicht. Du weißt doch, dass Papa noch arbeiten muss. Aber heute Abend, wenn ich ins Bistro muss, spielt er mit dir und bringt dich dann ins Bett.«

»Mhm.« Lisa nickte, als hätte Sophie gerade ein großes Rätsel gelöst. Ganze zwei Schritte ging Lisa mit Sophie, bevor sie wieder stehen blieb, ihre Hand aus Sophies löste und sich zum Haus umdrehte. Sie runzelte die Stirn und dachte angestrengt nach, das konnte man deutlich sehen. Sie suchte nach Worten, zeigte dann auf das Schild, das über dem anderen Hauseingang an zwei Metallhaltern hing. *Tante Dottis Bistro* stand darauf zu lesen.

»Mama, wie heißt?«

Ratlos schaute Sophie auf das fragende Gesicht ihrer kleinen Tochter herunter. Manchmal blieben Lisas Sätze für sie ein Rätsel. In den meisten Fällen verstand sie Lisa schon sehr gut, aber gelegentlich, so wie in diesem Moment, hatte sie keine Ahnung, was Lisa versuchte, ihr zu sagen. Die wurde schon ganz ungeduldig. »Mama! Dafé. Bisto. Wie heißt?«

Langsam dämmerte Sophie, worauf Lisa hinauswollte. Als sie damals das Haus von ihrer Tante Dotti geerbt hatte, war hier lediglich ein heruntergewirtschaftetes Café gewesen, das Mühlencafé. Sie hatte die Ärmel hochgekrempelt, alles auf Vordermann gebracht und unter dem Namen *Tante Dottis Bistro* wieder eröffnet. Obwohl das Bistro seit Jahren sehr erfolgreich lief, hatte sich der neue Name hier im Dorf nie so recht durchgesetzt. Viele der Einwohner von Wümmerscheid-Sollensbach sprachen nach wie vor vom Mühlencafé oder einfach von dem kleinen Café.

»Tja«, sagte sie, »es heißt Bistro. *Tante Dottis Bistro*. Jetzt komm aber.«

Dieses Mal gelangten sie fast bis zu dem Mauerdurchbruch und wollten gerade auf die Straße hinaustreten, als Lisa zum dritten Mal stehen blieb.

»Mischka!«

Natürlich, der lag ja noch auf der untersten Stufe vor der Haustür. »Lauf schnell zurück und hol ihn«, sagte Sophie. »Ich warte hier.«

Dicht gefolgt von Herrn Württemberg, der das alles für einen großen Spaß hielt, rannte Lisa los.

***

Vierhundert Meter waren ein langer Weg, wenn man ihn zu Fuß mit einem zweijährigen Kind zurücklegte. Es gab unterwegs genug zu sehen: einen Zaunpfahl aus Holz, auf dem sich der Schnee wie eine hohe Mütze aufgetürmt hatte, ein Rotkehlchen, das in einem Busch herumhüpfte und die letzten Beeren suchte. Dann war da noch der kleine Schneewall, den der Schneepflug am Straßenrand zusammengeschoben hatte und in den Lisa unbedingt hineinspringen musste. Endlich waren die beiden am Ziel. Sie schoben mit den behandschuhten Händen den Schnee beiseite und ließen sich auf der Bank nieder. Sophie fing an, zwischen sich und ihrer Tochter das Picknick aufzubauen. Für Sophie gab es einen großen Becher heißen Milchkaffee aus der Thermoskanne, für Lisa Kakao und ein Butterbrot. Danach wollten sie noch ein paar von den selbst gebackenen Mandelplätzchen naschen.

Der Schnee dämpfte alle Alltagsgeräusche, ganz still war es rundherum. Vor ihnen lagen die beiden Dörfer Wümmerscheid und Sollensbach. Über viele Jahre hinweg zerstritten, hatten sich die Dorfbewohner endlich zusammengerauft und begannen mehr und mehr an einem Strang zu ziehen. Sichtbares Zeichen dieses neuen Gemeinschaftsgefühls war der jetzt im vierten Jahr stattfindende gemeinsame Weihnachtsmarkt. Sophie freute sich schon auf die kleinen Holzhäuser, die offenen Feuerkörbe, auf den Duft von gerösteten Maronen, gebrannten Mandeln, Glühwein und Weihnachtsgebäck. Für Lisa würde dieses Weihnachtsfest sicher auch etwas Besonderes werden, denn die Kleine begann ihre Umgebung aufmerksam und bewusst wahrzunehmen. Sophie atmete tief durch, während Lisa andächtig ihren Kakao trank. Schön war es hier auf der Bank. Die Tannen, die ganz in der Nähe standen, hatten sich in perfekte kleine Weihnachtsbäume verwandelt. Sophie konnte sich gar nicht daran sattsehen. Zum ersten Mal in diesem Jahr spürte sie so etwas wie Vorfreude auf die bevorstehende Adventszeit. Von ihrem Sitzplatz aus konnten sie in einiger Entfernung den weiß verschneiten Kirchturm der St.-Antonius-Kirche sehen.

Während Sophie noch vorsichtig an ihrem heißen Kaffee nippte, war Lisa längst fertig und sprang schon wieder auf, dicht gefolgt von Herrn Württemberg. Auch in der Umgebung der Holzbank gab es genug zu entdecken. Ein Weilchen schaute sich Lisa das Holzkreuz an, das wohl schon seit Hunderten von Jahren diese Weggabelung kennzeichnete. Direkt daneben befand sich ein großes hölzernes Schild, das, wie Sophie wusste, erst seit drei Jahren dort stand.

»Mama, wie heißt?« Lisa wies mit der Hand, die in einem dicken blauen Fausthandschuh steckte, auf das Schild.

»Willkommen in Wümmerscheid-Sollensbach. Preisträger der Goldenen Weihnachtskerze«, las Sophie vor.

»Terze …« Lisa runzelte die Stirn. »Mama, noch mal. Wie heißt?«

»Wümmerscheid-Sollensbach«, wiederholte Sophie geduldig.

»So … bap … Mama, wie heißt?«

»Wümmerscheid-Sollensbach.« Na, das kann ja heiter

werden, dachte Sophie, warum wohnen wir nicht in einem Ort mit einem einfachen Namen, zum Beispiel Bonn? Sie beschloss, das Ganze in ein Frage-und-Antwort-Spiel umzuwandeln.

»Lisa, wo wohnen wir?«

Mit angestrengtem Gesicht versuchte Lisa noch mehrmals, den Ortsnamen auszusprechen, sie sah aus, als würde sie auf den einzelnen Silben herumkauen.

»Wie heißt unser Dorf?«, fragte Sophie schließlich.

Jetzt ging ein Strahlen über Lisas Gesicht, und sie antwortete: »Zu Hause!«

Sichtlich zufrieden mit ihrer Antwort widmete Lisa ihre ganze Aufmerksamkeit einem Stock, mit dem man auf den Schneehaufen neben dem Wegkreuz schlagen konnte. Sophie schloss kurz in der Wintersonne die Augen, sie wusste, dass der Labradoodle dicht bei Lisa bleiben würde, um auf sie achtzugeben.

»Guten Tag, Sophie, ist es nicht ein bisschen früh zum Schlafen, während die eigene Tochter neben einem Kreuz randaliert?«, ertönte genau in diesem Moment eine Stimme hinter ihr.

Sophie öffnete vorsichtig ein Auge. Einen Arm auf die Rückenlehne der Bank gelegt, drehte sie sich um. Erwin Körten-Buschmeier, im Grunde ihr nächster Nachbar, auch wenn er fast einen halben Kilometer weit vom Mühlenhof entfernt wohnte, umrundete die Bank und lüftete kurz seinen speckigen Cordhut. Träge verfolgte Sophie ihn mit den Augen, bis er vor ihr stand.

Aus dem grantigen, stets übel gelaunten Alten war mittlerweile ein sympathischer Nachbar geworden. Viele Jahre hatte er sich von den Dorfgemeinschaften verraten gefühlt, weil sein Haus wie auch der Mühlenhof sozusagen im Niemandsland zwischen Wümmerscheid und Sollensbach lag. Aber dann hatten die beiden Dörfer nicht nur Sophie, sondern eben auch Erwin in ihren Reihen willkommen geheißen, und damit hatte eine Wandlung bei Erwin begonnen, über die Sophie immer noch staunte.

»Onkel Win, guck, Schnee!« Lisa zupfte Erwin Körten-Buschmeier am Hosenbein.

Der Alte bückte sich, formte mit beiden Händen einen Schneeball und warf ihn gegen das geschnitzte Schild, wo der Schneeball mit einem dumpfen »Plopp« zerbarst.

Lisa lachte über das ganze Gesicht und klatschte in die Hände. »Noch mal«, forderte sie strahlend.

»Aber nur noch einen, kleine Maus, ich muss nämlich noch einkaufen gehen«, brummte der Alte und kam dann der Aufforderung nach. Wieder zerplatzte ein Schneeball an der Vorderseite des Holzschilds.

»Soso, meine Tochter randaliert am Kreuz, und mein Nachbar bewirft Gemeindeeigentum.« Sophie lächelte breit. Und Erwin fing schallend an zu lachen.

»Hat keiner gesehen außer uns dreien, und dass ihr schweigen könnt, weiß ich ja.« Erwin grinste.

Lisa, die bei ihnen stand, drehte plötzlich den Kopf in Richtung Dorf und lauschte. »Mama!« Eindringliches Flüstern: »Mama, hören. Lied.«

Ja, da war eindeutig Musik, und es war das alte Adventslied *Macht hoch die Tür*.

»Das sind die Sollensbacher Jagdbläser«, teilte Erwin bereitwillig mit, »sie üben vor der Kirche für den ersten Advent. So, jetzt muss ich aber wirklich. Wünsche dir noch einen schönen Tag, Sophie. Tschüs, kleine Maus.«

»Tschüs, Onkel Win.«

»Komm doch bald mal wieder auf Kaffee und Kuchen vorbei«, sagte Sophie.

»Da sag ich nicht Nein. Bis bald also.«

Erwin ging mit großen Schritten in Richtung Dorfplatz davon. Sophie schaute ihm lächelnd hinterher.

Danach saß sie noch ein Weilchen auf der Bank. Lisa war inzwischen auf ihren Schoß gekrabbelt, und Herr Württemberg hatte sich zu ihren Füßen zusammengerollt. Der glitzernde Schnee um sie herum und die Bläsermusik aus der Ferne verzauberten diesen Moment. Leise sang Sophie mit: »Macht hoch die Tür, die Tor macht weit.« Dann murmelte sie: »Ja, jetzt kann die Weihnachtszeit kommen.«

Pokerrunde

Kurz lächelte Heidi, nachdem sie die neu ausgegebenen Pokerkarten angesehen hatte. Nur für einen Sekundenbruchteil. Gleichzeitig zog sie die linke Augenbraue hoch, gefolgt von einem hörbaren Ausatmen.

Rita lehnte sich leicht auf ihrem Caféhausstuhl zurück und ließ sich nichts anmerken. Seit vielen Jahren schon trafen sich die drei Freundinnen Heidi Schwarzbeck, Rita von Fahrensbeck und Karin Mahler jeden Samstag in *Tante Dottis Bistro* zum Pokern. Was Ritas Freundinnen nicht ahnten: Sie hatte in dieser Zeit gelernt, in Karins und Heidis Bewegungen zu lesen wie in einem Buch. Anhand von winzigen kleinen Gesten und unbewussten Posen konnte Rita inzwischen mit sehr großer Sicherheit erkennen, ob Heidi und Karin ein gutes oder ein schlechtes Blatt hatten, wann sie nur blufften, wie sie weiterspielen würden. Was dazu führte, dass Rita meistens haushoch gewann.

Rita warf einen Blick in ihre eigenen Karten und dann wieder auf Heidi, die mit einem harmlosen, unverbindlichen Lächeln dasaß. Bluffte ihre Freundin? Wenn sie ein wirklich mieses Blatt hätte, würde sie nicht lächeln. Oder bedeutete das Lächeln, dass das Gegenteil der Fall war, und Heidis Karten waren in Wirklichkeit richtig schlecht? Sollte sie inzwischen gelernt haben, sich so zu verstellen? Nein, ausgeschlossen, dachte Rita. Sie hat gute Karten und ist sich sicher, dass sie gewinnt.

Eine Entscheidung musste her. Aus dem Augenwinkel schaute Rita auf Karins Hände. Karin trug ihre Fingernägel niemals lang und lackierte sie auch grundsätzlich nicht, aber ihre regelmäßige professionelle Maniküre versäumte sie nie. Und richtig, da war es. Kurz hob Karin die rechte Hand und berührte ihre perfekt gestylten silbergrauen Haare, dann den kleinen Perlenohrring. Wie, um sich zu vergewissern, dass die Welt noch in Ordnung war – abgesehen von ihrem wirklich miesen Blatt. »Ich bin raus«, sagte sie, genauso, wie Rita es erwartet hatte.

»Ich geh mit«, sagte Rita und schob einige ihrer Pokerchips in die Mitte des Tisches. Sie erlaubte sich einen kurzen Moment der Entspannung und nahm nun auch wieder den Rest ihrer Umgebung wahr. Regen schlug gegen die Fensterscheiben des Bistros, was die von kleinen Windlichtern beleuchteten Tische umso einladender wirken ließ. Aus der Küche war das gelegentliche Zischen der Espressomaschine zu hören, und immer wieder zog der Duft von frischem Kaffee durch den Raum. Im Hintergrund lief Musik, französische Chansons, die sich angenehm mit den leisen Gesprächen an den verschiedenen Tischen und dem dezenten Klappern von Kaffeegeschirr vermischten.

Wenig später legte Rita die gewonnenen Pokerchips auf ihren inzwischen zu beachtlicher Höhe angewachsenen Stapel. »Noch eine Runde? Wer will noch mal?«, fragte sie.

»Ohne mich«, stöhnte Heidi. »Du hast uns schon wieder bis aufs letzte Hemd ausgezogen. Wie machst du das bloß immer?«

»Ja«, pflichtete Karin ihr bei. »Rita, wie machst du das nur? Himmel, ich bin froh, dass wir immer nur um Plastikchips spielen. Sonst wäre mein Konto im Dauer-Minus.«

Rita erlaubte sich ein kleines, fröhliches Lachen, hütete sich aber, ihr Geheimnis zu erklären. Sie, die sonst ihr Herz auf der Zunge trug, hatte hart an ihren Poker-Kenntnissen gearbeitet. Und dabei war das Schwierigste tatsächlich gewesen, nicht so viel zu reden, wie es eigentlich ihrer Natur entsprach.

Zum Glück trat jetzt Sophie mit Lisa an den Tisch, sodass Rita weitere Fragen erspart blieben. In der einen Hand balancierte Sophie ein Tablett mit einem großen Milchkaffee für sich selbst sowie Kakao und Sandkuchen für ihre kleine Tochter, an der anderen Hand hing Lisa und schaute sich interessiert um.

»Ah, da ist ja unser kleines Patenkind. Komm her, Zuckerschnute, komm zu deiner Tante«, gurrte Rita.

Sophie ließ sich erleichtert auf einen Stuhl fallen. »Uff. Ich brauch mal eine kurze Pause. Was dagegen, wenn ich mich zu euch setze?« Sie rührte ihren Kaffee um, pustete auf den Milchschaum und nippte an dem heißen Getränk.

»Du und dein Milchkaffee«, sagte Karin freundlich. »Warum machst du dir überhaupt die Mühe, diesen Ort als Bistro zu tarnen?«

»Das«, sagte Sophie unerwartet heftig und stellte die Tasse auf dem Tisch ab, »das ist genau die Frage, die ich mir auch gerade stelle.«

»Was meinst du denn damit?«

»Gestern hat mir Lisa die Augen geöffnet. Nein, wirklich, schaut nicht so ungläubig. Wir standen draußen vor unserer Haustür, und sie hat mich gefragt, wie ›das hier heißt‹. So waren ihre Worte. Ist es ein Bistro, oder ist es ein Café?« Sophie rieb sich über die Stirn und schüttelte den Kopf. »Ich frage mich manchmal, ob es eine gute Idee war, das Mühlencafé einfach in *Tante Dottis Bistro* umzutaufen. Ja, sicher, wir machen beides. Mittags und abends die Bistrogerichte, am Nachmittag Kaffee und Kuchen. Aber vielleicht haben die Leute aus dem Dorf ja recht, wenn sie nie Bistro, sondern immer Café sagen.«

Jetzt hatte sie Lisas Aufmerksamkeit. Lisa blickte von ihrem Teller hoch und presste mit vollem Mund die Wörter »Dafé, Bisto« hervor, während Kuchenkrümel aus ihrem Mund sprühten.

»Lisa! Erst essen, dann darfst du reden«, ermahnte sie Sophie.

Lisa nickte gehorsam, kaute, schluckte und wiederholte noch einmal: »Dafé, Bisto!«

»Seht ihr?«, sagte Sophie. »So geht das schon seit gestern Nachmittag. Ich muss dauernd darüber nachdenken. Ich habe überlegt, ob ich hier vorne«, sie machte eine vage Handbewegung durch den Raum, »*Tante Dottis Bistro* lassen soll und den zweiten Gastraum neu gestalte und daraus ein separates Café mache. Ich könnte die Kuchentheke und eine Espressomaschine drüben aufbauen und hätte dann hier mehr Platz für die Mittagsgäste. Wäre das nicht schön? Was meint ihr?«

»Da hilft nur eins«, sagte Heidi energisch und sprang vom Tisch auf. »Wir müssen uns das Ganze ansehen.«

Inzwischen hatte Lisa ihren Kuchen aufgegessen und rutschte flink von Ritas Schoß herunter. Dass sie dabei eine Spur von Kakao und Kuchenkrümeln auf Ritas Rock hinterließ, schien diese nicht im Geringsten zu stören. »Mama, komm!«, rief sie ungeduldig und war schon halb auf dem Weg zur Tür. Sie hüpfte mit beiden Füßen voran und sang dabei vor sich hin: »Da – da – da – fé! Da – da – da – fé!«

»Sieht so aus, als würden wir jetzt zusammen rübergehen«, sagte Sophie lächelnd zu den anderen. »Kommt ihr auch mit?«

***

»O nein«, flüsterte Karin, »da sitzen ja noch Leute. Dann wird wohl nichts aus unserem Plan.« An einem der Tische saßen noch zwei Frauen mit dem Rücken zu ihnen. Die eine drehte sich sofort neugierig um und sagte: »Hallo, Sophie.«

»Ach, du bist es, Jennifer«, begrüßte Sophie ihre Freundin. »Und Susi ist auch da. Hallo, ihr zwei.« Hier im Ort kannte man sich. Zu den anderen sagte sie: »Kommt mit, wir setzen uns erst mal an den Tisch da drüben, da haben wir fast den ganzen Raum im Blick, und wir stören die anderen nicht beim Kaffeetrinken. Ich habe noch einen Schreibblock mitgebracht, da können wir direkt alles notieren, was uns einfällt.«

Heidi hatte in ihrem Berufsleben als Spitzenköchin schon zahllose Gasträume gesehen. Sie hatte keine Schwierigkeiten, die Raumgröße abzuschätzen, und fing sofort an zu skizzieren. »So, das ist der Grundriss.« Alle beugten sich interessiert über das Papier und schauten zu, wie Heidi nach und nach die vorhandene Einrichtung und die fest stehenden Gebäudeteile einzeichnete. »Hier ist der vordere Eingang, weiter hinten das große Doppeltor. Da an der Stirnseite ist der große Kaminofen …« Sie zeichnete ein Viereck mit einem kleinen Holzfeuer. »Du würdest natürlich zusätzliche Tische brauchen. Mal sehen, wo passt denn hier noch etwas hin?«

»Über was für Tische reden wir?«, fragte Sophie. »Wie groß müssten die sein?«

Hier war Heidi ganz in ihrem Element. »Quadratisch, auf jeden Fall. In einem Café reichen achtzig mal achtzig Zentimeter für vier Personen.«

»O ja«, unterbrach Sophie sie begeistert, »man könnte aber auch zwei oder drei Tische zusammenschieben. Aber wohin damit?«

»Wir haben noch die ungenutzte Fläche da drüben, die ehemaligen Pferdeboxen. Zwei auf jeder Seite, dazwischen ein Gang«, sagte Heidi und tippte auf den skizzierten Plan. »Das ist schon nicht schlecht, eine durchschnittliche Box hat etwa zehn bis zwölf Quadratmeter …«

»Und wie schön, dass die alten eisernen Stallfenster auch noch da sind«, ergänzte Rita. »Da ist Tageslicht, und die kleinen Scheiben sehen richtig gut aus. Sag mal, Sophie, warum hast du die Trennwände nicht schon längst rausgerissen? Du würdest so viel Platz gewinnen.«

»Weil ich den Platz bis jetzt nicht gebraucht habe, deshalb. Als wir den Raum damals hergerichtet haben, musste es schnell gehen, und wir haben nur eine einfache Bretterwand vor die Boxen gesetzt. Die kann man leicht wieder entfernen. Und du hast recht, Rita, die Trennwände brauchen wir auch nicht mehr, die können weg.«

»Ich habe eine bessere Idee.« Jennifer trat zu ihnen an den Tisch. »Entschuldigung, dass ich zugehört habe, ich wollte nicht neugierig sein, aber ihr habt so laut gesprochen …«

Sophie lachte. »Wir müssen uns entschuldigen, dass wir dich und Susi stören. Aber verrate uns doch, was deine Idee ist.«

»Warum lässt du die Boxen nicht, wie sie sind? Das ist doch supergemütlich, jeder Tisch hätte seinen eigenen Bereich. Die Trennwände sind nur – wie hoch? Ungefähr eins fünfzig? Da fühlt man sich nicht eingesperrt und ist trotzdem für sich. Ich würde mich sofort da hinsetzen.« Jennifer zog sich mit diesen Worten wieder zurück an ihren eigenen Tisch.

Heidi gab zu bedenken: »Gemütlich wäre das schon, aber es ist schwierig beim Bedienen, weil keine freie Fläche rund um den Tisch ist. Du würdest viel Grundfläche verlieren, und du bist nicht so flexibel beim Anordnen der Tische.«

»Aber das Ambiente«, warf Rita ein, »das wäre so urig, das ist doch mit Geld nicht zu bezahlen. Wir müssen eben irgendwie anders Platz schaffen.«

»Noch mehr Reserven habe ich nicht.«

Alle schwiegen. Heidi sprang auf und fing an, den Raum zu durchschreiten. »Ich nehme mal grob Maß, das kann man ja später noch genauer machen.« Langsam ging sie durch den

Raum und zählte die Schritte. Es dauerte nicht lange, bis Lisa es ihr nachtat und ebenfalls kreuz und quer durch den Raum ging und dabei vor sich hin brabbelte.

»Nein, nicht!« Sophie sprang auf, eilte quer durch den Raum und sammelte die zappelnde Lisa gerade noch rechtzeitig von der zweiten Sprosse der Holzstiege neben den Pferdeboxen ein, bevor sie weiter hochklettern konnte. »Lisa, guck mal, das ist hoch.« Sie zeigte nach oben. »Das ist der Heuboden, du könntest herunterfallen. Du darfst nicht da rauf, es ist gefährlich. Das ist sehr hoch ...« Plötzlich stockte Sophie. »Es ist sehr hoch«, wiederholte sie. »Sehr hoch. Der Heuboden ist genau über den Boxen. Der ist genauso groß wie die vier Pferdeboxen mit dem Gang. Mädels, ich hab's!«, rief sie triumphierend. »Kommt mal rüber und seht euch das an.« Sie zeigte auf den Heuboden. »Wir machen oben eine offene Galerie mit einem Geländer. Da passen locker noch mal drei oder vier Tische hin, selbst wenn man die Dachschrägen berücksichtigt. Dann ist es zwar immer noch kein besonders großes Café, dafür aber sehr gemütlich.«

»Und wie wirst du das Café nennen? Mühlencafé, so wie es früher bei Dotti hieß?«

Alle schwiegen.

»Wisst ihr, wie es alle in Wümmerscheid-Sollensbach nennen?«, fragte Rita. »Sie sagen niemals *Tante Dottis Bistro.* Sie sagen nicht Mühlencafé. Sie sagen alle ...«

»*Das kleine Café an der Mühle!*«, riefen die Freundinnen wie aus einem Mund.

»Ich würde sagen«, verkündete Rita feierlich, »wir haben uns einen winzig kleinen Schluck Prosecco verdient.«

Englisch wird überbewertet

Aufatmend schloss Karl-Friedrich Serghein die Tür seines Arbeitszimmers hinter sich. Er liebte seine Familie, wirklich, das tat er. Aber manchmal, wenn sich sonntags das Wohnzimmer mit der gesamten buckligen Verwandtschaft füllte (so nannte er sie heimlich), dann gab es Momente, in denen er sehr froh war, sich für ein Stündchen zurückzuziehen. Selbst durch die geschlossene Tür konnte er noch das Geschnatter der vier Cousinen seiner Frau hören, die sich heute zu Kaffee und Kuchen eingefunden hatten. Wie gut, dass er sein Arbeitszimmer hatte, und wie gut, dass er jetzt in aller Ruhe an seinem Computer ein paar wichtige Mails beantworten konnte. Das war noch nicht mal gelogen. Sein Postfach quoll über, und er musste dringend daran arbeiten. Unglaublich, wie viele Nachrichten er als Ortsvorsteher von Wümmerscheid-Sollensbach erhielt.

Er startete den Computer und begann den Posteingang zu überfliegen. Die Pfadfinder wollten ein Zeltlager auf der Gemeindewiese veranstalten. Erwin Körten-Buschmeier teilte ihm in deutlichen Worten mit, was er von dem neuen Müllabfuhrkalender hielt. Sein Amtskollege Armin Overhofen-Dümpels hatte ihm wieder einmal eine englische Mail weitergeleitet. Die kosteten ihn immer besonders viel Zeit, dabei war die Sprache eigentlich nicht besonders schwierig. Mit Schaudern dachte er an den Unterricht in Altgriechisch früher in der Schule. Der hatte ihn an seine Grenzen gebracht. Wie viel leichter war dagegen Englisch. Er holte sein altes Wörterbuch aus dem Regal und machte sich an die Arbeit, Wort für Wort. »*Invite* heißt einladen«, murmelte er, »*brief* brauch ich nicht nachzuschlagen, das ist natürlich ein Brief, und …« Fast eine Stunde später hatte er sich auf diese Art ein grobes Bild davon verschafft, worum es in der Mail ging. Jetzt musste er noch eine passende Antwort schreiben.

»Karl-Friedrich!« Das war die Stimme seiner Frau, die von unten aus dem Flur schallte. »Kaaarl-Friiiiedrich! Kommst du? Du hast doch versprochen, dass du Lilli zum Bahnhof bringst.«

Karl-Friedrich Serghein fuhr sich mit der Hand über das Gesicht. Auch das noch. Das hatte er vollkommen vergessen. »Noch fünf Minuten, Liebes!«, brüllte er durch die geschlossene Tür. Wenigstens diese eine Mail wollte er heute noch erledigen. Es musste doch eine schnellere Möglichkeit geben, mit dem alten gedruckten Wörterbuch dauerte es einfach zu lange. Er öffnete ein neues Fenster und tippte seinen Suchbegriff ein: Englisch übersetzen. Zufrieden schaute er auf die Suchergebnisse und grinste. Warum war er nicht schon früher darauf gekommen? Er öffnete eine Seite, schrieb einen kurzen Text auf Deutsch, drückte auf *Englisch* und erhielt in einem anderen Fenster einen englischen Text, fix und fertig. Tadellos, dachte er, kopierte den Text in sein E-Mail-Programm und drückte auf *Senden.*

Henrys wunderbare Welt des Trödels

»Was wirst du heute Vormittag machen, Schatz?« Peter schaute Sophie beim Frühstücken erwartungsvoll an.

»Hinter dieser Frage steckt doch ein Hintergedanke, so etwas spürt eine Frau«, erwiderte Sophie lächelnd und griff, ohne lange nachzudenken, über den Tisch zu Lisa, die in ihrem Hochstuhl saß und gerade ihren Kakaobecher mit Deckel schwungvoll und viel zu nah am Rand der Tischplatte abgestellt hatte. Mit einer routinierten Bewegung schob Sophie den Becher zurück auf den Tisch.

»Na ja, ich habe heute doch meinen Homeoffice-Tag, und im Grunde könnte ich in der Mittagspause zum Biohof fahren, um die Bestellungen abzuholen. So hatten wir es ja auch abgesprochen …«

»Aber?«

»Aber ich habe die Möglichkeit, schon heute das neue Marketingkonzept per Videokonferenz vorzustellen. Das war eigentlich erst für morgen geplant, auf der anderen Seite hätte ich dann morgen weniger Hektik, da sind sowieso schon zwei Meetings am Vormittag. Der Knackpunkt ist, dass mein Kunde nur zwischen dreizehn und vierzehn Uhr Zeit hat. Das ist genau die Zeit, in der ich zum Biohof fahren wollte.«

»Und da hast du dir überlegt, wenn deine Frau doch sowieso ihren freien Vormittag hat, könnte sie auch gleich noch zum Biohof fahren und die Lebensmittel abholen – war das so in etwa dein Gedankengang? Und am besten leitet man das mit der harmlosen Frage ›Was wirst du heute Vormittag machen, Schatz‹ ein, dann ist das totaaal unauffällig.«

Peter grinste etwas betreten und versuchte sich an einem besonders treuherzigen Augenaufschlag. »So, wie du das sagst, klingt es, als wäre ich sehr berechnend.«

»Spar dir diesen treuen Dackelblick, den kriegt Herr Württemberg besser hin als du.«

Bei der Erwähnung seines Namens hob der braune Labradoodle, der vor dem Kaminofen lag, kurz den Kopf und stieß ein leises Winseln aus.

»Ich dachte, der treue Dackelblick wäre meine unwiderstehliche Geheimwaffe.« Peter zog eine Schnute. »Nichts ist mehr, wie es war. Was meinst du, Lisa, kann dein Papa treu gucken?« Peter beugte sich zu seiner Tochter herüber und schaute sie an, was ein vergnügtes Quietschen zum Ergebnis hatte, denn Lisa spürte, dass ihre Eltern gut gelaunt waren.

»Deine Tochter wird schon früh genug ihren Vater durchschauen, mein Lieber. Pass besser auf, dass du später nicht ihrem Dackelblick erliegst. Aber ich kann dich beruhigen. Präsentiere du ruhig dein Marketingkonzept, ich kann zum Biohof fahren. Ich treffe mich ohnehin gleich mit Karin, sie hat sich heute freigenommen. Wir wollen zu Henry fahren.«

»Zu Henry? Mensch, den haben wir ja schon eine kleine Ewigkeit nicht mehr gesehen.«

»Er war ja auch viele Monate weg, zuerst in Bayern und dann in Südfrankreich. Aber es geht ihm gut, ich habe gestern mit ihm telefoniert und unseren Besuch angekündigt.«

»Was wollt ihr beide denn bei dem ungekrönten Trödelkönig des Moseltals?«

»Das, liebster Gatte, ist noch ein kleines Geheimnis. Ich verrate es dir, wenn du nett bist, heute Abend. Auf jeden Fall wird der Biohof die Bestellung nicht vor dreizehn Uhr abholbereit haben, und da bleibt mir genug Zeit, um mich vorher in Henrys Trödelscheune umzusehen.«

»Kauf nichts, was ich nicht auch kaufen würde.« Peter trank seine Tasse leer, stand auf, gab Lisa einen Kuss auf die Wange, die nur ein wenig mit Erdbeermarmelade verschmiert war, und Sophie einen zärtlichen, deutlich längeren Kuss. »Ich verspreche auch hoch und heilig, deinen freien Vormittag nicht noch einmal für meine Arbeit auszunutzen. Die Präsentation heute bleibt eine Ausnahme.«

»Gut, ich werde dich daran erinnern, wenn es das nächste Mal wieder angesprochen wird.« Sophie zwinkerte ihrem Mann zu, und der verließ leise pfeifend den Frühstückstisch im Wintergarten.

Sophie stellte rasch die Teller zusammen, um sie später zur Spülmaschine in die Bistroküche zu tragen, und hob dann Lisa aus dem Hochstuhl. »So, kleine Maus, wir werden jetzt mal kurz noch das Gesicht waschen und die Zähne putzen, und dann fahren wir mit Karin zu Henry.«

»Henni«, brabbelte Lisa.

»Ja, Henry. Der wird Augen machen, wie groß du schon geworden bist.«

***

Als Sophie mit Kombi und Anhänger auf Henrys Hof fuhr, beugte sich Karin neugierig vor, um möglichst viel durch die Windschutzscheibe sehen zu können.

»Ich habe Henry immer nur bei dir im Bistro getroffen. Hier draußen war ich noch nie. Das ist ja ein riesiges Gelände«, staunte Karin.

»In dem alten Fachwerkhaus wohnt Henry. Die große Scheune da drüben beinhaltet vor allem Möbel, Bilder und Lampen. Und diese Scheune ist nur einer seiner Lagerräume.

Er hat noch drei weitere Hallen, die mindestens genauso groß sind.«

»Nicht möglich, was macht er nur mit all den Sachen? Damit könnte man ja ganze Stadtteile ausstatten.«

Karins Staunen über die Größe von Henrys Anwesen und seinen Lagerräumen erinnerte Sophie daran, wie sie mit Peter zum ersten Mal auf diesen Hof gefahren war. Damals hatte Peter, der mit Henry gut befreundet war, sie hierher mitgenommen, weil sie für ihre Innenräume neue Stühle gesucht hatte. Sie hatte damals ganz am Anfang gestanden und außer Peter kaum jemanden in Wümmerscheid-Sollensbach gekannt. Henry war sozusagen das zweite freundliche Gesicht in dieser Gegend gewesen, auch deshalb hatte Sophie ihn in ihr Herz geschlossen. Mit dem alten Landrover ihrer verstorbenen Tante Dotti und einem riesigen zweiachsigen Anhänger war sie über den holprigen Feldweg gefahren und hatte dabei Blut und Wasser geschwitzt, weil der Landrover lange vor der Erfindung der Servolenkung vom Montageband gerollt war.

Zum Glück hatte sie heute ihren geliebten Kombi und den kleinen Anhänger dabei.

»Sag mal«, unterbrach Karin ihre Erinnerungen an die ersten Wochen in Wümmerscheid-Sollensbach, »ich hab mal gehört, dass Henry in jungen Jahren einen gut gehenden Antiquitätenhandel in Paris besessen haben soll und nur aufgrund einer unglücklichen Liebe zurück an die Mosel gekommen ist. Meinst du, das ist wahr?«

»Henry spricht fließend Französisch, und zwar in einem Tempo, das man nicht in der Schule lernt. Er hat auch mal kurz seine ›Pariser Zeit‹ erwähnt, ohne ins Detail zu gehen. Insofern glaube ich schon, dass er dort nicht nur im Urlaub gewesen ist, sondern länger in Paris gelebt hat.«

»Ist ja auch irgendwie kurios, dass er niemandem seinen Nachnamen verrät. Er ist ein richtiger Geheimniskrämer.«

»Er hüllt sich, was seine Vergangenheit betrifft, gern in

Schweigen. Ich finde, dazu hat jeder das Recht.« Sophie kannte seinen Nachnamen natürlich, denn sie hatte in der Vergangenheit schon viel bei Henry gekauft und entsprechende Rechnungen von ihm erhalten. Sie gönnte ihm aber das Vergnügen, das es ihm offenbar bereitete, für möglichst viele im Dorf einfach nur Henry zu sein.

»Das stimmt. Und ich mag seinen Humor, er ist … nun ja, er ist ein interessanter Mann«, erklärte Karin.

Schau an, dachte Sophie amüsiert, denn ihre Freundin hatte, wahrscheinlich ohne es selber zu bemerken, einen ganz verträumten Blick bekommen. In den zurückliegenden Jahren hatte Sophie Henry und die Pokerrunde bei mehr als einer Feier gemeinsam an einem Tisch gehabt, und jedes Mal hatte sie gedacht, dass die alleinstehende Karin und Henry ein gutes Paar abgeben würden. Beide waren in etwa gleich alt, Mitte sechzig, beide schätzten guten Wein, Literatur und klassische Musik. Henry war in Sophies Augen ein großzügiger und gutherziger Mensch, und das traf auch auf Karin zu. Der Trödelkönig mochte rein äußerlich das genaue Gegenteil der stets korrekt und gut angezogenen Bankerin sein, aber was waren schon Kleidung und Modestil, wenn es um Sympathie und Zuneigung ging? Nein, zwischen Karin und Henry hatte es stets geknistert, auch wenn Peter sie für diese Beobachtung immer ausgelacht hatte.

Sophie bremste vor dem Wohnhaus und hupte einmal. Es dauerte nur wenige Augenblicke, und Henry trat aus der Haustür. Na, das war ja mal eine Überraschung. Henry trug ein schneeweißes Oxfordhemd mit Button-down-Kragen, eine graue Tweed-Weste, ein Tweed-Jackett, beige Jeans und braune Wildleder-Budapester. Die langen grauen Haare waren im Nacken zu einem Pferdeschwanz zusammengebunden. Während er auf das Auto zuging, zog er sich noch einen Wollmantel über, den er vorher nur über dem Arm getragen hatte. Rein modisch gesehen hatte sich Henry im Vergleich zu früheren Gelegenheiten, bei denen er in Ledersandalen, kaputten Jeans und alten T-Shirts aufgetaucht war, um Welten verbessert. Das hier war sozusagen Henry 2.0. Was hatte bei ihrem Freund wohl diesen Wandel ausgelöst? Weg vom Alt-68er-Hippie, hin zum englischen Landadel.

»Gut sieht er heute aus«, murmelte Karin.

Der Beobachtung kann ich nur zustimmen, dachte Sophie. Ich habe ja unseren Besuch telefonisch angekündigt. Ob darin der Grund für Henrys neues Outfit liegt?

Die beiden Frauen stiegen aus. Sophie schnallte Lisa ab, hob sie aus dem Kindersitz und stellte sie neben dem Auto auf dem Boden ab.

Henry ging in die Knie und breitete die Arme aus. »Mensch, Lisa, du bist ja richtig groß geworden. Komm her, willst du einmal Karussell spielen?« Das war noch vor wenigen Monaten Lisas Lieblingsspiel gewesen. Doch heute verharrte sie bewegungslos neben dem Auto, machte dann einen Schritt seitwärts und griff mit einer Hand nach Sophies Jeans.

»Na los, lauf schon«, ermunterte sie Sophie.

Wie eine Schlingpflanze klammerte sich Lisa an Sophies Bein, wendete den Blick seitwärts zum Boden und setzte alles daran, auf keinen Fall in Henrys Richtung zu schauen. »Mama.«

»Was ist denn los?«

Statt einer Antwort begann Lisa an ihrem Handschuh zu kauen, während sie mit dem anderen Arm ihren Klammergriff verstärkte. Sie flüsterte kaum hörbar: »Mama. Will nicht ›sell.«

»Aber Lisa!«

Bis jetzt hatte Henry geduldig gewartet, in der Hocke und mit ausgebreiteten Armen, doch nun erhob er sich mit einem leisen Ächzen, schüttelte die Hosenbeine zurecht und sagte freundlich zu Sophie: »Lass nur. Vielleicht später.«

Henry war nicht sonderlich groß. Um seine leuchtend

blauen Augen lagen Dutzende von Lachfältchen. Er verbeugte sich leicht vor Karin und Sophie und sagte: »Schönheit ist überall ein gar willkommener Gast. Hallo, ihr beiden.« Er trat zu Sophie und Karin und begrüßte beide mit Wangenküsschen.

»Ich weiß nicht, wann ich das letzte Mal mit einem Goethe-Zitat begrüßt worden bin«, erwiderte Karin mit einem strahlenden Lächeln.

»Und ich weiß nicht, wann das letzte Mal eine hübsche Frau hier auf meinem Hof war und ein Goethe-Zitat erkannt hat«, antwortete Henry galant. Er senkte den Blick und presste Daumen und Zeigefinger gegen die Augenbrauen, ein Bild der Konzentration. Schließlich schüttelte er den Kopf, seufzte ein wenig und schaute Karin tief in die Augen. »Nein, ich kann mich beim besten Willen nicht erinnern. Und ich erkenne eine hübsche Frau, wenn ich sie sehe.«

Ganz schön dick aufgetragen, amüsierte sich Sophie im Stillen, bemerkte aber auch die geschmeichelte Verlegenheit von Karin und ergänzte in Gedanken: Aber es kommt an.

Sophie registrierte, wie ihre Freundin rötliche Flecken am Hals bekam. Von wegen spröde Bankerin.

»Ich hatte nicht erwartet, dass das alles so groß ist. Jetzt bin ich sicher, dass wir fündig werden«, erklärte Karin energisch. Offenbar versuchte sie gerade, ihre Verlegenheit zu überspielen.

Henry deutete lächelnd auf die große Scheune. »Das da ist nur ein bescheidener, kleiner Teil der Dinge, die ich eingelagert habe. Zugegeben, es wirkt auf den ersten Blick schon recht groß, und ich würde auch gern selbst einen besseren Überblick haben, aber eigentlich komme ich ganz gut zurecht.«

Der alte Tiefstapler. Sophie traute ihren Ohren nicht. Henry hatte stets bewiesen, dass er sich praktisch blind in seinem Lagerbestand auskannte. Er wusste immer, was wo stand, das hatte sie selber mehr als einmal miterlebt. Und jetzt diese Nummer von wegen »es ist recht groß, und ich hätte gern selbst einen besseren Überblick« – was war das denn? Sophie konnte sich nur wundern.

Henry bot Karin den Arm an. »Wollen wir einen Blick hineinwerfen? Ihr müsst mir unbedingt verraten, was ihr genau sucht, aber das machen wir besser drinnen, hier draußen ist es doch recht ungemütlich.«

Karin nahm das Angebot an und hakte sich bei ihm unter, und so schritten die beiden über den Hof. Sophie nahm Lisa an die Hand und beeilte sich, den Anschluss nicht zu verlieren. »Na komm, kleine Maus, wir schauen mal, was Henry alles für Schätze in seinem bescheidenen kleinen Lagerraum besitzt.«

Lisa lief brav mit, zog dann aber nach wenigen Metern ihre Hand aus Sophies und lief allein mit kleinen Hüpfern weiter.

Sophie schüttelte den Kopf. So viel Energie in so einem kleinen Körper.

Henry öffnete eine Torhälfte und hielt sie einladend auf. »Ich bitte einzutreten. Willkommen in Henrys wunderbarer Welt des Trödels. Also raus mit der Sprache, Sophie, welches Bauprojekt hast du diesmal vor Augen?«

»He, wer sagt dir denn, dass ich ein neues Projekt plane?«

Henry lachte leise und wandte sich an Karin, die noch neben ihm stand. »Hast du das gehört, Karin? Sophie tut gerade so, als würde ich sie nicht schon seit Jahren kennen.« Und zu Sophie gewandt sagte er: »Als du das Café der guten alten Dotti umgebaut hast, wo warst du da als Erstes? Genau – bei mir. Die alten Wiener Kaffeehausstühle, die Nähmaschinengestelle für die Tische im Bistro? Alles von mir. Der Kaminofen im ehemaligen Pferdestall, die Tafel an der Wand, die Theke im Bistro, das Bistro-Schild? Na?«

»Schon gut, schon gut!« Sophie hob lachend die Hände,

»ich gebe auf. Du hast ja recht, lieber Henry. Warte mal. Ich habe hier irgendwo …« Sie kramte mit einer Hand in ihrer geräumigen Umhängetasche und zog ein Blatt Papier hervor. Sie schüttelte den Kopf. »Nee, das ist die Liste für den Biohof.« Nacheinander kamen noch ein Werbeprospekt von einem Drogeriemarkt in Cochem, ein zerknittertes Blatt, das Lisa mit Wachsmalstiften bekritzelt hatte, und eine herausgerissene Seite aus einer Wohnzeitschrift zum Vorschein.

Henry grinste. »Heil'ge Ordnung, segensreiche Himmelstochter …«

»Pah«, schnaubte Sophie. »Friedrich Schiller. Ich bin auch mal zur Schule gegangen. Und in dem Gedicht geht es um das Gießen einer Glocke, das ist jetzt völlig aus dem Zusammenhang gerissen. – Da ist sie ja.« Triumphierend hielt sie Henry ihre Liste hin.

Der nahm sie, zog umständlich eine halbe Lesebrille aus der Brusttasche, las stumm und pfiff durch die Zähne. »Ich liebe eine gute Herausforderung. Lass mal sehen … einhundertfünfzig Kaffeegedecke, Goldrand, Blumendekor, ja, Liebes, da bist du bei mir an der richtigen Adresse. Müssen alle zusammenpassen?«

»Nein, eher im Gegenteil. Ich stelle mir vor, dass die Grundfarbe Elfenbeinweiß sein soll, dann passt es schon zusammen, Hauptsache Goldrand und ein Muster mit kleinen Blüten.«

»Messinglampen – ja. Bestickte quadratische Tischdecken, weiß – hab ich. Die will ja heute keiner mehr, zu viel Arbeit. Holzstühle – ja.« Er schaute hoch. »Der nächste Punkt wird schwieriger, sechzehn quadratische Tische? Wo willst du die denn noch hinstellen? Es ist doch für *Tante Dottis Bistro*, oder willst du dich verändern?«

In wenigen kurzen Sätzen umriss Sophie ihr Vorhaben, den Cafébetrieb zu erweitern.

Henry nickte und fuhr weiter mit dem Zeigefinger die Liste entlang. Als er beim letzten Punkt angelangt war, stieß er ein trockenes Lachen aus. »Heilige Scheiße, o sorry, die Kleine«, Henry hielt sich kurz die Hand vor den Mund und grinste verlegen, bevor er fortfuhr, »etwas Schwierigeres ist dir nicht eingefallen?

»Ich kann mir kaum vorstellen, dass du hier eine fertige Wendeltreppe herumliegen hast, aber ich dachte, ich schreibe sie mal mit auf.«

»Tatsächlich? Ich wusste immer, dass der Tag kommen würde. Gusseisen, weiß lackiert, Jugendstil, Durchmesser ein Meter sechzig, Geschosshöhe drei Meter sechzig. Passt das? Ich habe vor zehn Jahren eine alte Bandweberei in der Gegend von Wuppertal entkernt.«

»Wie herrlich, wo hast du sie? Kann ich sie sofort ansehen? Bitte, Henry.«

»Nein, tut mir leid, dafür müssen wir zu Halle zwei fahren. Lass uns erst die Sachen raussuchen, die hier in der Trödelscheune sind. Auf zum Kaffeegeschirr. Bitte sehr, hier entlang, die Damen.« Schon hatte sich Henry zum Gehen gewandt und bedeutete Sophie und Karin mit einer kleinen Handbewegung, ihm zu folgen. Er durchquerte mit schnellen Schritten die freie Fläche zwischen den großen Holzschränken und hatte schon fast den nächsten Teil seines Lagers erreicht, die hohen Regale, in denen dicht an dicht die geschliffenen Weingläser, die Sammeltassen, die Service mit Goldrand und unzählige Kaffeekannen und Suppenterrinen auf ein neues Zuhause warteten.

»Henni, ›sell.« Leise, aber doch deutlich, meldete sich Lisa zu Wort.

Sofort blieb Henry stehen. »Wusste ich doch, dass du es dir anders überlegst. Hier zwischen den Schränken ist genug Platz.« Wie schon vorher ging er in die Hocke und breitete die Arme aus.

Mit einem Juchzen lief Lisa, so schnell ihre kleinen Beine

sie trugen, zu Henry, und sie stürzte sich in seine Arme. Der nahm sie lachend hoch und drehte sich mit einem lauten »Brummmmm« einmal im Kreis, bevor er Lisa wieder vorsichtig auf den Boden absetzte. »Himmel, es wird nicht mehr lange dauern, dann bist du zu schwer für einen alten Mann.« Henry lachte laut über seinen eigenen Witz, und Lisa gluckste vergnügt. »Hör mal, Lisa. Willst du vielleicht hier vorne ein bisschen spielen? Du setzt dich auf dieses Schaukelpferd, kannst die Mama sehen, und sie kann in Ruhe das Geschirr aussuchen.«

Stumm nickte Lisa, kletterte auf das hölzerne Schaukelpferd und klammerte sich an der Mähne fest. Sophie nahm dankbar die Gelegenheit wahr, das Porzellan anzusehen, während Lisa in sicherer Entfernung von allen zerbrechlichen Teilen auf dem Schaukelpferd thronte. Henry ließ sich währenddessen immer neue Spiele einfallen, um Lisa zu unterhalten. Als auch das nicht mehr half, blieb Sophie bei Lisa. Karin brachte immer wieder neues Geschirr zum Ansehen, sodass Sophie nur zu entscheiden brauchte.

Erschöpft, glücklich und ziemlich angestaubt beluden Karin und Sophie zwei Stunden später den Anhänger mit einem Tisch und vier Stühlen, die Henry ihnen zur Probe mitgegeben hatte. Den Rest würde er in den nächsten Tagen liefern. Im Kofferraum war Platz für mehrere Kisten mit hübschen Kaffeegedecken, die Sophie ausgesucht hatte. Rosen, Vergissmeinnicht, Efeu, Veilchen – ein ganzer Garten aus Porzellan.

Als sie endlich fertig waren und losfahren wollten, hörten sie vom Rücksitz Lisa mit klarer Stimme aufsagen: »Rosen, Tulpen, Nelken.« Verblüfft tauschten Sophie und Karin einen Blick und lächelten.

»Da sag noch einer, der heutige Vormittag hätte nichts gebracht«, stellte Sophie fest. »Sie hat die ganze Zeit aufgepasst und zugehört. So was bildet auch, besonders, wenn jemand wie Henry die ganze Zeit Gedichte zitiert.«

»Heilige Seiße«, tönte es vom Rücksitz.

Sophie drehte sich um. »Nee, Lisa, das sagt man nicht.«

»Seiße, Seiße, Seiße.«

Sophie seufzte und schaute zu Karin herüber, die mühsam versuchte, nicht laut herauszuplatzen.

»Einfach nichts sagen, bitte!«

»Meine Lippen sind versiegelt«, erwiderte Karin und grinste breit.

Mitglied in Abwesenheit

Der Dorfverein tagte wie immer in dem alten Stallgebäude. Für Sophie hatte das den Vorteil, dass sie im Bistro genügend Sitzplätze für die Abendreservierungen hatte, und der Dorfverein konnte lautstark diskutieren, ohne Rücksicht auf die anderen Bistro-Gäste nehmen zu müssen. Sarah, die Kellnerin, hatte alle mit Getränken versorgt. Normalerweise hätte Sophie diese Aufgabe übernommen, aber als offizielles Mitglied des Dorfvereins war zumindest für den Anfang der Sitzung ihre Stimme gefragt. Und genau dieser Tagesordnungspunkt trieb ihr gerade den Schweiß auf die Stirn. *Aufnahme von Peter von Metten in den Dorfverein Wümmerscheid-Sollensbach voran* stand auf der Einladung. Das Problem: Der Kandidat glänzte durch Abwesenheit.

Unruhig rutschte Sophie auf ihrem Stuhl hin und her. Sie schielte auf ihre Armbanduhr. Wo blieb Peter nur?

Metzgermeister Johannes Braubart und sein Co-Vorsitzender Tischlermeister Hermann Weibold wechselten bedeutungsvolle Seitenblicke. Beide hatten bereits ihr zweites Pils fast leer getrunken. Zum wiederholten Mal nahm Johannes Braubart seine Notizzettel zur Hand und stapelte sie ordentlich Kante auf Kante. Das war schnell erledigt, weil es sich nur um drei Blätter handelte. Die übrigen Mitglieder des Dorfvereins schienen dagegen weder etwas von Sophies Unruhe noch vom Fehlen des Kandidaten zu bemerken. Sie prosteten sich lautstark zu und unterhielten sich miteinander.

»Mhm, der Plan, den man nicht ändern kann, ist schlecht – soll mal so ein alter Römer gesagt haben«, brummte Johannes Braubart. »Sieht so aus, als müssten wir unseren Plan ändern.«

»Junge, Junge, Johannes, du bist ja heute richtig geistreich. Was ist los? Haben dir mal nicht die Wurstdämpfe das Hirn vernebelt?«, witzelte Hermann Weibold.

»Hör zu, Hobelkasper, ich werde darauf ausnahmsweise nicht näher eingehen. Und weißt du auch, warum? Weil Einstein mal gesagt haben soll: Wer schweigt, stimmt nicht immer zu. Er hat nur keine Lust, mit Idioten zu diskutieren, höhö. Jetzt solltest du dein Gesicht sehen, Hermann. Ich würde sagen: Eins zu null für mich.«

Sophie hätte zu jedem anderen Zeitpunkt die Stichelei zwischen den beiden Vorsitzenden mit großem Vergnügen verfolgt. Schließlich wusste sie, dass die beiden nicht nur Freunde, sondern seit der Hochzeit ihrer Kinder Jennifer Braubart und Klaus-Jürgen Weibold auch verschwägert waren. Das hinderte sie aber nicht an dem einen oder anderen verbalen Schlagabtausch.

Hermann Weibold schaute fragend zu Sophie herüber. »Wir müssten jetzt wirklich mal langsam anfangen.«

Sophie zuckte ratlos mit den Achseln und hob beide Hände. »Ich habe keine Ahnung, wo Peter bleibt«, sagte sie. »Ich erreiche ihn auch nicht auf seinem Handy. Und dabei hat er mir noch letzte Woche fest versprochen, dass er heute Abend bei der Sitzung dabei sein wird.«

Johannes Braubart räusperte sich und schlug dann laut vor: »Alle mal herhören. Ich würde sagen, wir fangen an, auch wenn noch jemand fehlt. Wir stimmen ab – wer ist dafür?«

Wie auf Kommando flogen zwölf haarige Männerhände in

die Höhe. Klar, alle wollten den offiziellen Teil des Abends hinter sich bringen, um danach in aller Ruhe noch ein paar Bierchen zusammen zu trinken. Stille. Plötzlich wurde Sophie bewusst, dass alle Männer in ihre Richtung blickten. Richtig, sie musste ja auch mit abstimmen. Johannes Braubart sah sie besonders eindringlich an und hob die buschigen Augenbrauen. Was konnte sie anderes tun? Nach kurzem Zögern hob auch Sophie die Hand.

»Na, dann wäre das ja geklärt. Damit ist die Sitzung eröffnet. Ich lese jetzt den ersten Punkt der Tagesordnung vor.«

Alle klopften zustimmend auf die Tischplatte.

»Punkt 1: Aufnahmeantrag. Peter von Metten beantragt, als Mitglied in den Dorfverein Wümmerscheid-Sollensbach voran aufgenommen zu werden.«

Allgemeines Murmeln. »Der ist doch gar nicht da. Geht das überhaupt?«, wandte einer der Männer ein.

Die beiden Vorsitzenden zogen sich in eine Raumecke zurück und berieten sich flüsternd eine Weile. Die Wartezeit schien sich endlos auszudehnen. Schließlich kehrten die zwei an den Tisch zurück und verkündeten: »Wir stimmen ab. Wer ist dafür, dass Peter von Metten in Abwesenheit als Mitglied in unseren Verein aufgenommen wird?«

Alle waren dafür. Sophie wäre am liebsten im Boden versunken. Wie konnte Peter nur so vergesslich sein? Sie hatte ihm den Termin doch extra noch einmal gesagt.

Und kauf dir Tanzschuhe

»Kurzfassung: Mein Name ist Merle Brinkmann, ich bin vor fast dreißig Jahren mit meinem Mann nach Koblenz gezogen. Seitdem betreiben wir unsere Tanzschule hier in der Bürresheimer Allee.«

Peter nickte und ließ den Blick bewundernd durch den Raum schweifen. Parkettboden aus Eichenholz, Kronleuchter, Stuckdecken. »Ein schönes Gebäude ist das, Jugendstil, nicht wahr?«

»Ja«, bestätigte Merle Brinkmann, »das war ein Glückstreffer. Wir haben insgesamt sechs große Räume. Drei davon lassen sich zu einem Ballsaal verbinden, wenn man die großen Flügeltüren öffnet. Damals haben die Architekten noch wirklich verstanden, wie man einen Ballsaal plant.« Sie lächelte und streckte Peter die rechte Hand hin. Wir duzen uns hier übrigens alle. Ich heiße Merle.«

»Peter.« Für einen Moment schielte Peter unauffällig auf die ausgestreckte Hand. Kein Ehering. Hatte Merle nicht eben noch ihren Mann erwähnt?

Sie hatte seinen Blick, kurz wie er war, dennoch bemerkt und lachte. »Den Ring trage ich nie bei der Arbeit. Es tut zu weh, wenn einer zu fest zugreift. – Wie ist es, wollen wir anfangen?«

Peter nickte.

Merle ging hinüber zur Musikanlage und überlegte kurz. Bevor sie die Musik startete, erklärte sie: »Wundere dich bitte nicht über meinen Musikgeschmack. Für die Einsteigerstunden nehme ich immer Musik von Tanzorchestern. Die sind musikalisch oft nicht so der Knaller, aber dafür nehmen sie die Stücke auch im langsamen Tempo zum Üben auf. Du sollst dich schließlich nicht gestresst fühlen. Wir beginnen mit Discofox. – Ah, sehr gut. Den Grundschritt hast du drauf. Kann deine Frau …«

»Sophie«, beeilte sich Peter zu ergänzen.

»Kann Sophie eine einfache Drehung?«, erkundigte sich Merle, ohne den Tanz zu unterbrechen.

»Ja.« Peter war schon ein bisschen außer Atem, Merle Brinkmann nicht.

»Und wie teilst du ihr mit, dass ihr das tanzt?«

»Ganz einfach. Ich sage ›Jetzt‹«, erklärte Peter.

»Das dachte ich mir. Führen geht aber anders, das machst du mit Körpersprache. Nimm mal den Arm hoch. Körperspannung. Jetzt gib deiner Tanzpartnerin einen kleinen Impuls. Ja. Und zwar vorher. Ein winziges bisschen vor dem Takt. Sonst kann sie sich nicht im Takt drehen, und du reißt ihren Arm hoch. Das mag die Frau nicht.«

Verblüfft sagte Peter: »Genau das hat mir Sophie auch gesagt. Ich würde immer an ihrem Arm ziehen. Ich wusste aber nicht, was sie gemeint hat. Schließlich muss der doch hoch, sonst geht die Drehung ja nicht.«

»Okay, dann probier es jetzt mal mit Körperspannung. Prima.«

Am Ende der Stunde war Merle endlich zufrieden.

»Und kauf dir richtige Schuhe.«

»Wieso?«, fragte Peter. »Die sind doch gut. Ich hab in denen geheiratet.«

»Mmh, dachte ich mir. Wenn ich sage, richtige Schuhe, dann meine ich Tanzschuhe.«

»Das ist doch nur was für Frauen.«

»Nö, das denken zwar viele, stimmt aber nicht. Das Wichtigste für Einsteiger ist die spezielle Sohle, die ist bei Tanzschuhen aus Wildleder. Damit rutschst du nicht so leicht aus, kannst aber trotzdem schnelle Bewegungen tanzen. Die Schuhe sind flexibel, aber gleichzeitig geben sie dem Fuß Halt.«

»Okay.« Peter nickte. »Hab ich verstanden. Ich kümmere mich gleich morgen darum.«

»Eins sollte ich vielleicht noch erklären: Die Tanzschuhe trägst du nie, und ich meine wirklich niemals, auf der Straße. Die Schuhe wechseln kannst du hier bei uns in der Garderobe.«

Wieder nickte Peter gehorsam, so streng hatte er sich Tanzlehrerinnen nicht vorgestellt.

Jetzt musste Merle lachen. »Guck doch nicht wie ein begossener Pudel. Das ist nicht persönlich gemeint, sondern es schont unser Parkett, und nebenbei gesagt auch die teuren Tanzschuhe. Und mehr Regeln haben wir hier auch nicht. Du hast den Zehn-Stunden-Kurs gebucht, wir sehen uns dann ab jetzt jeden Montag und Donnerstag um diese Zeit.«

»Ich freu mich schon. Und wie meine Frau staunen wird, wenn ich plötzlich tanze wie ein junger Gott. Das wird eine tolle Überraschung!«

Wer hat die eigentlich eingeladen?

Kurz nach neun hastete Peter endlich in den Raum. Er ließ sich auf den leeren Stuhl neben Sophie sinken.

»Wo warst du?«, zischte sie.

»Es tut mir schrecklich leid, Sophie. Ich musste noch ein paar dringende Unterlagen vorbereiten, und darüber habe ich ganz die Zeit vergessen«, erwiderte Peter.

Johannes Braubart beugte sich vor und schob Peter ein frisches Glas Bier rüber, das Sarah eben erst gebracht hatte. »Da, mein Lieber, trink erst mal einen Schluck. Ich habe noch nicht einmal dran genippt. Das Bier wirst du brauchen, denn ab jetzt gibt es kein Entkommen mehr. Du bist nämlich schon in unseren Dorfverein gewählt worden, in Abwesenheit. Das sollten wir künftig immer so machen – zack, kurz und schmerzlos. Du freust dich bestimmt zu hören, dass wir dich auch gleich in den Vorstand gewählt haben.«

Peter verschluckte sich hustend. Hermann Weibold klopfte ihm fürsorglich auf den Rücken und erklärte: »Der Johannes hat nur Spaß gemacht. Das mit dem Mitglied stimmt, den Vorstandsposten kannst du vergessen.«

Peter atmete sichtlich erleichtert auf und konnte gerade noch antworten »O ja, gut«, da rief Braubart über die Tische hinweg: »So, erledigt, Freunde, unser neues Mitglied Peter von

Metten nimmt freudig und voller Stolz die Wahl an. Ein dreifaches Wümmerscheid-Sollensbach voran auf unser neuestes Mitglied. Wümmerscheid-Sollensbach voran, voran, voran!«

Nach dem letzten geschmetterten »Voran« klopften alle zustimmend auf die Tischplatten und prosteten sich anschließend zu.

Johannes Braubart hob beide Hände und brachte damit das einsetzende Stimmengewirr zum Verstummen. »Und damit kommen wir zu Punkt zwei auf unserer Tagesordnung.« Er räusperte sich ausgiebig und wartete dann, bis er die volle Aufmerksamkeit von allen Anwesenden hatte. Dann nahm er einen ungeöffneten Briefumschlag aus seiner Aktenmappe, strich ihn auf dem Tisch glatt und verkündete: »Hier habe ich einen Brief von unserer Partnergemeinde in England, aus St.-Nicholas-on-Sea. Wie ihr seht, habe ich ihn noch nicht aufgemacht. Ich möchte euch den Brief vorlesen. Ich bin schon sehr gespannt, was uns die Engländer schreiben. Wir haben ja ewig nichts von denen gehört.«

Umständlich begann er zuerst mithilfe seines Daumens, dann mit einem Kugelschreiber und schließlich mit der Klinge eines aufgeklappten Taschenmessers, das ihm Hermann Weibold schweigend herüberreichte, den Umschlag zu öffnen. Ein einzelnes maschinengeschriebenes Blatt kam zum Vorschein.

»Verflixt«, stöhnte Johannes Braubart, »müssen die denn immer auf Englisch schreiben? Ich versteh kein Wort.« Er ließ das Blatt sinken. »Wer von euch kann das mal eben übersetzen?«

Sofort streckte Peter die Hand nach dem Brief aus. »Das mache ich schon, keine Sorge. Ich habe bei der Arbeit ja oft mit englischen und amerikanischen Kunden zu tun.« Er räusperte sich und begann: »Liebe Freunde in Wummerscheid-Sollensbach – wir hoffen, dass dieses Schreiben euch bei bester Gesundheit erreicht. Das Wetter war in letzter Zeit regnerisch und feucht, aber dafür ist unser Rasen auf dem Dorfplatz sehr schön geworden.« Peter überflog die folgenden Zeilen. »Kommt da noch was außer einem Wetterbericht?«, murmelte er. »Ah, hier geht's weiter. – Wir freuen uns sehr über eure Einladung. Schon immer wollten wir die echte German Weihnacht erleben, und euer großzügiges Angebot lässt den Traum endlich wahr werden. Wir werden zehn Tage lang in den Gastfamilien sein und dabei viele schöne deutsche Traditionen kennenlernen. Wir können es kaum erwarten.« Jetzt hielt Peter inne.

Johannes Braubart rieb sich verwirrt mit Daumen und Zeigefinger über die Augen. »Einladung? Welche Einladung? Wer hat die denn eingeladen?«

Ein Stimmengewirr erhob sich, alle redeten durcheinander. »Zehn Tage? Im Advent?« – »Ja, das hat Peter gerade so vorgelesen.« – »Zehn Tage. Wir haben über Weihnachten schon die ganze Familie da, das ist schon mehr Besuch, als man im Kopf aushält.« – »Ich habe fast jeden Tag eine andere Weihnachtsfeier, wie stellen die sich das denn vor?« – »Und dann alles mit Gastfamilien, na, da brauche ich meine Frau erst gar nicht zu fragen, was sie davon hält.«

Braubart schlug entschlossen mit der flachen Hand auf den Tisch und brachte so alle zum Schweigen.

»Ich frage euch noch mal. Hat eventuell irgendjemand unsere englische Partnerstadt kontaktiert und die ganze Bande zu einem«, er vergewisserte sich noch einmal mit einem Blick zu Peter, »zu einem zehntägigen – ich wiederhole – einem zehntägigen Aufenthalt in der Vorweihnachtszeit eingeladen? Wer würde denn auf so eine bekloppte Idee kommen? Es muss sich um eine Art Scherz handeln. Wir hatten doch schon seit Jahren keinen Kontakt mehr zu denen.«

»Äh, doch, hatten wir«, meldete sich Armin Overhofen-Dümpels, einer der beiden Ortsvorsteher von Wümmerscheid-Sollensbach, zu Wort. »In den letzten Wochen sind bei mir ein paar E-Mails eingegangen. Die waren alle auf Englisch, und ich war ja auf der Realschule nicht so die Leuchte. Deswegen hab ich die dann immer an Karl-Friedrich weitergeleitet. Der war schließlich auf dem Gymnasium. Aber vorher hab ich immer noch ’ne Nachricht an die Engländer geschickt, dass ich es weitergeleitet habe. Das Wort wusste ich noch auswendig – *invite* habe ich immer geschrieben, das bedeutet ja *weiterleiten.*«

Peter gab einen unbestimmten Laut von sich – eine Mischung aus erstauntem Schnauben und Kichern. Johannes warf ihm einen fragenden Blick zu, in dem sich bereits eine Vorahnung abzeichnete. Aber bevor Peter etwas erklären konnte, ergriff Karl-Friedrich Serghein, der zweite Ortsvorsteher, das Wort. »Ja, das stimmt, die E-Mails sind bei mir angekommen. Ich habe sie auch beantwortet, auf Englisch.«

»Du kannst Englisch?«, unterbrach ihn einer der anderen. »Hast du nicht mal gesagt …«

»Na ja, also können kann man jetzt nicht so direkt sagen. Ich war ja in Koblenz auf dem altsprachlichen Gymnasium. In Latein hatte ich immer eine Zwei. Und Griechisch war jetzt nicht so meine Stärke, hab ich aber auch bestanden.«

»Ja aber Englisch –«

»Mit Englisch hatte ich es nicht so«, gab Serghein zu. »Aber ich habe dafür eine tolle Lösung gefunden. Es gibt im Internet so Seiten, da gibst du einfach deinen Text auf Deutsch ein, und dann kommt Englisch raus. Tadellos, müsst ihr auch mal probieren. Kostet keinen Cent. Wie heißt die Seite noch mal? Translator? Irgendwas mit G kam auch noch in dem Namen vor … Moment, ich komm gleich wieder drauf …«

»Das spielt doch keine Rolle«, unterbrach ihn Johannes Braubart ungehalten. »German Weihnacht, was werden die schon groß erwarten? Sie werden wohl ein paar Ausflüge in die Umgebung machen.«

»Die Engländer finden, dass deutsche Weihnachtsmärkte was ganz Exotisches sind. Darüber hab ich neulich im Fernsehen einen Bericht angeschaut.« Karl-Friedrich Serghein redete sich richtig in Fahrt, er hatte wohl das Gefühl, er müsse die Sache mit den nur halb verstandenen E-Mails wiedergutmachen. »Die importieren die Idee sogar, da waren Bilder von einem Weihnachtsmarkt in London, da war außen rum ein zwei Meter hoher Zaun, und man sollte Eintritt bezahlen, um reinzukommen.«

»Na, so blöd ist doch wohl keiner. Pah. Eintritt zahlen für den Weihnachtsmarkt, hat man so was schon gehört?«, warf Johannes Braubart spöttisch ein.

»Die Londoner machen das! Ich hab es mit eigenen Augen gesehen in dem Bericht, da war eine Warteschlange mit Hunderten von Leuten. Genau so war es, ich schwör euch!« Serghein lehnte sich auf seinem Stuhl zurück.

»Nicht nur in London«, widersprach Armin, »ich war auch hier in der Gegend schon mehrmals auf Weihnachtsmärkten, für die man Eintritt zahlen musste.«

»Lassen wir das Thema, das ist doch jetzt nicht so wichtig. Sie reisen übrigens mit dem Bus an und behalten den auch während ihres Aufenthalts hier«, warf Peter ein, der inzwischen den Brief zu Ende gelesen hatte.

»Dann ist ja alles geritzt«, stellte Braubart zufrieden fest. »Wenn die ihren eigenen Bus haben, brauchen wir keine Ausflüge zu organisieren, das machen sie ja dann selber.«

Alle nickten unisono. Eindeutige Sache.

»Gut, dann ist es doch halb so wild«, fasste Hermann Weibold zusammen. »Dann brauchen wir also nur Gastfamilien. Peter, steht da, wie viele Personen kommen? Sind das Ehepaare, die zusammen untergebracht werden sollen, oder lauter Einzelpersonen?«

»Hm, warte mal. Da ist eine Liste dabei. Sechs Paare und vier Einzelpersonen, dabei ist der Busfahrer schon mitgerechnet. Also haben wir insgesamt sechzehn Personen zu Besuch, aber wir brauchen nur zehn Gastfamilien.«

»Dann ist es einfach«, sagte Karl-Friedrich Serghein erleichtert. »Wir haben genug Mitglieder im Dorfverein. Das kommt hin. Wie wollen wir das mit der Verteilung machen?«

»Dazu habe ich eine Idee«, sagte Hermann Weibold, wie immer ganz der Pragmatiker. »Wer von euch hat ein Gästezimmer?«

Immerhin elf der Anwesenden hoben die Hand.

»Sehr gut. Wer von euch hat ein Gästezimmer mit zwei Betten? Acht? Na, das läuft ja wie geschnitten Brot. Ihr nehmt auf jeden Fall die Paare von der Liste, damit fangen wir an. Peter, lies doch mal die Namen vor, aber schön langsam und der Reihe nach.«

»Sally und Martin Weatherford«, las Peter.

»Alles klar, die kommen zu mir und Else«, sagte Hermann Weibold, »man muss doch mit gutem Beispiel vorangehen. – Peter, schreibst du das mit? Wer bei wem einquartiert wird?«

»Klar. Amanda und David Johnson.«

»Nehmen wir!«, rief Johannes Braubart. »Nee, was wird die Hetti Augen machen. Und die Namen kann man wenigstens aussprechen.«

Mary und Joseph Cook, Orla und Conor Doyle, sowie Ruby and Matthew Hamilton fanden genauso schnell ein Zuhause.

»Unser Gästezimmer ist nicht so groß, wir würden gern eine von den Einzelpersonen aufnehmen«, schaltete sich Sophie ein, und Peter nickte zustimmend.

»Hier steht als Nächstes eine Katie Sheridan, soll ich unseren Namen danebensetzen, Sophie? Ja? Gut. Aber zurück zu den Paaren. Ich habe noch eine Idee.« Er wechselte einen schnellen Blick mit Sophie. »Bei Leonie gibt es auch ein Gästezimmer für zwei Personen, Michael und Simon McMillan könnten wir da unterbringen.«

»Leonie ist immer für Besuch zu haben. Sie ist zwar nicht Mitglied im Dorfverein, aber soll sie deswegen leer ausgehen bei dieser Aktion? Ich schreibe ihr schnell eine Nachricht«, sagte Sophie, »sie ist bestimmt begeistert.«

»Dann sind nur noch Ellen Jones, Michael Osborn und Andrew Park übrig.« Schnell notierte Peter weitere Gastfamilien neben diesen Namen.

Johannes Braubart lehnte sich entspannt zurück und faltete die Hände auf dem Bauch. »Dann wäre das Wichtigste erledigt.«

»German Weihnacht …«, murmelte Peter. »Was die sich wohl darunter vorstellen? Ich frage mich …«

»Bestimmt wollen sie mit ihrem Bus in die umliegenden Orte fahren, ein paar Weihnachtsmärkte besuchen, vielleicht ein Museum oder so. Kinderspiel. Hat Johannes ja vorhin schon gesagt.« Karl-Friedrich Serghein war bekannt dafür, dass er eine Sitzung schnell und überzeugend zu Ende bringen konnte. Das klappte auch heute – beinahe.

»Eins noch. Auch wenn unsere Gäste ihre Ausflüge selbst organisieren – ich finde, eine Abschlussfeier sollten wir schon machen, was meint ihr?«, meldete sich Sophie zu Wort.

»Sehr gute Idee. Das besprechen wir ein andermal.« Johannes erklärte die Sitzung für beendet, und alle bestellten Getränke nach, um mit dem gemütlichen Teil des Abends zu beginnen.

***

»Was hältst du von der Sache mit den Engländern?«, fragte Sophie, als sie kurz vor Mitternacht endlich im Schlafzimmer waren. Sie saßen nebeneinander, die Kissen im Rücken, bequem ans Betthaupt gelehnt, und lasen. Peter klappte seinen Roman zu und grinste breit. »Du meinst, einmal abgesehen von den grandiosen Fremdsprachenkenntnissen unserer Ortsvorsteher und der Tatsache, dass sie kostenlosen Übersetzungstools ihre Korrespondenz anvertrauen? Ich finde es toll, dass die Partnergemeinde nach Deutschland kommt. Vielleicht können wir ja mal einen Gegenbesuch organisieren. Und diese Katie für zehn Tage bei uns aufzunehmen sollte auch kein Problem sein.«

»Ich möchte gar nicht wissen, was Karl-Friedrich noch alles zugesagt hat«, Sophie gähnte, »aber darüber müssen wir uns später den Kopf zerbrechen. Ich bin so müde.«

Peter beugte sich zu ihr herüber und küsste sie zärtlich. »Schlaf gut, Sophie.«

»Du auch.«

Sophie legte ihre Zeitschrift beiseite, rutschte tiefer, zog ihre Decke bis zu den Ohren hoch und kuschelte sich an ihn. Peter schaltete das Licht aus. »German Weihnacht, möglicherweise erwartet uns da noch eine Überraschung«, murmelte er ins Dunkel hinein.

Ein rotes Notizbuch

Sophie schloss den Aktenordner und seufzte erleichtert. Fertig! Sie hatte alle Unterlagen für ihre Steuerberaterin zusammengestellt. Die hatte bereits die Zahlen angemahnt, und Sophie wusste, dass sie um diesen, für sie langweiligen Teil der Bistroführung nicht herumkam. Aus dem Badezimmer hörte sie Lisa vergnügt quietschen. Peter badete sie gerade. Wahrscheinlich war später wieder das halbe Badezimmer geflutet, aber das war der Spaß wert. Sophie schaute auf die Uhr. Sie hatte noch mindestens eine halbe Stunde bis zum Abendessen. Eine halbe Stunde ganz für sich.

Sie zog die Schreibtischschublade auf und legte den Locher zurück. In der Schublade lag auch das dicke Notizbuch, das ihr Dotti einmal geschenkt hatte. Sophies Tante hatte vorgeschlagen, dass sie in diesem Notizbuch die Fakten für einen Reiseführer festhalten sollte. Dotti war davon ausgegangen, dass Sophie als Autorin Karriere machen würde, schließlich hatte sie bereits an einem Reiseführer mitgearbeitet – doch dann kam alles anders. Dotti starb überraschend, und Sophie landete am Ende in Wümmerscheid-Sollensbach. Kurz nach Dottis Tod hatte Sophie angefangen, in diesem Notizbuch ihre Gedanken aufzuschreiben. Nicht täglich, nicht regelmäßig, aber es half ihr dabei, sich Klarheit zu verschaffen, ihre Gedanken zu ordnen.

Viele Entscheidungen der letzten Jahre hatten in diesem Buch ihren Anfang genommen. Ja, mehr noch, ihre Eintragungen vermittelten ihr das Gefühl, sich mit Dotti auszutauschen. Ihre Tante war diejenige gewesen, die sich um sie gekümmert hatte, nachdem Sophies Eltern bei einem Unfall ums Leben gekommen waren. Sophie hatte damals gerade mit dem Studium im Hamburg begonnen, Dotti hatte sie während der Studienzeit unterstützt. Sie war immer da gewesen, wenn Sophie jemanden zum Reden gebraucht hatte, wenn wieder einmal Zweifel über den Sinn des Studiums am Horizont aufgetaucht waren.

»Ach, Dotti, du fehlst mir so«, murmelte Sophie, »es gibt Tage, da könnte ich deine Gelassenheit gut gebrauchen.«

Dotti hatte gern Oscar Wilde zitiert. Das Leben ist viel zu wichtig, um es ernst zu nehmen, hatte sie oft gesagt, und anschließend ihr typisches Dotti-Kichern hinterhergeschoben.

Sophie nahm das Notizbuch aus der Schublade und strich behutsam mit den Fingerspitzen über den weinroten Leineneinband. Dann griff sie kurz entschlossen zu ihrem Füller, schraubte ihn auf und blätterte die cremefarbenen Seiten durch, bis sie zu einer leeren Seite kam.

Sophies Tagebuch – Dienstag, 16. November

Liebe Dotti,

ich kann mir genau vorstellen, wie du angesichts meiner neuesten Pläne den Kopf schüttelst. Ich weiß, du hast in dem ehemaligen Pferdestall, diesem herrlichen großen Gebäude, lediglich eine Garage und einen Abstellraum für Gartenmöbel und selten genutzte Geräte gesehen. Dir war der Gastraum hier im Haus groß genug, aber ich bin froh, dass ich den zusätzlichen Platz habe. Ich habe fantastische neue Ideen. Ich habe mir schon alles ganz genau ausgedacht, und Karin, Rita und Heidi haben mir dabei geholfen. Da – jetzt kannst du nicht sagen, dass ich niemanden um Rat gefragt hätte. Wenn deine drei besten Freundinnen auch denken, dass es eine gute Idee ist, den Cafébetrieb im alten Stallgebäude zu erweitern, dann muss es doch ein guter Plan sein, nicht wahr? Die Tischlerei Weibold wird ein Geländer für den Heuboden anfertigen und installieren. Henry wird eine herrliche alte Wendeltreppe liefern, und dann können oben auf der offenen Galerie weitere vier Cafétische stehen. Und die vier Pferdeboxen nutzen wir auch für weitere Tische. Verrückt, sagst du? Deine Pokerrunde und ich, wir finden, es ist vielleicht verrückt, aber es wird wunderbar werden. Wir haben bei Henry übrigens genug alte Messinglampen gefunden, um alles ordentlich zu beleuchten, auch daran haben wir gedacht.

Apropos Henry, du hättest ihn sehen sollen: Mit welchem Stolz und welcher Begeisterung er Karin in seiner Trödelscheune herumgeführt hat, das war schon verblüffend. Als er dann noch die alte eiserne Wendeltreppe aus dem Hut zaubern konnte, hat er gestrahlt wie ein Honigkuchenpferd. Vielleicht lag das aber auch nur an Karins Anwesenheit. Wie hat sich Henry eigentlich dir gegenüber benommen? Galant und höflich wie zu mir, oder knurrig und abweisend wie zu vielen anderen? Du hast ihn doch gut gekannt. Was würdest du sagen: Würden Karin und Henry ein gutes Paar abgeben? Ich denke, ja. Es heißt doch immer: Gegensätze ziehen sich an. Henry kann ein gutes Stück von Karins Organisiertheit vertragen, und Karin … Karin würde es ganz guttun, mal ein bisschen Abenteuer in ihr Leben zu lassen. Warum auch nicht? Beide sind ungebunden, haben keine Verpflichtungen. Dir kann ich das ja schreiben, Dotti. Peter dagegen würde wieder mit mir schimpfen, weil er der Meinung ist, dass ich mich nicht in »Beziehungsfragen« einzumischen habe. Aber wäre das wirklich so schlimm? Vielleicht brauchen Karin und Henry nur einen kleinen Schubs in die richtige Richtung. So, wie du damals schon geahnt und mir aufgeschrieben hattest, dass Peter und ich gut zusammenpassen würden, so denke ich, dass Karin und Henry einander gut ergänzen würden. Ich sag mal, Peter muss ja nicht wissen, dass ich da ein bisschen nachhelfe, und was ich hier schreibe, wird er nie zu lesen bekommen. Aber wenn ich eine Wette abschließen dürfte, dann würde ich darauf setzen, dass sich Henry und Karin näherkommen werden.

Und bevor ich das vergesse, liebe Dotti, unser neuer Cafébereich wird viel von einem englischen Tearoom haben – ich könnte mir vorstellen, dass das den Gästen gefallen wird. Ob ich schon einen Namen habe? O ja, den habe ich: Das kleine Café an der Mühle. *Ich weiß, der Name hätte dir auch gefallen.*

Henrys Onlineshop

Karin Mahler konzentrierte sich vollkommen auf die Bilanzzahlen, die in dem Businessplan aufgeführt waren. Lange Zahlenkolonnen, Quartalswerte, Zuwachsraten in Prozentangaben – sie mochte diese Arbeit, für sie waren das nicht nackte Ziffern, sie sah immer auch die Dinge, die sich dahinter verbargen. Die Boutique, die in den letzten Monaten ihre Prognosen übertroffen hatte, der Bauunternehmer, der mit steigenden Kosten kämpfen musste. Zahlen erzählten Karin Geschichten, und gleichzeitig gaben sie ihr Sicherheit. Die Angaben auf dem Monitor waren präzise, da war kein Spielraum für Auslegungen oder Diskussionen. Zahlen würden sie nie hintergehen oder enttäuschen. Karin wusste selbst am besten, dass ihre Begeisterung für Prognosen, Bilanzen und Businesspläne nicht selbstverständlich war.

Schon als kleines Mädchen hatte sie mit großer Akribie Statistiken aufgestellt und sie in einem kleinen hellblauen Notizbuch festgehalten. Eine Statistik über den durchschnittlichen Wochen- und Monatsverbrauch von Weihnachtskeksen in einer fünfköpfigen Familie (ihrer eigenen), um nur ein Beispiel zu nennen. Oder die legendäre Statistik über die Schwärmereien ihrer älteren Schwester und mit welcher Wahrscheinlichkeit diese erwidert wurden. Während ihre Freundin im

Kaufmannsladen in ihrem Kinderzimmer mit den Puppen einkaufen ging, war es Karin, die die Buchhaltung des Puppenladens übernahm. Und noch etwas war ihr klar: Ihre ganz eigene Art hinderte sie manchmal daran, über alle Zahlen hinweg einfach nur das Leben zu sehen und zu genießen. Loslassen können und genießen, das waren zwei Dinge, zu denen sie sich ganz bewusst zwingen musste. Es gab Tage, an denen musste sie sich dazu regelrecht ermahnen, ungefähr so, wie andere Menschen mit großer Selbstdisziplin versuchten, ordentlicher zu werden. Zum Glück hatte sie Rita und Heidi. Ihre beiden Freundinnen sorgten dafür, dass sie sich nicht ausschließlich in Businessplänen und Zahlen vergrub.

»Karin, hast du einen Moment Zeit?« Noah, ein junger Kollege, steckte den Kopf durch die Tür ihres kleinen verglasten Büros. »Ich hab da einen Anrufer für dich, aber du hattest ja im System eingetragen, dass du den ganzen Tag nicht gestört werden möchtest.«

»Nein, möchte ich auch nicht. Ich muss diese Unterlagen noch heute fertig bekommen. Morgen früh ist schon der Termin für das Beratungsgespräch.« Sie wandte sich wieder ihrem Bildschirm zu.

»Okay, dachte ich mir schon. Es ist nur …« Noah brach ab und wollte sich schon aus der Tür zurückziehen. Karin hielt ihn auf, indem sie hochschaute und kurz die Hand hob. Etwas in seiner Stimme hatte sie aufhorchen lassen.

»Was meinst du, mit ›nur‹?«

»Der Anrufer hat es jetzt schon vier Mal im Laufe des Vormittags versucht. Immer sehr höflich und nie ungeduldig. Als ich ihm angeboten habe, dir eine Nachricht zu hinterlassen, damit du ihn zurückrufen kannst, hat er das zunächst abgelehnt, weil er dich nicht während der Arbeit unterbrechen wollte. Auf der anderen Seite hat er nun schon vier Mal angerufen und … na ja, ich dachte, du solltest das wissen, dass er schließlich doch noch etwas für dich hinterlassen hat.«

»Hat der Anrufer auch einen Namen?«

»Dr. Daniels.«

Karin zog irritiert die Augenbrauen zusammen. Der Name sagte ihr gar nichts, dabei war ihr Namensgedächtnis mindestens so gut wie ihre Fähigkeit, mit Zahlen umzugehen. Noah bemerkte das große Fragezeichen in ihrer Miene und ergänzte freiwillig: »Er hat darum gebeten, dass ich dir Folgendes bestellen soll: ›Henry, heute, neunzehn Uhr, bring Hunger mit.‹ Er hat es mich extra noch mal wiederholen lassen, damit die Nachricht auch ganz bestimmt richtig ankommt.« Noah grinste kurz, als er Karins verblüfften Blick sah, bemühte sich dann aber wieder um einen neutralen Gesichtsausdruck, als sie ihn streng anfunkelte.

»Äh, ja, also, mehr hat er nicht gesagt«, versicherte Noah hastig. »Nur ›Henry, heute, neunzehn Uhr, bring Hunger mit‹.«

Karin nickte, als wäre es völlig selbstverständlich, im Rahmen ihrer Arbeit als Bankerin solche Nachrichten zu bekommen.

»Danke, Noah, dann werde ich jetzt mal weitermachen.«

Der junge Kollege nickte folgsam und verschwand aus ihrer Tür. Er könnte mein Sohn sein, schoss es Karin durch den Kopf. Sie war niemand, der sich um Altersunterschiede kümmerte, solange die betreffende Person kompetent und engagiert war. Und das war eben keine Frage des Geburtstages. Aber es gab Momente, da fühlte sie sich unter den ganzen jungen Kolleginnen und Kollegen schon recht alt. Ich bin jetzt vierundsechzig Jahre alt, in einem Jahr, zehn Monaten und zwei Tagen kann ich in den Ruhestand gehen, dachte sie. Jemand wie Noah wird dann in der Bank meinen Platz einnehmen. Karin scrollte mit der Maus durch die nächsten Zeilen der Bilanz, doch anders als noch vor wenigen Minuten fiel es ihr jetzt schwer, sich auf die Werte zu konzentrieren. Dr. Daniels? War das einer dieser Scherze von Henry? Die Nachricht selber dagegen war ja an Deutlichkeit nicht zu überbieten: Henry, heute, neunzehn Uhr, bring Hunger mit.

Es gab verschiedene Möglichkeiten, zu einem Date einzuladen. Henry hatte sich für die direkte Form entschieden. Kein langes Drumherum-Reden, kein Abfragen von möglichen Terminen und kein Zweifel daran, dass sie die Einladung annehmen würde. Er schien fest davon überzeugt zu sein, dass sie kommen würde. Im Grunde entsprach das genau ihrem Wesen: offen, ohne Schnickschnack, einfach geradeheraus. Karin lächelte. Vielleicht kannte er sie besser, als sie dachte. Neunzehn Uhr, bring Hunger mit. Ja, das würde sie. Und während sie die nächste Seite der Bilanz aufrief, tat sie etwas, das sie normalerweise am Schreibtisch nie tat: Sie summte leise und glücklich den alten Frank-Sinatra-Song *That's life*.

***

Pünktlich um neunzehn Uhr klingelte Karin an Henrys Haustür. Zum ersten Mal seit vielen Jahren hatte sie zu Hause vor dem Kleiderschrank gestanden und überlegt, was sie anziehen sollte. Sie wollte nicht in einem ihrer maßgeschneiderten Hosenanzüge, die sie üblicherweise in der Bank trug, bei Henry erscheinen. Am Ende entschied sie sich für eine schwarze Jeans, eine weiße Leinenbluse und eine dunkelgraue Wollstrickjacke. Der weinrote Seidenschal, den Rita ihr einmal zum Geburtstag geschenkt hatte, brachte Farbe ins Spiel. Verwegen viel Farbe, wie sie vor dem Spiegel festgestellt hatte. Aber heute Abend ging es ja auch nicht um eine Finanzierungsberatung. Worum ging es dann überhaupt? Diese Frage hatte sie während der ganzen Fahrt zu Henrys Trödelscheune beschäftigt, jetzt war sie neugierig auf die Antwort.

Sie wollte schon ein zweites Mal auf die Klingel drücken, als im Haus hastige Schritte zu hören waren. »Sekunde, bin schon da«, tönte es von drinnen, und Augenblicke später öffnete Henry die Haustür und strahlte sie an.

»Karin, das ist aber nett. Ich hatte gehofft, dass dein Kollege dir meine Nachricht ausrichtet und du Zeit hast. Komm doch bitte herein. Darf ich dir den Mantel abnehmen?«

»Guten Abend, Henry. Herzlichen Dank für die Einladung.«

Henry führte sie in den Flur und hängte ihren Wollmantel an die Garderobe. Unschlüssig blieb Karin stehen.

»Entschuldige bitte, ich hab ganz vergessen, dass du noch nie bei mir im Haus warst. Einfach geradeaus und durch die große Eichentür.«

Karin betrat ein geräumiges Wohnzimmer. Henry hatte offenbar so gut wie alle Wände im Erdgeschoss entfernen lassen. Der Raum hatte annähernd die Größe ihrer kompletten Wohnung in Cochem. Neugierig schaute sich Karin um. Ihr gefiel, was sie sah. Der Raum war mit antiken Möbeln eingerichtet, wobei sie keine spezielle Epoche ausmachen konnte. Es sieht einfach so aus, als wären das Henrys Lieblingsstücke, dachte sie. Sowohl die alten, mit Schnitzereien verzierten Bücherregale als auch ein großer Esstisch aus Kirschholz machten sie ganz neidisch. Schwere, dunkel gebeizte Eichenbalken zogen sich an der Decke entlang. Die Wände waren, soweit sie das sehen konnte, weiß verputzt. An einer Wand hingen verschiedene Ölgemälde. Landschaftsbilder, Weinberge, Flusstäler – auch die passten in diesen Raum. Hinter dem Esstisch, der bereits für zwei Personen gedeckt war, brannte in einem großen, aus Bruchsteinen gemauerten Kamin ein Feuer. Auf dem Kaminsims stand ein dicker Strauß Kiefernzweige mit dunkelbraunen Zapfen. In der Wärme des Kaminfeuers verströmten die Zweige einen feinen Duft, der einen Hauch von Weihnachtsstimmung verbreitete. Karin hielt nichts davon, schon im November die volle Weihnachtsdeko aufzustellen, aber das hier war gerade richtig. An diesem regnerischen Novemberabend verspürte sie zum ersten Mal so etwas wie Vorfreude auf die Festtage.

»Du warst dir offenbar sehr sicher, dass ich die Einladung annehmen würde«, sagte Karin und drehte sich zu Henry um, der hinter ihr in den Wohnraum getreten war.

»Im Gegenteil: Ich hatte mit einer Fifty-fifty-Chance gerechnet. Aber du bist ein Mensch, der sich bestimmt rechtzeitig gemeldet hätte, um die Einladung abzusagen, wenn es zeitlich nicht gepasst hätte. Und weil ich nach sechs nichts mehr von dir gehört habe, habe ich mich ans Kochen gemacht. Gut siehst du übrigens aus, Karin, der Schal steht dir, wenn ich das sagen darf.«

»Das darfst du gern, Henry. Aber jetzt verrate mir doch bitte, was es mit diesem Dr. Daniels auf sich hat. Hat sich mein Kollege verhört?«

Henry grinste und strich sich durch den frisch gestutzten grauen Vollbart. »Dein Kollege klang so geschäftsmäßig, ich kam mir vor, als würde ich gerade um eine Audienz beim Bundespräsidenten bitten. Da dachte ich mir, Henry, alter Junge, jetzt musst du die schweren Geschütze auffahren, um ernst genommen zu werden.«

»Henry! Um mich bei der Arbeit zu erreichen, muss man aber nicht flunkern.« Karin lächelte verschmitzt.

Henry hob eine Hand. »Flunkern? Großes Indianerehrenwort, alles, was ich am Telefon gesagt habe, ist die Wahrheit und nichts als die Wahrheit.«

»Dr. Daniels?«

»Genauer gesagt: Dr. Heinrich Hieronymus Daniels. Du musst zugeben, dass Henry netter klingt als Heinrich Hieronymus. Dass meine Eltern die Namen meiner Großväter gewählt haben, bescherte mir – ich will es mal so sagen – eine nicht ganz konfliktfreie Jugend. Und ja, ich habe promoviert. Aber das war … ähm … sozusagen in einem früheren Leben.«

Karin schüttelte lachend den Kopf: »Dr. Daniels. Heinrich

Hieronymus. Du steckst voller Überraschungen. Womöglich stimmt dann ja sogar das Gerücht, dass du früher in Paris ein Antiquitätengeschäft betrieben hast.«

»Also, wenn wir schon bei Geständnissen sind, und das noch vor dem Aperitif: Ja, auch das ist richtig. Vorher habe ich allerdings an der Sorbonne studiert und dort meinen Abschluss gemacht. Französisch, Philosophie und Geschichte. Jetzt weißt du mehr über mich als jeder andere hier an der Mosel. – Darf ich dir einen Sherry als Aperitif anbieten, obwohl du mit dem Auto da bist?«

»Gegen einen kleinen Sherry habe ich nichts einzuwenden.«

»Ich habe auch diesen hervorragenden Riesling kalt gestellt, den Sophie in ihrem Bistro serviert. Jochen Bremmer, der Seniorchef des Weinguts, ist ein alter Schulfreund von mir. Falls du Riesling magst – ich kann dir gern später ein Taxi rufen.«

»Das klingt toll, aber was wird dann aus meinem Wagen?«

»Brauchst du den, um morgen in der Bank zu arbeiten?«

»Nein, natürlich nicht. Ich gehe immer zu Fuß zur Arbeit.«

Henry klatschte in die Hände und lächelte zufrieden. »Perfekt! Ich treffe mich morgen mit einem Kunden in Cochem. Ich fahre mit deinem Wagen dorthin, stelle ihn auf dem Parkplatz der Bank ab, überreiche dir die Schlüssel und fahre mit meinem Kunden hierher zurück. Was sagst du?«

Karin zögerte einen Moment, doch dann gab sie sich einen Ruck. Warum eigentlich nicht? Dieser Raum strahlte eine Wärme und Gemütlichkeit aus, wie sie sie schon lange nicht mehr in einem Haus erlebt hatte. Sie freute sich auf das Essen und die Gespräche mit Henry. Mit einem Lächeln sagte sie: »Ich nehme dein Angebot an. Also erst den Sherry, dann ein Glas Weißwein. Darf ich dir in der Küche zur Hand gehen?«

»Sehr gern. Du könntest das Weißbrot schneiden.« Henry

führte Karin in eine kleine Küche. Erst als Karin den Duft von gebratenem Fleisch und Knoblauch roch, bemerkte sie, wie hungrig sie war. An vielen Tagen begnügte sie sich während der Arbeit mit etwas Obst und einer Scheibe Vollkornbrot.

»Das duftet herrlich, Henry.«

»Ich hoffe, es wird auch so schmecken. Als Vorspeise habe ich ein paar Krabben und einen Salatteller vorgesehen, und als Hauptgericht gibt es Schweinefilet mit Wurzelgemüse in Rieslingsauce und dazu ein Risotto. Da drüben im Messerblock findest du ein Brotmesser, das Baguette liegt dort im Korb. Ich muss noch schnell die Salatsauce anrühren.«

Heute trug Henry eine Cordweste über einem hellgrauen Hemd mit Stehkragen. Von einem schmiedeeisernen Haken nahm er eine schwarze Schürze und band sie sich um. Während Karin das Brot schnitt, rührte Henry aus Mayonnaise, Joghurt und verschiedenen Gewürzen eine Salatsauce an. Für kurze Zeit arbeiteten beide schweigend nebeneinander in der Küche, doch dann siegte bei Karin die Neugierde.

»Warum hast du mich eingeladen, Henry?«

»Ich dachte, du fragst gar nicht mehr.« Henry probierte mit einem Löffel die Sauce und entschied sich für zusätzlichen schwarzen Pfeffer aus einer großen Holzmühle. »Ich kenne dich jetzt schon so viele Jahre, Karin. Seit dem Tag, als ich Dotti geholfen hatte und du mit Rita und Heidi an diesem großen runden Tisch gepokert hast. Ist lange her. Damals hatte Dotti Probleme mit ihrem Landrover, erinnerst du dich?«

»Ja, natürlich. Die alte Kiste wollte nicht anspringen.«

»Genau. Jedenfalls kenne ich dich schon recht lange, und deshalb weiß ich, dass du diejenige bist, die mir helfen kann.«

»Ich soll dir helfen können?« Karin legte überrascht das Brotmesser zur Seite. »Hast du finanzielle Probleme, brauchst du Hilfe bei einer Verhandlung mit einer Bank?«

»Aber nein – im Gegenteil. Viele Interessierte lieben den Trödel drüben in der Scheune, mein Geschäft läuft großartig.

Und dann sind da ja noch die wirklichen Antiquitäten, die ich allerdings woanders lagere. Dafür wäre mir eine zugige Scheune dann doch zu riskant. Nein, im Grunde könnte ich mich zur Ruhe setzen, die letzten Jahre waren sehr zufriedenstellend. Ich habe kaum Grundkosten, mittlerweile weiß ich, was ich für welchen Preis einkaufen kann. Und die wirklich wertvollen Stücke kaufe ich nur auf, wenn ich dafür schon einen potenziellen Kunden an der Hand habe. Nein, mit meiner Bank muss ich schon seit Langem nicht mehr verhandeln.«

Karins Neugierde wuchs, das wurde ja immer interessanter. »Also keine Bankberatung, schön. Wobei kann ich dir dann helfen?«

Henry nahm die beiden Salatteller. »Komm, wir gehen rüber ins Wohnzimmer. Nimmst du bitte das Brot mit? Ich erkläre es dir, nachdem wir angestoßen haben.«

Er stellte die Salatteller ab und goss aus einer geschliffenen Karaffe Sherry in die bereitstehenden Kristallgläser. Im flackernden Schein des Kaminfeuers funkelte der Sherry golden.

Er hob sein Glas und prostete Karin zu. »Auf dein Wohl, Karin, und noch einmal offiziell: Schön, dass du meine Einladung angenommen hast.«

»Ich habe mich auch darüber gefreut.« Karin stieß mit ihm an, und in diesem Moment, wo sie am Kaminfeuer saß, den Sherry im Glas und den verführerischen Duft des Abendessens in der Nase, hätte sie nirgendwo anders sein wollen. Doch so wohl sie sich auch fühlte, Karin verlor ihre Frage nicht aus dem Blick. »Es ist wirklich schön hier bei dir, Henry, aber ich muss doch noch einmal fragen: Wie kann ich dir helfen?«

»Als wir gestern zusammen mit Sophie drüben in der großen Scheune waren, da hast du gesagt, dass, wenn ich einmal deine Hilfe benötigen würde, du bereit wärst zu helfen. Und daran habe ich mich heute erinnert. Du bist unglaublich organisiert, etwas, das man von mir weiß Gott nicht behaupten kann. Mich haben heute Vormittag drei Kunden gefragt – und zwar unabhängig voneinander –, warum ich meine Antiquitäten nicht in einem Onlineshop anbiete.«

»Aber Henry, ich bin Bankkauffrau, ich kenne mich mit Onlineshops überhaupt nicht aus.«

Henry hob beschwichtigend die Hand. »Komm, probiere erst einmal den Salat, und dann erklär ich dir alles.«

Zögernd aß Karin einen ersten Happen, doch ihre Neugierde war größer als der Appetit. Henry bemerkte das offenbar und lieferte unaufgefordert weitere Erklärungen. »Ich habe eine Agentur mit dem Design und der Programmierung des Onlineshops beauftragt, das alles steht schon seit mehr als drei Wochen in den Startlöchern. Was fehlt, ist der Inhalt, die Ware, Fotos, Beschreibungen. Und diese Informationen kann die Agentur natürlich nicht liefern, die müssen von mir kommen. Ich muss Tausende von Dingen erfassen, idealerweise in Listen, vielleicht sogar unter verschiedenen Rubriken. Die Artikel müssen von allen Seiten fotografiert werden. Fotografie war früher ein großes Hobby von mir, ich besitze auch eine gute Digitalkamera, daran soll es nicht scheitern, aber …«

»Aber was?«

»Ich stehe vor dieser Aufgabe wie ein Zwerg vor einem Berg. Und als du gestern so offen deine Unterstützung angeboten hattest, dachte ich abends bei mir, vielleicht könnte ich mit dir zusammen den Berg bezwingen. Ich brauche jemanden, der einen Blick für das große Ganze hat, der in der Lage ist, die einzelnen Stücke in Kategorien zusammenzufassen. Ich würde anschließend alles beschreiben, fotografieren und mit Preisen versehen. Hättest du Zeit und Lust, mir dabei zu helfen, Karin?«

Karin antwortete nicht sofort. Schon als sie gestern mit Sophie die einzelnen Geschirrteile zusammengesucht hatte, war ihr aufgefallen, wie sehr sie es genoss, in diesem riesigen Lagerraum herumzustöbern. Bilder wirbelten durch ihren Kopf.

Man könnte alles nach Epochen ordnen. Die Zwanzigerjahre, die Dreißiger, die Fünfziger. Oder nach Verwendungszweck, alles für die Küche, fürs Wohnzimmer, für den Garten. Sie hatte sogar einmal einen Trödelladen gesehen, der alles nach Farben geordnet hatte, das war vielleicht unüblich, hatte aber spektakulär ausgesehen. Der Gedanke, ein geordnetes Ganzes aus dem Chaos zu machen, dies zusammen mit Henry zu tun, gemeinsam Listen zu erstellen, zu überlegen, was zusammenpassen könnte, reizte sie sehr.

Etwas gemeinsam mit Henry tun, dachte sie, wer hätte das gedacht. Ich habe in der letzten halben Stunde mehr über diesen Mann erfahren als in den letzten zehn Jahren. Ich habe ihn unterschätzt. Dass Henry nicht der verschrobene Sonderling war, der er manchmal vorgab zu sein, war ihr schon lange klar gewesen, aber hier am Tisch saß ihr jemand gegenüber, der so ganz anders war als all die anderen Männer, die sie in den letzten Jahren kennengelernt hatte. Jemand, der genau wusste, was er wollte, der sich nicht verbiegen ließ. Und wie hatte Sophie so richtig gesagt: Henry war ein Mensch mit einem unglaublich großzügigen Herzen, der für seine Freunde alles tun würde.

Vielleicht war es dieser Gedanke, der den Ausschlag gab. Vielleicht auch die Atmosphäre dieses wundervollen Abends, oder das Vergnügen, das sie am gestrigen Nachmittag verspürt hatte. Karin schaute hoch. Sie war so in Gedanken versunken gewesen, dass sie gar nicht bemerkt hatte, wie Henry sie die ganze Zeit erwartungsvoll musterte, um möglicherweise an ihrer Miene abzulesen, wie sie sich entscheiden würde.

Karin lächelte herzlich. »Entschuldige bitte, es war unhöflich von mir, dich warten zu lassen. Ich war zu sehr mit meinen eigenen Gedanken beschäftigt. Ja, Henry, ich helfe dir gern. Wenn du der Meinung bist, dass ich dich bei dieser Arbeit unterstützen kann, dann will ich das tun. Gemeinsam werden wir den Berg bezwingen.«

»Großartig! Ich hatte gehofft, dass du zustimmst.« Henry freute sich sichtlich über ihre Zusage. In seinen Augen blitzte jugendlicher Überschwang. Er griff nach der Rieslingflasche, die schon in einem Weinkühler auf dem Tisch bereitstand. Er schenkte ein Glas Wein für Karin ein, eins für sich und sagte: »Liebe Karin, darauf trinke ich.«

Karin stieß mit ihm an. »Aber dir ist schon klar, dass dich das eine Kleinigkeit kosten wird?«

Zweifel verdunkelte seine Augen. Stirnrunzelnd fragte er: »Und woran hast du da gedacht?«

O Gott, das war jetzt ganz falsch angekommen. Dachte er etwa, sie wollte für ihre Arbeit bezahlt werden? Karin beeilte sich zu erklären: »Ich dachte an weitere wundervolle Abende an diesem Kaminfeuer, solche wie heute.«

Erleichtert lächelte er.

»Und ich möchte den Mann kennenlernen, der sich hinter dem Spitznamen Henry verbirgt. Ich mag nämlich nicht mit jemandem zusammenarbeiten, der Geheimnisse hütet.«

»Das sind Bedingungen, die ich gern erfülle.«

Perfekte Planung

»Ich muss das jetzt mal ganz deutlich sagen: Bei der Einladung der britischen Reisegruppe haben wir uns nicht gerade mit Ruhm bekleckert. Aber, und das ist unser großes Glück, weder die Gruppe noch sonst jemand außerhalb dieses Raumes hat davon Wind bekommen. Ihr habt doch niemandem etwas erzählt, oder?« Johannes Braubart schaute prüfend in die Runde und erhielt ein gemeinschaftliches Kopfschütteln als Antwort. Ja, in diesem Punkt war sich der Dorfverein einig, daran gab es keinen Zweifel.

»Sehr gut. Wie würden wir bei den anderen Gemeinden, die um die Goldene Weihnachtskerze kämpfen, dastehen, wenn bekannt würde, dass unsere Ortsvorsteher von Englisch so viel Ahnung haben wie ein Schwein vom Skispringen? Wir könnten uns ja bei keinem Regionaltreffen mehr sehen lassen.«

»Keine Sorge, Johannes, wir halten alle dicht. Was im Dorfverein besprochen wird, bleibt auch im Dorfverein. Eiserne Regel, daran haben wir uns immer gehalten«, bestätigte Hermann Weibold. »Stimmt doch, nicht wahr?« Hermann schaute reihum in die Gesichter der Mitglieder, die mit der Faust zustimmend auf die Tischplatten klopften.

»Etwas anderes hatte ich auch nicht erwartet, aber ich

wollte es doch noch einmal ansprechen. Wie wir bereits bei der letzten Sitzung festgestellt haben, wird uns die englische Reisegruppe vor keine großen Herausforderungen stellen. Jeder Engländer hat seine Gastfamilie. Die werden ihr eigenes Programm durchziehen und froh sein, wenn sie abends in die Betten sinken können. Und am Ende der zehn Tage beeindrucken wir alle mit einer ordentlichen Abschlussfeier.«

Rainer Baumann hob die Hand und meldete sich zu Wort. Johannes Braubart nickte ihm zu. »Leg los, Rainer.«

»Ich habe in unseren Unterlagen gestern die Aufgabenliste von unserem Tanz in den Mai gefunden. Im Grunde könnte die Abschlussfeier doch ähnlich ablaufen: Wir schmücken den Pfarrsaal, es gibt Getränke und ein kleines Büfett, zu dem kann jede Familie etwas beitragen. Und wir brauchen Musik.« Rainer holte einige Blätter aus seiner Aktenmappe. »Ich habe hier mal die Aufgabenliste vom Frühjahr kopiert. Schaut doch mal drüber, danach kann jeder sagen, ob er diese Aufgabe noch einmal übernehmen würde.«

Die Kopien machten am Tisch die Runde, und die Mitglieder des Dorfvereins überflogen noch einmal das, was sie für die letzte Feier vereinbart hatten. Hermann schaute von seinem Blatt hoch und lächelte anerkennend. »Rainer, das ist eine wirklich gute Idee. Für mich sieht das prima aus. Ja, wir recyceln sozusagen den Tanz in den Mai für die Engländer und kleben einfach ein neues Etikett drauf. Statt der Tanzmusik nehmen wir eine Playlist mit Weihnachtstiteln, und fertig ist die Laube.« Erneutes zustimmendes Beifallklopfen auf den Tischplatten. Die Mitglieder des Dorfvereins lehnten sich zufrieden zurück.

»Da sieht man doch mal, dass sich eine anständige Planung auszahlt. Gibt es irgendjemanden in der Runde, der seinen Part diesmal nicht übernehmen kann?« Johannes wartete kurz. Niemand meldete sich. »Sehr gut, dann haben wir den Punkt ja geklärt.«

Hermann räusperte sich: »Bliebe noch die Frage, wie wir die Gäste begrüßen wollen.«

»Wie wäre es mit: Hello, how are you?«, brummte Johannes, während er nach seinem Bierglas griff.

»Johannes!«

»Schon gut, Hermann. Man wird ja mal einen Witz machen dürfen.«

Hermann schüttelte grinsend den Kopf und fuhr dann fort: »Abgesehen davon, dass unser lieber Johannes seine profunden Fremdsprachenkenntnisse anbringen kann, schlage ich vor, dass wir darüber nachdenken, wer von uns die Begrüßung übernimmt und wie wir unser Dorf präsentieren wollen. Denkt immer daran, die Briten haben eine lange Reise hinter sich, sie kommen am Marktplatz an, und dann zählt der erste Eindruck.«

Wieder war es Rainer Baumann, der kurz die Hand hob, um sich zu Wort zu melden. »Ihr könnt mich jetzt unkreativ nennen, aber erinnert ihr euch noch an den Empfang vor vier Jahren? Als die französische Kommission bei uns war, die das Moseltal besucht hat?«

Rainers Frage wurde von einem gemeinschaftlichen Aufstöhnen beantwortet.

»Ich weiß, die Franzosen waren anstrengend, aber zum Glück hatte ja Brennerbach die Hauptlast zu tragen. Wir wollen dieses Ereignis nicht wiederholen, auf keinen Fall. Was ich sagen will, ist, dass der Empfang hier bei uns im Dorf damals doch sehr gut verlaufen ist.«

»Abgesehen davon, dass wir Wümmerscheider euch in Sollensbach nicht das Schwarze unter dem Fingernagel gegönnt haben. Wisst ihr das nicht mehr? Wie es zu Handgreiflichkeiten zwischen den Goldkehlen und den Jagdbläsern gekommen ist, weil der Jagdbläser das Wort Knödeltenor in den Mund genommen hatte und die Retourkutsche Trübsalbläser sozusagen in den falschen Hals bekommen hat? Also abgesehen davon lief das wirklich ganz gut«, fasste Johannes die damaligen Ereignisse zusammen und erntete dafür Lachen in der Runde.

»Ich glaube, ich weiß, worauf Rainer hinauswill«, warf Hermann ein, »die Franzosen waren schwer beeindruckt. Wir wiederholen einfach den damaligen Empfang, ohne die Feindseligkeiten zwischen den Dörfern. Mittlerweile ziehen wir doch alle einem Strang, die Eitelkeiten und die handgreiflichen Auseinandersetzungen sind Geschichte. Also: Beide Ortsvorsteher werden die Begrüßung übernehmen. Johannes und ich bilden die Verstärkung. Wir sorgen dafür, dass der Reisebus vor dem Rathaus hält, das ist immer eine gute Kulisse. Wir sprechen die Goldkehlen an, die sollen was Unverfängliches singen – ich denke da an ein traditionelles englisches Weihnachtslied – und die Jagdbläser ergänzen die kleine Begrüßung mit einem Instrumentalstück.«

»Sehr gut«, lobte Johannes, »danach werden wir die Gästeliste vorlesen und die Engländer auf die Gastfamilien verteilen und fertig. Ja, ich denke, mit dem Ablauf kann nichts schiefgehen, das packen wir mit links. Männer, da sieht man wieder, dass wir nicht umsonst Preisträger der Goldenen Weihnachtskerze geworden sind. Ich erhebe mein Glas auf unseren Dorfverein.«

Die Mitglieder des Dorfvereins griffen nach ihren Gläsern und prosteten sich zufrieden zu.

Freundinnen unter sich

»Heinrich Hieronymus? Ich werde verrückt. Kinder, das glaube ich einfach nicht.« Rita schüttelte fassungslos den Kopf.

»Vergiss bitte nicht: Dr. Heinrich Hieronymus Daniels.« Heidi konnte nur mit Mühe ein Lachen unterdrücken. »Dass unser lieber Henry einen Nachnamen haben muss, war uns allen bewusst, aber gleich einen Doktortitel?«

»Glaubt mir, ihr beiden, ich habe auch nicht schlecht gestaunt«, versicherte Karin.

Die drei Freundinnen saßen in Heidis geräumigem Wohnzimmer und genossen den Rotwein, den Heidi bei ihrem letzten Frankreichaufenthalt auf einem Weingut in Burgund gekauft hatte. Heidi und Rita teilten sich das gewaltige lila Samtsofa, Karin hatte sich in einem der cremeweißen Ledersessel niedergelassen.

»Und Henry möchte wirklich, dass du ihm beim Aufbau seines Onlineshops hilfst?«, hakte Heidi nach.

»Na hör mal, bei dir klingt das so, als hättest du Zweifel, ob ich das kann. Glaubst du vielleicht, dass ich nicht in der Lage wäre, Trödel und Antiquitäten zu katalogisieren?«, beschwerte sich Karin.

»Das hat Heidi so sicher nicht gemeint«, warf Rita ein.

»Stimmt, danke, Rita. Nein, Karin, ich hab mich nur gefragt, wieso Henry, den wir alle schon seit mehr als zehn Jahren kennen, genau jetzt auf die Idee kommt – nimm mir das nicht wieder übel –, ausgerechnet dich zu fragen.«

Verlegen zeichnete Karin mit dem Zeigefinger Kreise auf die Sessellehne. Es dauerte ein paar Sekunden, bevor sie mit einem verlegenen Lächeln erklärte: »Ich habe mich gut mit ihm verstanden, als ich zusammen mit Sophie nach der Einrichtung für den neuen Cafébereich gesucht habe. Ja, ich hatte ihm angeboten zu helfen, wenn er einmal Unterstützung braucht. Da konnte ich ja noch nicht ahnen, dass er schon am nächsten Tag anrufen würde. Und der Abend …« Karin brach ab und trank aus lauter Verlegenheit noch einen Schluck Rotwein, nur um nicht weiterreden zu müssen. Doch wozu waren schließlich Freundinnen da? Rita und Heidi kannten sie besser als jeder andere. Die beiden tauschten einen kurzen Seitenblick aus. Heidi lächelte verständnisvoll, und Rita erklärte: »Um das einmal klarzustellen, Karin, wir beide gönnen dir einen romantischen Abend von ganzem Herzen. Sieh mal, so lange ist es nun auch nicht her, dass Jean-Pierre unserer Heidi einen Heiratsantrag gemacht hat. Und damit will ich nicht sagen, dass du Henry heiraten sollst, aber ich finde, jeder hat das Recht auf ein bisschen Romantik in seinem Leben.«

Karin hob versöhnt ihr Glas. »Darauf trinke ich mit euch. Und wo du ihn schon erwähnst, wo ist Jean-Pierre überhaupt?«

»Wenn es nach mir ginge, wäre er hier«, erwiderte Heidi, »aber ein alter Freund hat ihn gebeten, für seinen fünfundsechzigsten Geburtstag zu kochen, und Jean-Pierre konnte nicht widerstehen. Ich hoffe aber, dass er in wenigen Tagen wieder zurück sein wird.«

»Habt ihr denn mit dem Katalogisieren schon angefangen, du und Henry?«, erkundigte sich Rita bei Karin.

»Ja, ich bin gleich gestern noch einmal zu ihm gefahren, und wir haben uns fast drei Stunden lang einen ersten Überblick verschafft. Zumindest weiß ich jetzt, welche Kategorien wir für den Onlineshop anlegen müssen. Und die Kategorien sind der Schlüssel zu allem. Wir finden Obergruppen und suchen dann die passenden Stücke dazu.«

Rita lächelte Heidi vergnügt an. »Merkst du was, Heidi? Unsere Karin geht in dieser Arbeit voll und ganz auf. Kein Wunder, dass Henry sie gefragt hat, er wusste genau, wer von uns dreien das passende Talent hat.«

»Er wusste genau, wer von uns dreien noch nicht vergeben ist«, erwiderte Heidi und fing an zu lachen. Ein Lachen, in das ihre beiden Freundinnen sofort einfielen.

»Was für eine Unterstellung, Heidi.« Karin wischte sich mit einer Hand die Lachtränen von den Wangen. »Henry braucht nur einfach meine Unterstützung.«

»Na klar. Deshalb hatte er dich ja auch zu einem romantischen Abendessen eingeladen, das Kaminfeuer angemacht und deinen Lieblingsriesling serviert«, erwiderte Heidi.

»Ich bin jedenfalls gespannt, was am Ende dabei herauskommt«, verkündete Rita. »Also, ich meine jetzt natürlich den Onlineshop, nicht, dass ihr glaubt … ach herrje …«

»Mit euch beiden kann man heute wirklich nicht ernsthaft reden.« Karin schüttelte lachend den Kopf.

»Ach, Karin, das musst du uns verzeihen. Ich weiß nicht, wie es Rita geht, aber ich muss sagen, dass der heutige Abend das erste wirklich nette Ereignis in dieser Woche ist«, sagte Heidi.

Ihre Freundinnen wurden sofort hellhörig. Karin stellte ihr Glas auf dem Tisch ab und richtete sich auf, Rita rutschte angespannt nach vorne auf die Sofakante.

»Was ist denn los? Hast du Probleme?«, fragte Rita. »Hast du dich mit Jean-Pierre gestritten?«

»Nein«, versicherte Heidi hastig, »das heißt, nicht direkt.«

Karin und Rita wechselten einen besorgten Blick. Alles

Necken in Bezug auf eine mögliche romantische Beziehung zu Henry war vergessen.

»Nicht direkt – das klingt aber nicht gut«, stellte Karin fest.

»Es geht nicht um unsere Beziehung, aber Jean-Pierre findet dieses alte Weingut für zwei Personen viel zu groß. Mir gefällt das Haus. Und doch – im Grunde muss ich ihm recht geben. Wisst ihr, die meisten Räume stehen praktisch die ganze Zeit leer, es sei denn, ab und zu kommen Freunde vorbei und übernachten bei mir. Es gibt so viele Zimmer, was kein Wunder ist, weil die Vorbesitzer neben dem Weingut auch eine Pension betrieben haben. Und dann noch die Nebengebäude. Als ich das Anwesen gekauft habe, hatte ich noch die Idee, dass Leonie und ihr damaliger Mann zusammen mit Marie hierherziehen würden. Ich hatte mir vorgestellt, dass ich alle Freunde und Freundinnen aus früheren Jahren einlade, bei mir Urlaub zu machen. Aber nichts davon ist dann Wirklichkeit geworden. Ich war mir selbst genug, und Leonie hat sich scheiden lassen und ist nach Wümmerscheid-Sollensbach gezogen. Jetzt ist sie mit Jan zusammen, und sie wollen in der Nähe von Jans Autowerkstatt ein Haus bauen. Ich kann es ihnen nicht verübeln. Mein Gutshof gehört offiziell noch zu Wümmerscheid-Sollensbach, aber für Marie wäre der Weg zur Schule ungefähr dreimal so lang wie jetzt, und hier gibt es keine Schulbushaltestelle.«

Rita rutschte noch weiter vor und legte ihre Hand mitfühlend auf Heidis. »Du hättest deine Sorgen viel früher mit uns teilen sollen. So was ist gar nicht gesund, die Gedanken in sich hineinzufressen. Du musst darüber reden.«

Heidi lächelte schief. »Ja, das hätte ich tun sollen. Jean-Pierre hat mir vor seiner Abreise ziemlich deutlich zu verstehen gegeben, dass er ein Anwesen mit mehr als zwanzig Zimmern für überflüssig hält.«

»Er hat dir ein Ultimatum gestellt?«, empörte sich Rita.

»Nein, hat er nicht. Aber wir hatten eine unschöne Auseinandersetzung, Jean-Pierre hat mir vorgeworfen, ich würde mich zu sehr an ein Gebäude klammern. Und er weiß, wovon er redet. Er hat in Frankreich seine gut gehende Bistrokette verkauft, weil er endlich weniger Stress haben wollte. Sich von etwas zu trennen, was einem am Herzen liegt, ist ihm also wohl vertraut. Und natürlich bewohnen wir nur einen kleinen Teil, und ich habe Sorge, dass die ungenutzten Nebengebäude darunter leiden, weil sie eben nicht dauerhaft bewohnt und geheizt werden.«

»Warum verkaufst du dann nicht einen Teil der Gebäude?«, schlug Karin vor. »Oder, eine andere Idee, du könntest im Haupthaus wohnen und die Nebengebäude vermieten.«

»Ach, selbst dieses Haupthaus ist schon zu groß, das merke ich ja regelmäßig, wenn ich es sauber machen muss. Drüben, das ehemalige Haus des Kellermeisters, das hätte genau die richtige Größe. Vier Zimmer, eine große Wohnküche, zwei Bäder, das reicht doch vollkommen aus.« Heidi hob die Hände und seufzte. »Es ist das Haupthaus, von dem ich mich trennen würde. Aber wer würde eine alte Pension in einem Weinberg kaufen, der schon seit Jahrzehnten nicht mehr bewirtschaftet wird?«

»Aber wenn wir einen Käufer finden würden?«, fragte Karin.

»Würde ich mit einem weinenden und einem lachenden Auge sofort zustimmen«, erwiderte Heidi.

»Ich höre mich mal um, vielleicht kennt ja auch mein Mann jemanden«, sagte Rita.

»Oder du kommst zu mir in die Bank, wenn du dich entschieden hast. In der Immobilienabteilung haben wir ein paar sehr gute Leute sitzen. Sag einfach Bescheid, wenn du so weit bist. Also falls du dich wirklich für einen Verkauf entscheidest.«

»Das ist sehr lieb von euch beiden«, sagte Heidi, »ich hätte euch das alles wirklich viel früher erzählen sollen. Es tut jedenfalls gut, es mal ausgesprochen zu haben.«

»Dafür sind schließlich Freundinnen da«, erklärte Karin.

Rita schaute auf ihre Armbanduhr. »Kinder, Konstantin wird frühestens in einer Stunde hier sein. Mein Göttergatte hat versprochen, mich und Karin abzuholen. Es wäre noch Zeit für eine zweite Flasche Rotwein und eine Runde Poker, was meint ihr?«

Karin schaute Heidi fragend an, und die nickte lächelnd. »Warum eigentlich nicht? Niemand verlangt von uns, dass wir nur samstags spielen. Und vielleicht gewinne ich heute sogar.«

Während Heidi aufstand, um Wein und Spielkarten zu holen, räumte Karin den Tisch frei. Beiden entging das feine Lächeln in Ritas Gesicht.

Walzer mit einem R am Ende

Drei leise Gongtöne unterbrachen Peter beim Tippen einer E-Mail. Gehetzt schaute er in Richtung Handy. »Das darf doch nicht wahr sein«, murmelte er, »ausgerechnet jetzt.« Aber der Erinnerungsalarm, den er am Mittag extra eingerichtet hatte, ließ keinen Zweifel zu: Er musste aufbrechen, wenn er seine Tanzstunde nicht verpassen wollte. Peter schrieb die E-Mail fertig und verschickte sie, dann fuhr er den Rechner herunter und packte hastig ein paar Unterlagen in seine Tasche. An jedem anderen Tag hätte er einfach etwas länger gearbeitet, bis alles Nötige erledigt war, aber er wollte auf keinen Fall den Unterricht verpassen. Der Verkehr war um diese Zeit unberechenbar, deswegen auch der Erinnerungsalarm. Wenn er rechtzeitig in der Tanzschule sein wollte, dann musste er jetzt fahren. Probleme mit dem Team oder seinem Chef gab es deshalb nicht. Peter hatte so viele Überstunden auf seinem Zeitkonto, dass sie auch noch ausgereicht hätten, um zwei weitere Tanzkurse zu absolvieren. Außerdem hatte er seine Kolleginnen und Kollegen rechtzeitig informiert, dass er heute früher gehen musste.

Als er über den Parkplatz zu seinem Auto ging, klingelte sein Handy.

»Hallo, mein Schatz, alles in Ordnung?«, begrüßte er Sophie.

»Hallo, Peter, kannst du bitte auf dem Rückweg noch Nasenspray mitbringen? Ich habe das Gefühl, ich bekomme eine Erkältung.«

»Ja klar, kein Problem.«

»Obwohl du diese Strategietreffen mit deinem Kunden hast?«

»Nee, davor ist noch Zeit, ich flitze einfach um die Ecke und kaufe schnell das Spray. Wirklich, gar kein Problem. Brauchst du sonst noch was? Erkältungsbad, oder ein paar Vitamintabletten?«

»Ja, warum nicht. Es wäre toll, wenn du für mich in die Apotheke gehst, dann kümmere ich mich darum, dass die kleine Maus in die Wanne kommt, bevor ich im Bistro anfange.«

Peter blieb kurz stehen, um den Autoschlüssel aus der Jackentasche zu fischen. »Du, Sophie, ich muss allerdings jetzt weitermachen. Aber ich werde an deine Medikamente denken, versprochen.«

»Klasse. Bis später dann. Ich liebe dich.«

»Ich dich auch.«

Peter beendete das Telefonat und fluchte leise. Seine Tanzstunde begann um neunzehn Uhr. Zeit, um zu der Apotheke um die Ecke zu laufen, hatte er nicht. Er musste darauf hoffen, dass der Verkehr einigermaßen floss und er auf dem Weg zur Tanzschule noch an einer anderen Apotheke vorbeikam.

Voller Unbehagen setzte er sich hinter das Steuer und fuhr los. Wenn seine Überraschung gelingen sollte, dann durfte Sophie auf keinen Fall erfahren, was er jeden Montag- und Donnerstagabend tat. Aber sie bewusst anzulügen sorgte bei ihm für Magenschmerzen. Das fühlte sich gar nicht gut an.

Und dazu kam noch das Jonglieren mit den Arbeitszeiten, seinen Terminen und den Anforderungen, die das Bistro an ihn stellte. Schließlich hatte er versprochen, Sophie bei ihrer Arbeit zu unterstützen, auch wenn diese Unterstützung in der Regel aus ein paar Kurierdiensten und kleinen Besorgungen bestand. Aber genau das verschaffte Sophie den nötigen Spielraum, um das Bistro erfolgreich zu leiten.

»Es muss einfach klappen«, sagte er zu sich selber, und er nahm sich vor, mit Merle Brinkmann zu sprechen. Vielleicht gab es die Möglichkeit, die Startzeit seiner Tanzstunden zeitlich etwas flexibler zu handhaben. Wobei … das war wahrscheinlich Wunschdenken, Merle Brinkmann lebte schließlich davon, möglichst viele Tanzstunden zu geben, da würde sie wohl kaum auf seine Sonderwünsche eingehen können. Nein, dachte Peter entschlossen, das muss ich allein in den Griff kriegen.

***

Sophie legte das Telefon weg und runzelte nachdenklich die Stirn. Komisch, dachte sie, Peter klang irgendwie gehetzt. Gut, bei den zahllosen Projekten, die er bearbeitet, muss mich das nicht wundern. Aber seine Stimme hatte sich so kurzatmig angehört, fast, als würde er gerade rennen. Vielleicht war er ja gar nicht im Büro gewesen? Hatte sie nicht sogar ein Hupen im Hintergrund gehört? War er dabei gewesen, kurz etwas aus dem Auto zu holen? Ja, so mochte es gewesen sein. Sophie überlegte, ihn noch einmal kurz in der Agentur anzurufen, aber dann hörte sie, wie Herr Württemberg draußen im Garten winselte, und sie verwarf den Gedanken, legte das Telefon in die Ladestation zurück und ging zur Glastür, um den Hund hereinzulassen.

***

»So, Peter, wir wiederholen zunächst einmal die Grundschritte, die wir in der letzten Stunde gelernt haben, und dann zeige ich dir ein paar einfache Schritte im Tango Argentino.« Merle Brinkmann startete die Musik.

Peter griff nach ihrer Hand, ging in Tanzhaltung.

»Schließ bitte gleich die Augen, Peter, und achte auf den Takt. Wenn du anfangen willst, dann sagst du nicht ›und los‹. Erinnere dich an das, was wir in der letzten Stunde besprochen haben: Körperspannung. Versuche mir zu vermitteln, wann du anfangen möchtest, und zwar ohne Worte, lass deinen Körper sprechen. Was würdest du auf diese Musik tanzen?«

»Langsamen Walzer?«

»Sehr gut. Also einen langsamen Walzer, und jetzt Augen zu und Konzentration.«

Peter schloss die Augen und hörte auf die Musik. Merle hatte recht, er musste sie gar nicht auffordern loszulegen, sie spürte praktisch seinen ersten Tanzschritt.

»Autsch!«

Peter riss die Augen auf. »Oh, das tut mir leid.«

»Schon gut, du bist nicht der erste Tanzschüler, der mir auf die Zehen getreten hat. Okay, das mit der Körperspannung war schon nicht schlecht, aber beim Walzer beginnt der Herr mit dem rechten Fuß und nicht mit dem linken. Merke dir einfach: Walzer endet auf einem R wie rechts. Alles klar? R wie rechter Fuß. Also gleich noch einmal von vorne. Der Herr rechts vor, die Dame links zurück.«

Diesmal klappte es reibungslos. Und mit Merle im Arm schien auch der langsame Walzer keine große Herausforderung zu sein. Geht doch, dachte Peter zufrieden, und eine Apotheke habe ich auch noch gefunden, es läuft doch alles wie am Schnürchen.

Sophies Tagebuch – Donnerstag, 18. November

Liebe Dotti,

im Haus ist alles still. Lisa geht schon seit sechs Wochen zur Eingewöhnung in die Kita. Das macht sie so müde, sie schläft inzwischen jeden Abend schon vor sieben Uhr ein.

Am Anfang war es für uns alle ziemlich anstrengend. Ich musste jeden Vormittag mit ihr im Kindergarten verbringen. Sie sollte sich ja nicht allein fühlen und keine Angst bekommen, dass ich nicht mehr für sie da bin. In den nächsten Wochen habe ich mich nach und nach ins Nebenzimmer zurückgezogen. Und als wir ganz sicher waren, dass sie mich nicht vermisst, bin ich gelegentlich für eine halbe Stunde rausgegangen, ein bisschen einkaufen, ein paar Besorgungen erledigen. Jetzt ist es offiziell: In der Woche nach dem ersten Advent wird Lisa jeden Vormittag in die Kita gehen. Und ich muss sagen, ich bin erleichtert. Diese Stunden am Vormittag, die ich jeden Tag in der Kita war, haben mir bei der Arbeit doch sehr gefehlt. Aber ich will mich nicht beschweren. Es ist alles so wunderbar glattgelaufen, ich kann es noch gar nicht glauben. Zuerst gab es überhaupt keine freien Plätze, wir wurden auf die Warteliste gesetzt. Dann hatten wir Glück, und eine Familie mit zwei Kindern ist weggezogen, und Lisa war an der Reihe. Dass sie dann auch noch in die Gruppe von Elsie, ihrer ehemaligen Kinderfrau, gekommen ist, macht die Sache perfekt. Für Lisa war das fast wie nach Hause kommen.

Wahrscheinlich schüttelst du den Kopf über so viele Umstände. Ich habe gehört, zu deiner Zeit gab es so etwas wie eine Eingewöhnungszeit praktisch gar nicht. Die Mütter haben ihre Kinder an der Tür abgegeben, und irgendwie ging es auch.

Jetzt, liebe Dotti, bin ich so müde, dass ich um ein Haar im Sitzen eingeschlafen wäre. Ich mache mir eine Wärmflasche und gehe ins Bett. Ich befürchte, Lisa hat mich mit ihrem Schnupfen angesteckt, ich muss die ganze Zeit niesen.

Weihnachten kannst du dieses Jahr vergessen

Während Sophie mit Lisa an der Hand und Herrn Württemberg an der Leine zum Marktplatz spazierte, sang sie das amerikanische Weihnachtslied *The Christmas Song*. Singen war vielleicht nicht die richtige Beschreibung. Seit Lisa die Kita besuchte, war es wie verhext. Eine Erkältung reihte sich an die nächste, und das leider nicht nur bei Lisa, sondern inzwischen hatte sich auch Sophie angesteckt. So erinnerte ihre schöne Altstimme heute auch eher an Das Tier aus der *Muppet Show*. Überall, wo Sophie der Text nicht einfallen wollte, und das war an ziemlich vielen Stellen, ging sie einfach in ein Summen und Brummen über, bis wieder eine Zeile dran war, die sie kannte.

Der Song galt als eines der erfolgreichsten Weihnachtslieder aller Zeiten, das hatte Sophie kürzlich im Radio gehört. Mehr als fünfhundert verschiedene Interpreten hatten das Lied schon aufgenommen. Und jeder einzelne dieser fünfhundert hätte sich bei Sophies Variante aus gesungenen Passagen und gebrummten Teilen wahrscheinlich mit Schaudern abgewandt.

Sophie selbst empfand ihre fehlende Textsicherheit beim Singen als wenig störend. Die Adventszeit stand vor der Tür, die Vorbereitungen waren in vollem Gange. Sie liebte diese Zeit im Jahr ganz besonders. Sie mochte die Stimmung, die *The Christmas Song* verbreitete: ein Versprechen auf Gemütlichkeit. Die Zusage, dass man nach einem Spaziergang im Schnee die Winterkälte bei einem heißen Kakao oder einem Glühwein vor dem mollig-warmen Kaminofen vergessen würde.

Lisa hüpfte vergnügt neben Sophie her und versuchte mitzusingen. Sie spürte offenbar ganz genau die gute Laune ihrer Mutter. Am Marktplatz angekommen blieb Sophie kurz stehen und schaute sich um. Die Holzbuden für den Weihnachtsmarkt, der am ersten Adventswochenende eröffnet werden sollte, waren bereits aufgebaut. Mitarbeiter aus dem Rathaus, unterstützt von ehrenamtlichen Helfern des Dorfvereins, waren gerade dabei, die Lichtergirlanden zwischen den Holzbuden aufzuhängen und die letzten Bretter an den großen Krippenstall zu schrauben. Hier würde der Theaterverein Sollensbach die Weihnachtsgeschichte darstellen. Die Aufführung und ganz besonders die vielen Tiere, die dabei zum Einsatz kamen, würden die Hauptattraktion in diesem Jahr sein.

Sophie atmete tief ein. Tante Dotti hatte immer behauptet, sie könne Schnee riechen. Tja, so weit bin ich noch nicht, dachte Sophie. Aber was sie sehr wohl wahrnahm, war der Duft von Glühwein und Anis, der trotz der frühen Tageszeit schon in der Luft hing. Anscheinend stimmten sich die Helfer getränkemäßig schon mal ein. Während sie, immer noch leise summend, über den Platz schlenderte, wurde sie von allen Seiten fröhlich begrüßt. Ja, keine Frage: Wümmerscheid-Sollensbach war in Vorweihnachtsstimmung. Überall sah man nur zufriedene Gesichter. Der Geist der Weihnacht schien durch die Gassen zu wehen und jeden Streit und jedes laute Wort im Keim zu ersticken.

»Heilige Scheiße, Gottverdammich, das ist doch wohl nicht wahr! Meine Fresse, da steckt doch bestimmt der Hobelkasper dahinter, jede Wette. Nur weil ich einmal laut gesagt habe, dass der heilige Josef eben doch Zimmermann und nicht Tischler gewesen ist. Da hättest du mal den Blick vom Hermann sehen sollen. So ein Dreck, ich fass es nicht.«

Sophie, die gerade damit beschäftigt war, Lisa die Stufen zur Metzgerei Braubart hinaufzuhelfen, blieb überrascht stehen. Die laute Stimme von Metzgermeister Johannes Braubart hallte durch den Laden wie die Posaunen von Jericho. Johannes fluchte offenbar in der Wurstküche vor sich hin, während er arbeitete. Ab und zu hörte man lautes Klappern von Metalltöpfen und das Zuschlagen der Kühlkammertür. Im Ladengeschäft dagegen war es still, und außer Sophie waren nur zwei weitere Personen da: Sophies Freundin Leonie und deren kleine Tochter Marie.

»Guten Morgen, Sophie.« Leonie umarmte ihre Freundin zur Begrüßung und stupste dann Sophies Tochter vorsichtig auf die Nasenspitze – das war mehr oder weniger das einzige Körperteil, das nicht in Wolle und Fleece eingemummelt war. »Hallo, Lisa.«

Sophie strubbelte Marie durch die Haare und sagte: »Guten Morgen, ihr beiden. Ist denn niemand da zum Bedienen?«

Leonie zuckte nur ratlos mit den Schultern.

»Der Johannes ist gaaaanz mies gelaunt. Der benutzt so schlimme Wörter, die man nicht sagen soll«, erklärte Marie mit der Ernsthaftigkeit einer Achtjährigen.

»Gerade eben war Hetti Braubart noch dabei, uns ein bisschen Salami abzuwiegen«, fügte Leonie hinzu. »Marie hat heute ausnahmsweise erst zur dritten Stunde Unterricht, da dachte ich, auf dem Weg zur Schule könnte ich noch schnell einkaufen gehen. Dann kam alles anders. Wir haben einen empörten Schrei von Johannes gehört, Hetti ist raus in die Wurstküche gestürzt, und seitdem war nur Johannes zu hören.« Leonie schaute auf die Armbanduhr. »Langsam müsste es aber weitergehen, sonst kommen wir zu spät zur Schule.«

»Ich glaube, der Johannes hat eine schlimme Nachricht bekommen, da war doch so ein Telefonklingeln vorher«, ergänzte Marie.

In diesem Moment kam Hetti Braubart, Metzgersgattin und sozusagen die lebende Nachrichtenzentrale von Wümmerscheid-Sollensbach, aus der Wurstküche zurück.

»Wenn ich das der Renate erzähle, das glaubt die mir nie.« Hetti hatte offenbar mit sich selbst gesprochen. Dass mit Sophie eine weitere Kundin vor der Ladentheke wartete, nahm sie erst jetzt wahr. »Ach, Sophie, das ist aber nett, dass du vorbeikommst. Du bist doch mit unserer Jennifer befreundet, könntest du nicht mal mit ihr reden? Der arme Johannes weiß nicht mehr ein noch aus.«

»Dreck, Teufel und Gurkenstriezel, natürlich weiß ich, was ich zu tun habe. Ich dreh dem Hobelkasper den dürren Hals um, jawohl«, tönte es aus der Wurstküche.

»Johannes, es sind Kunden im Laden. Kunden und kleine Kinder, bitte reg dich nicht weiter auf.«

»Was meint der Johannes mit ›Dreck, Teufel und Gurkenstriezel‹?«, fragte Marie.

Sophie ging in die Knie, um mit Marie auf Augenhöhe zu sein. »Erwachsene sagen manchmal Sachen, wenn sie sehr wütend sind, die keinen richtigen Sinn ergeben, aber danach fühlen sie sich dann besser.«

»Ach so, wie wenn ich laut Fack schreie, weil ich mir das Knie gestoßen habe …«

»Marie!«

»Schon gut, Mama, sag ich auch nicht oft. Aber der Olaf-Marcel in meiner Klasse, der sagt das fast immer. Ich mach das nur, wenn was richtig Schlimmes ist. So als Ausnahme.«

Sophie nickte ernst. »Du hast es, glaube ich, schon ganz gut begriffen, Süße.«

Lisa hatte aufmerksam und mit großen Augen alles verfolgt. Jetzt krähte sie fröhlich: »Fack, Fack. Seiße. Heilige Seiße!«

»Upps, auweia!« Marie schaute erschrocken zu ihrer Mutter und Sophie hoch. »Das hätte ich nicht sagen dürfen, an Lisa hab ich ja gar nicht gedacht.«

»Seiße-Fack!«

»Nein, Lisa, das sagt man nicht. Nein!« Sophie schüttelte energisch den Kopf, konnte aber gleichzeitig nur mit Mühe ernst bleiben, und dass Leonie und Hetti breit grinsten, machte es ihr auch nicht leichter.

»Tja, was soll ich sagen. Lisa brabbelt alles nach, leider in den unpassendsten Momenten.«

»Ach, das war bei unserer Jennifer nicht anders«, versicherte Hetti, »was sich da der Johannes zurückhalten musste. Der Arme ist manchmal in den Kühlraum gegangen, um ordentlich fluchen zu können.« Hetti hatte in der Zwischenzeit die Wurst abgewogen und in Papier eingeschlagen. Jetzt fragte sie: »Darf es außer dem Viertelpfund Salami noch was sein, Frau Bernard?«

»Drei Schnitzel und ein großes Stück Fleischwurst«, antwortete Leonie.

»Kommt sofort.«

Hetti begann die Schnitzel zu schneiden und erinnerte sich dann offenbar wieder daran, dass sie Sophie um Hilfe gebeten hatte, ohne eine Erklärung dafür zu liefern. »Wo war ich eben stehen geblieben, Sophie? Ach ja, unsere Jennifer. Wie gesagt, du musst mit ihr reden. Auf uns, ihre Eltern, hört sie nicht.«

»Worum geht es denn eigentlich?«, fragte Sophie.

Bevor Hetti antworten konnte, wurde die Tür der Wurstküche aufgerissen, und Johannes Braubart stampfte in den Laden. »Morgen, Sophie. Worum es geht? Das kann ich dir genau sagen. Unser Enkel, der kleine Christopher, will nicht in der Krippe das Jesuskind spielen, und Jennifer sagt, das ginge in Ordnung, er wäre inzwischen auch wirklich zu groß für die

Rolle. Und das fällt ihnen in der Woche vor der Aufführung ein! Aber das ist noch nicht alles – o nein. Hermann Weibold wollte uns seinen Esel leihen, und jetzt hat er mir mitgeteilt, dass der Esel angeblich krank ist. Der kann auch nicht mitmachen. Wie kann so ein verdamm… 'tschuldigung, wollte sagen, wie kann ein Esel von einem Tag auf den anderen krank werden? Da stimmt doch was nicht. Tja, und als Krönung des Ganzen hat mir die Bäckerei in Brennerbach abgesagt, die für das Weihnachtsgebäck sorgen wollte. Wir vom Dorfverein wollten jedem Besucher ein paar Kekse anbieten. Das wäre ihnen jetzt doch zu viel, sagt die Bäckerei. Feste Absprachen hatten wir, also, so mit Handschlag. Nichts Schriftliches, aber ein Handschlag unter Kaufleuten gilt doch auch was. Pah, auf die in Brennerbach sollte man sich nicht verlassen.« Johannes Braubart wischte sich mit der Hand über das Gesicht und seufzte laut.

Hetti legte ihm mitfühlend die Hand auf den Arm. »Wird schon, Johannes.«

»Nee, Hetti, nee. Keine Kekse, kein Esel, kein Jesuskind bei der Aufführung. Wir können einpacken. Weihnachten kannst du dieses Jahr vergessen, so viel steht fest.«

Marie, die schweigend alles mitangehört hatte, bekam große Augen.

»Ich will sehen, was ich tun kann«, versprach Sophie.

Immer noch schwieg Marie, beim Hinausgehen presste sie jedoch entschlossen die Lippen zusammen.

***

»Es tut mir wirklich leid. Papa war ganz außer sich, aber wir können doch Christopher nicht zwingen, bei der Aufführung mitzumachen. Der passt auch beim besten Willen nicht mehr in die Holzwiege, die sie da im Krippenstall stehen haben.« Jennifer sah Sophie entschuldigend an. »Papa tut gerade so, als würde ich absichtlich seinen persönlichen Weihnachtsmarkt sabotieren.«

»Ich weiß doch, dass du das nicht tust.« Sophie hatte sich sofort auf den Weg zu Jennifer gemacht, weil Hetti sie nun mal darum gebeten hatte. Leider konnte sie den Standpunkt ihrer Freundin nur zu gut nachvollziehen. »Na ja, ich wollte auch nur dem Wunsch deiner Eltern nachkommen und kurz bei dir vorbeischauen. Und was ist mit dem Esel?«

Jennifer lachte verbittert auf. »Noch so ein Punkt, bei dem Papa Verrat wittert. Der Tierarzt sagt, in ein paar Tagen ist Emil, der Esel, wieder auf den Beinen. Der hat was Falsches gefressen, und jetzt hat er eine Kolik.«

Sophie seufzte und sagte zu ihrer Freundin: »Okay, ich denke, da kann man nichts machen. Wir sehen uns dann Samstag auf dem Markt, Jennifer. Versprich mir, dass du vorher noch mit deinem Vater redest. Du hast recht, er ist wirklich außer sich.«

»Klar, ich werde heute Mittag in der Metzgerei vorbeischauen. Papa regt sich auch wieder ab, das kenne ich schon.«

Marie rettet Weihnachten

»Was machst du da, Marie?«

»Ich mach einen Plan, Frau Dörnbach-Deusel.«

Die Lehrerin beugte sich vor, um einen Blick auf das Blatt zu werfen. »Ist das ein Esel? Und das sind Kekse, nicht wahr?«

»Genau. Das sind die Sachen, die ich brauche, um Weihnachten zu retten. Die und ein Jesuskind.«

»Ein Jesuskind?« Die Lehrerin warf einen prüfenden Blick in die Runde, aber alle Kinder in der Klasse unterhielten sich leise und waren mit dem Malen ihrer eigenen Bilder beschäftigt. Sie ging in die Hocke und fragte leise: »Wieso musst du Weihnachten retten, Marie?«

»Das erkläre ich Ihnen in der Pause. Da brauch ich sowieso Ihre Hilfe.«

»So, brauchst du die?«

»Ja, weil ich acht bin und noch kein Handy haben darf. Den Rest krieg ich schon allein hin.«

»Ähm … okay … ja dann.«

Kerstin Dörnbach-Deusel verließ Maries Tisch und schlenderte weiter durch die Klasse. Mit schräg gelegtem Kopf ergänzte Marie auf ihrem Blatt noch weitere Einzelheiten: ein Auto mit Anhänger, einen Mann mit blauer Latzhose, einen anderen sehr großen Mann mit weißer Jacke und weißer Kappe und schließlich eine Frau mit langen braunen Haaren, die zu einem Pferdeschwanz gebunden waren.

***

»Sie müssen da anrufen, Frau Dörnbach-Deusel. Wir müssen Weihnachten retten.« Marie saß auf dem Schultisch und baumelte mit den Beinen. »Wir haben doch im Herbst den Ausflug dahin gemacht, und die waren alle nett auf dem Bauernhof. Wenn man ganz lieb fragt, machen die das bestimmt. Sie können doch ganz lieb fragen?« Marie musterte ihre Lehrerin.

»Doch, ich denke, das kriege ich hin.«

»Cool. Dann renne ich nach der Schule zu Sophies Bistro und kümmere mich um den Rest.« Marie sprang vom Tisch. »Danke, dass Sie mit mir Weihnachten retten.«

»Keine Ursache, das mache ich gern.«

Marie rannte aus der Klasse, um für den Rest der Pause mit ihren Freundinnen zu spielen. Kerstin Dörnbach-Deusel dagegen zog lächelnd ihr Smartphone aus der Umhängetasche am Lehrertisch und suchte online eine Telefonnummer heraus. »Die Idee ist nicht schlecht, das könnte wirklich funktionieren«, murmelte sie, während sie wählte.

***

Nach der Schule lief Marie so schnell sie konnte durchs Dorf, vorbei an dem Haus, in dem sie mit ihrer Mutter wohnte, und die Landstraße entlang zum Bistro. Zum Glück hat Mama einen Termin, dachte sie, da wartet sie nicht zu Hause mit dem Essen auf mich. Gekocht wird erst heute Abend.

Atemlos drückte sie auf den Klingelknopf neben der Haustür und trat ungeduldig von einem Bein aufs andere. Hoffentlich war Sophie zu Hause. Marie schielte zu den Bistrofenstern hinüber. Im Gastraum konnte sie ein paar Köpfe sehen.

Wenn Gäste da waren, war Sophie bestimmt auch in der Nähe. Hinter der Haustür hörte man ein leises Jaulen und endlich, endlich auch Schritte.

Die Tür öffnete sich, und der braun gelockte Labradoodle stürmte nach draußen. »Hallo, Herr Württemberg, leider können wir heute nicht spielen«, begrüßte Marie den Hund und kraulte seinen Kopf.

»Marie, was machst du denn hier?«

»Hallo, Sophie, ich bin gerannt. Von der Schule bis hierher.«

»Weiß deine Mama denn, dass du hier bist?«

»Ähm …«

»Das heißt dann wohl nein?«, fragte Sophie. »Na gut. Ich ruf sie eben an und sag ihr Bescheid. Aber du sollst doch nicht …«

»Sophie! Es ist wirklich total wichtig!«

»Was ist denn los?«

Erleichtert stellte Marie fest, dass Sophie aufhörte, lauter Erwachsenen-Fragen zu stellen. »Wir müssen Weihnachten retten, und ich hab auch schon einen Plan. Hilfst du mir?«

Sophie lachte. »Weihnachten retten? Du bist mir eine. Komm erst mal rein.«

Zehn Minuten später lachte Sophie nicht mehr. Im Gegenteil – sie staunte.

»Das kann ich unmöglich machen, Marie.«

»Doch, das kannst du. Ist doch nur für eine Stunde. Und wir retten Weihnachten. Einen Ersatz für den Esel habe ich auch schon.«

»Also gut, abgemacht. Aber Igor musst du schon selber fragen.«

»Klasse! Danke, Sophie!« Marie rannte aus dem Wohnzimmer, dicht gefolgt von Herrn Württemberg. In der Tür der Bistroküche blieb sie stehen. »Du musst draußen bleiben. In einer Bistroküche haben Hunde nichts zu suchen. Mach Platz.«

Der Hund gehorchte dem Mädchen aufs Wort. Marie schaute durch die Küchentür. Die Situation war günstig, das sah sie sofort. Igor, der russische Koch, unterhielt sich gerade mit Melanie. Beide hatten Kaffeebecher in der Hand. Er schaute hoch und rief: »Hallo, Marie!«, und Melanie ergänzte: »Was machst du denn hier?«

Jetzt, wo die beiden sie gesehen hatte, trat sie in die Küche. Sie beschloss, nicht lange um den heißen Brei herumzureden. »Hallo, Igor, du musst mit mir Weihnachten retten. Sophie macht auch mit, und Frau Dörnbach-Deusel, meine Lehrerin, hilft auch.«

Der gutmütige russische Koch lachte. »Ist gute Idee. Was soll ich tun?«

Als er Maries Vorschlag hörte, blies er die Wangen auf.

»Junge, Junge, das ist große Arbeit.«

»Ich helfe auch. Den ganzen Nachmittag und … und auch heute Abend, wenn Mama das erlaubt, bis ich schlafen gehen muss.«

Melanie stieß Igor den Ellenbogen in die Seite. »Ich mach auch mit.«

Igor nickte. »Dann los, Melanie holt Schürze. Marie wäscht Hände, dann anfangen. Heute wenig Gäste. Ich koche allein, Melanie und Marie retten Weihnachten.«

Der Weihnachtsmarkt wird eröffnet

Musik wehte über den Marktplatz. Die ersten Besucher schlenderten bereits zwischen den Holzbuden umher und begutachteten mit erwartungsvollen Gesichtern die Angebote des Weihnachtsmarktes. Johannes Braubart stand am Rand des Marktes und seufzte. Neben ihm Tischlermeister Hermann Weibold. »Es tut mir wirklich leid, Johannes, das musst du mir glauben.«

»Schon recht, Hermann, ich habe es ja kapiert. Meine Tochter hat deinen Sohn geheiratet, und wenn sich unsere Jennifer was in den Kopf gesetzt hat, dann ist das so. Unser Enkel ist einfach zu groß für die Sache geworden, und was deinen Esel angeht, der ist ja nun nicht absichtlich krank geworden. Jennifer hat mir schon ins Gewissen geredet. Ich muss mich bei dir entschuldigen.« Johannes hielt dem anderen die Hand hin.

Der schlug ein. »Entschuldigung angenommen. Und du hast recht, es ist ein Jammer. Unser Weihnachtsmarkt wäre so schön geworden.«

»Ihr habt euch wieder vertragen? Das ist gut.« Die Stimme ließ die beiden Männer herumfahren. Vor ihnen stand Marie und strahlte sie an. »Ich habe Weihnachten gerettet, Johannes. Du musst dir keine Sorgen mehr machen.«

Angesichts des strahlenden Kindergesichtes begann Johannes Braubart unwillkürlich zu schmunzeln. »Soso, und warum muss ich mir keine Sorgen mehr machen?«

Marie griff nach der Hand des Metzgermeisters und zog ihn mit sich. »Komm, ich zeig es dir. Und du, Hermann, kannst auch gleich mitkommen.« Die Männer wechselten einen amüsierten Blick, dann folgten sie dem Mädchen.

»Also, du hast gesagt, keine Kekse, kein Esel, kein Jesuskind, da kann man Weihnachten vergessen.«

»Mhm, stimmt, hab ich gesagt«, brummte der Metzger.

»Guck mal, überall werden Kekse verteilt.« Marie zeigte lachend auf zahlreiche Gebäckteller, die an den Buden standen und von freiwilligen Helfern herumgereicht wurden. »Ich habe gestern bis neun Uhr abends mit Igor im Bistro gebacken. Wir haben gaaanz viele Bleche mit Ausstechplätzchen fertig gemacht.«

»Ich werd verrückt, Hermann, schau doch.«

»Seh ich, Johannes, seh ich.«

»Supi. Das war Punkt eins auf meiner Liste. Jetzt Punkt zwei. Ah, da vorne kommen sie endlich.«

Neben dem großen Krippenstall hielt ein Auto mit einem großen Anhänger. Ein Mann stieg aus, öffnete den Anhänger und führte kurz darauf ein Tier mit hellgelocktem Fell heraus.

»Das ist Herr Volmer. Meine Lehrerin, Frau Dörnbach-Deusel, hat mit ihm telefoniert. Wir haben den Hof von Herrn Volmer mal bei einem Ausflug besucht. Herr Volmer hat Alpakas. Nur leider keine grauen. Aber die Farbe ist ja nicht so wichtig, finde ich, ein Alpaka ist doch ein guter Ersatz für einen Esel.«

»Ein Lama in der Krippe?« Hermann Weibold fing an zu lachen.

Herr Volmer, der inzwischen näher getreten war, unterbrach ihn. »Tatsächlich ist das Alpaka kein Lama. Allerdings werden beide, die Alpakas und die Lamas, biologisch den Kamelarten zugeordnet. In den Anden …«

»Aber Herr Volmer, das haben Sie uns doch schon alles auf dem Schulausflug erzählt, ich hab genau aufgepasst«, unterbrach Marie seine Ausführungen. »Schließlich sind wir hier wegen Weihnachten. Ich weiß schon, Alpakas sind keine Lamas, sondern eine Art Kamel. Und ein Kamel war ja schon mit den Heiligen Drei Königen am Stall.«

»Da hast du aber wirklich recht.« Johannes Braubart beugte sich vor und schüttelte Marie feierlich die Hand. »Das ist eine sehr kluge Idee gewesen, Marie. Auf ein Alpaka als Ersatz für den Esel wäre ich nie gekommen.«

»Ja, dachte ich mir. Und jetzt Punkt drei. Guck mal, da drüben.«

Als Johannes Braubart und Hermann Weibold zum Krippenstall blickten, sahen sie eine Frau mit einem kleinen Kind auf dem Schoß neben der Holzwiege sitzen.«

»Ist das etwa …?«

»Ja, Johannes, das ist Sophie, die sich für eine Stunde als Maria verkleidet hat und Lisa im Arm hält. Lisa spielt das Jesuskind. Ich glaub nicht, dass jemand auffallen wird, dass sie ein Mädchen und schon ein bisschen groß ist – oder?«

Johannes Braubart klopfte Marie unbeholfen auf die Schulter. »Marie Bernard, wir werden dich zum Ehrenmitglied im Dorfverein machen«, verkündete er gerührt und wischte sich über die feuchten Augen.

»Und was heißt das?«

»Das heißt, dass wir alle sehr glücklich sind, meine Kleine. Denn du, du hast Weihnachten gerettet.«

***

Sophie konnte den Weihnachtsmarkt gut überblicken. Sie hatte mit Lisa sozusagen den Logenplatz. Neben einer der Buden sah sie Peter, außerdem Leonie, Jan, die Braubarts, die Weibolds und Marie, die ihr lachend zuwinkte. Alle waren da. Es knackte in den Lautsprechern, und dann erklang Frank Sinatra mit *The Christmas Song*. Die Musik vermischte sich mit den fröhlichen Stimmen und dem Lachen der Besucher. Sophie saß einfach nur da und genoss den Anblick. Adventszeit in Wümmerscheid-Sollensbach.

»Merry Christmas to you«, sagte sie leise, so leise, dass nur sie und Lisa es hören konnten. »Lisa, jetzt ist Advent. Und dann kann endlich Weihnachten werden.«

Waschen, schneiden, föhnen

Leider hielt die Vorfreude auf Weihnachten und eine besinnliche Adventszeit bei Sophie nicht allzu lange an. Denn als ihr Wecker sie am Montagmorgen mit fröhlichem Vogelgesang aus dem Tiefschlaf riss, fühlte sie sich alles andere als vorweihnachtlich gestimmt. An ihre raue Stimme und die permanent verstopfte Nase hatte sie sich schon fast gewöhnt, aber heute kamen auch noch dumpfe Kopfschmerzen hinzu. Peter ging es kaum besser.

»Ich dreh den Piepmätzen den Hals um«, murmelte Peter neben ihr, wälzte sich auf die andere Seite und zog sich ein Kissen über den Kopf.

»Von wegen.« Sophie streckte ihre Hand unter seine Decke und zwickte ihn in die Seite. »Na los, es ist Montag, und das heißt, du bist mit dem Kaffee dran.«

Peter wusste genau, welche Absprache sie getroffen hatten. Es gab Tage, an denen er aus der Küche zwei Becher Milchkaffee holen musste, an anderen Tagen übernahm Sophie diese Aufgabe. Trotzdem stöhnte er leise unter dem Kissen.

»Nix da, liebster Gatte, versprochen ist versprochen. Und außerdem sollten wir nicht herumtrödeln, schließlich ist heute Lisas großer Tag.«

Peter zog sein Kissen vom Kopf, drehte sich zu Sophie um

und öffnete mühsam ein Auge. Sein schlaftrunkenes Lächeln, die vom Kissen verknitterte Wange und seine strubbeligen Haare ließen Sophies Herz aufgehen. Wie sehr sie diesen Mann liebte! Mühsam stemmte er sich hoch und stopfte das Kopfkissen in seinen Rücken.

»Komm her.« Die Hand, mit der er Sophie an sich zog, war noch schlafwarm. Er legte ihr den Arm um die Schultern, küsste sie zärtlich, und sie erlaubte sich für einen köstlichen Moment, in seine Umarmung zu versinken.

Doch dann fiel ihr der Termin wieder ein. »Lisa soll heute früh spätestens um neun Uhr zum Morgenkreis da sein. Sie ist jetzt ein richtiges großes Kita-Kind.«

»Heute schon?«, fragte er. Es fiel ihm sichtlich schwer, so früh am Tag in ganzen Sätzen zu reden. »Wieso heute?«

Sophie richtete sich auf und strich Peter eine widerspenstige Haarsträhne aus der Stirn. »Du bist echt überarbeitet, mein Lieber, du vergisst wirklich alles. Sie ist so weit, sagen die Erzieherinnen, sie kann jetzt ganz normal jeden Tag kommen. Am Anfang soll ich mich noch bereithalten, am besten nicht zu weit weg von Wümmerscheid-Sollensbach unterwegs sein, falls sie doch mal frühzeitig abgeholt werden muss.«

Sie saß ihm nun genau gegenüber und drückte ihm einen eiligen Kuss auf die Lippen, bevor sie ihm einen Stoß gegen die Brust gab. »So, und deshalb ab mit dir nach unten, damit wir zeitlich noch alles auf die Reihe bekommen.«

Peter seufzte übertrieben. »Und ich hatte gehofft, du hättest es vielleicht vergessen, dass ich mit Kaffeeholen dran bin.«

»Von wegen, ich hab ja nicht das Kurzzeitgedächtnis einer Fruchtfliege.«

»Papa, fack, Papa!«

Für einen Moment entgleisten Peter die Gesichtszüge. »Ähm, das klingt nach unserer Tochter, allein, ich kann nicht glauben, was sie da ruft.«

Sophie kicherte. »Ach, das musst du nicht persönlich nehmen. Lisa hat sich sozusagen mit Marie unterhalten, als wir uns vor ein paar Tagen in Braubarts Metzgerei begegnet sind. Ich erkläre ihr seitdem, dass man das nicht sagt, aber bislang siegt noch ihre Begeisterung darüber, überhaupt irgendwas sagen zu können.«

»Na, das erklär mal in der Kita, die werden Augen machen. Zum Glück hat Lisa bei Braubarts nicht noch mehr aufgeschnappt.«

»Heilige Seiße!«

»Das würde ich so nicht unterschreiben.«

»Mann o Mann, von wem sie nur diese ganzen Kraftausdrücke hat?« Peter grinste und beeilte sich, aus dem Zimmer zu kommen, während ein Kopfkissen haarscharf an seinem Ohr vorbeiflog.

***

Die Kita lag neben der St.-Antonius-Kirche. Das Gebäude war erst im letzten Jahr renoviert und erweitert worden. Sophie ging durch den hellen, freundlichen Eingangsbereich und bewunderte wie jeden Tag die vielen Kinderzeichnungen an den Wänden.

»Na, da ist ja meine kleine Maus. Hallo, Lisa, schön, dass du heute wieder bei uns bist.« Mit einem strahlenden Lächeln begrüßte Elsie Müller-Schwirbelein die beiden.

»Elsie, Elsie.« Lisa streckte die Arme aus, um sich hochheben zu lassen.

»Komm, die anderen warten schon. Wir wollen heute Ketten aus Goldpapier basteln.«

Elsie Müller-Schwirbelein hatte bei Sophie und Peter eine Zeit lang als Kinderfrau gearbeitet, dann aber doch erkennen müssen, dass die Doppelbelastung von Kita-Anstellung und einer Arbeit am Abend ihre Kräfte überforderte. So tauchte sie im Mühlenhof nur noch gelegentlich als Babysitterin auf.

Elsie war ursprünglich als Erzieherin im benachbarten Brennerbach beschäftigt gewesen. Als aber die Kita in Wümmerscheid-Sollensbach eine neue Leiterin gesucht hatte, hatte sie kurz entschlossen den Arbeitsplatz gewechselt. Für Sophie war das ein großer Glückfall, wusste sie Lisa doch in guten Händen, und ihre Tochter hatte in der Kita von Anfang an ein vertrautes Gesicht gehabt.

»Guten Morgen, Elsie, ich bringe dir unsere Lisa«, sagte Sophie. »Jetzt ist es also so weit.«

»Ja, und mach dir keine Gedanken, sie liebt es, hier zu sein, da bin ich mir sicher. Okay, in dem Alter gibt es gute und schlechte Tage, das werden wir auch erleben, aber ich habe hier in der Einrichtung ein tolles Team, und seit der Renovierung sind wir auch in der Krümel-Gruppe gut ausgestattet. Wart's nur ab, in kürzester Zeit wird Lisa beim Abholen quengeln, weil sie hier nicht mehr wegmöchte.« Zu Lisa gewandt sagte Elsie: »So, Lisa, wir winken der Mama noch mal kurz zu, und dann hängst du erst mal deine Jacke auf.«

»Tschüs, Mama!« Lisa winkte mit ihrer kleinen Hand einen Abschiedsgruß, drückte sich an Elsie und strahlte.

Sophie schluckte einmal trocken und winkte zurück.

Als sie draußen vor der Kita stand, war der kurze Moment von Wehmut schon vorüber. Stattdessen überkam Sophie ein seit Langem nicht mehr gekanntes Gefühl von Leichtigkeit und Freiheit. Um es genau zu sagen: So habe ich mich seit zwei Jahren nicht mehr gefühlt, dachte sie. Ich kann tun und lassen, was ich will. Im Bistro erwartet man mich nicht, Peter ist unterwegs und Lisa versorgt. Und schon im nächsten Augenblick verspürte sie Gewissensbisse, dass sie sich so fühlte. Sie liebte doch Lisa und Peter über alles, und sie war gern Mutter und Ehefrau. Wie konnte sie da plötzlich befreit durchatmen, was war sie nur für ein Mensch? Reiß dich zusammen, befahl sich Sophie selber, es sind nur ein paar Stunden, vergeude sie nicht mit halbgaren Selbstanalysen. Sie schaute auf die Uhr. Ja, es wurde Zeit, dass sie zu Susi kam, schließlich hatte sie einen Termin, denn ihren freien Vormittag hatte sie schon gut verplant.

Um ja keine Zeit zu verlieren, war Sophie heute Morgen mit dem Auto zur Kita gefahren. Nun ließ sie den Wagen stehen und ging zu Fuß an der Kirche vorbei hinunter ins Dorf.

***

Susis Hair & Beauty war Wümmerscheids einziger Friseur- und Schönheits-Salon. Susanne Seibel hatte ihn ursprünglich in der Hoffnung eröffnet, für ein großes Filmprojekt in der Gegend als Visagistin engagiert zu werden. Doch diese Hoffnung war wie eine Seifenblase zerplatzt. Glücklicherweise stellte sich heraus, dass die weibliche Bevölkerung von Wümmerscheid-Sollensbach nur auf eine Möglichkeit gewartet hatte, sich vor Ort die Haare schneiden und frisieren zu lassen.

Susi Seibel hatte in kürzester Zeit einen festen Kundenstamm und immer einen vollen Terminkalender. Sophie und ihre Freundin Leonie waren daran nicht ganz unbeteiligt gewesen. Sophie hatte für Susi Werbung gemacht, und Leonie hatte sich als Grafikerin um Flyer und Website gekümmert.

Susi bekam alle Hände voll zu tun, sodass sie sich irgendwann zu dem Schritt entschloss, anders als viele andere Friseure, nur noch von Montag bis Freitag zu öffnen und sich die Wochenenden frei zu halten. Sollen doch die, die sich unbedingt am Samstag die Haare schneiden lassen wollen, nach Cochem fahren, hatte sie einmal Sophie anvertraut. Susis Hair & Beauty war für Sophie eine Wohlfühloase. Hier spielte leise Musik, in der Luft lag immer ein zarter Parfümgeruch, nie etwas Chemisches oder Aufdringliches.

Als Sophie heute durch die Ladentür trat, befand sie sich sofort mitten in Susis Version von Vorweihnachtsfreude. Auf der Theke brannte die erste Kerze eines Adventsgestecks, aus den Lautsprechern erklangen englische Christmas Carols, gesungen von einem Knabenchor, und in der Luft lag der Duft von Orangen und Tannenzweigen.

»Guten Morgen, Sophie, es hat also geklappt: Lisa ist endlich in der Kita. Gratuliere zur neu gewonnenen Freiheit.« Susi kam aus dem hinteren Teil des Geschäfts nach vorne, um Sophie zu begrüßen. »Leonie ist gerade eingetroffen, und wir haben schon besprochen, was ich für sie heute tun kann. Sie genießt bereits die Eukalyptus-Haarkur. Möchtest du einen Espresso, einen Milchkaffee, ein Wasser? Ich hätte natürlich auch gut gekühlten Prosecco, zur Feier des Tages.« Susi zwinkerte Sophie zu.

»Morgen, Susi, ich nehme gern einen Espresso und ein Glas Wasser, für Prosecco ist mir der Tag noch ein bisschen zu jung.«

Susi nahm Sophie den Mantel ab und hängte ihn an die Garderobe. Weiter hinten saß bereits Leonie in einem der Friseursessel, um den Kopf war ein weißes Frotteehandtuch geschlungen. Sie las völlig versunken in ihrer Zeitschrift, die sie genau vor dem Gesicht hielt, die beiden Ellenbogen bequem auf die Armlehnen ihres Sessels gestützt. Ein vereistes Sprossenfenster zierte das Cover, geschmückt mit einem schlichten Kranz aus grünen Stechpalmenzweigen und roten Beeren. Durch die Eisblumen konnte man auf dem Foto so gerade eben noch eine tief verschneite Winterlandschaft ausmachen. Gedruckte Weihnachtsidylle, die es in der Realität nur wenige Tage im Jahr gab.

Nun ließ sie die Zeitschrift sinken und begrüßte ihre Freundin. »Hi, Sophie, ist das nicht großartig? Unsere beiden Töchter sind versorgt, und die Mütter können einfach mal eine Stunde miteinander reden, ohne ein schlechtes Gewissen zu haben.«

Sophie setzte sich in den Sessel neben Leonie. »Guten

Morgen, Leonie, hast du wirklich keine Gewissensbisse, wenn du dieses Gefühl von Leichtigkeit verspürst?«

Leonie lachte. »Ich hab ja schon ein paar Jahre Übung. Aber wenn ich ehrlich sein soll, ja, ich bin manchmal ganz erschrocken, dass ich mich so fühle. Aber dann sag ich mir immer: Leonie Bernard, deine Tochter ist lediglich in der Schule, du hast sie nicht an der Autobahn ausgesetzt.«

Sophie stimmte in Leonies Lachen ein. Ihre Freundin hatte recht, was machte sie sich für Gedanken? Sophie deutete auf die Zeitschrift, die Leonie noch in den Händen hielt. »Wie sieht es aus? Gibt es da drin ein paar Dekotipps, die wir im Bistro umsetzen können?«

»Nichts, auf das du nicht schon selber gekommen wärst. Aber es gibt ein paar sehr hübsche Fotos von englischen Tearooms, die musst du dir gleich mal ansehen. So etwas könnte ich mir gut für deinen neuen Café-Bereich vorstellen.«

»Ja, in diese Richtung habe ich auch schon nachgedacht. Das passt gut zum Ambiente des Gebäudes, und Henry hat ein paar wirklich hübsche Möbel, mit denen man das gut umsetzen könnte.«

Susi trat hinter die beiden Freundinnen und stellte ein kleines Tablett mit Espresso und Wasser auf das Sideboard. »So, Sophie, was kann ich für dich tun, nur schneiden und föhnen, oder eine Typveränderung?«

Susi Seibel war das lebende Beispiel für das, was sie unter Typveränderung verstand. Sie hatte keine Hemmungen, wenn es darum ging, Farben und Schnitte an sich selbst auszuprobieren. Zurzeit trug sie eine Haarfarbe, die irgendwo zwischen Hennarot und Dunkelviolett lag. Dabei waren die Haare zu einer gegelten Igelfrisur gestylt, was in Sophies Augen ein wenig aussah, als wäre Susi mit der feuchten Nase in eine Steckdose geraten. Nein, Susi Seibel kannte keine Skrupel, wenn es um eine Typveränderung ging.

»Was für wunderschöne Locken, aber wie wäre es mal mit

einem Kurzhaarschnitt?« Susi stand hinter Sophie und griff mit beiden Händen in Sophies lange Haare, zog sie prüfend einmal nach links, einmal nach rechts, dann straff nach hinten, sodass man sich den angekündigten Kurzhaarschnitt fast schon vorstellen konnte. »Schau mal, den Nacken frei, die Haarspitzen würden dir so in die Stirn fallen, und du wärst morgens im Handumdrehen fertig.«

»Ach nein, ich bin im Grunde mit meinem Haarschnitt ganz zufrieden. Wenn es schnell gehen muss, kann ich mir einen Pferdeschwanz binden. Schneide doch bitte nur die Spitzen und an der Seite ein paar Stufen, das reicht.«

»Und wie sieht es mit einer neuen Haarfarbe aus? Ich könnte dein natürliches Braun mit ein paar blonden Akzenten aufpeppen. Nein? Oder Honigbraun?« Susi suchte im Spiegel Sophies Blick. Die schüttelte nur entschlossen den Kopf. »Einmal Eukalyptus-Wohlfühlkur und ein richtiger Haarschnitt, das reicht für heute.«

Susi nahm Sophies Ablehnung lächelnd zur Kenntnis, ohne gekränkt zu sein. »Wie du willst. Aber beschwer dich nachher nicht, ich hätte dir nicht angeboten, mal etwas Neues auszuprobieren. Und wie sieht es bei dir aus, Leonie, wenigstens mal eine andere Haarfarbe?« Susi nahm das weiße Handtuch von Leonies Kopf und schaute prüfend auf die Haare über Stirn und Schläfen. Ihr Blick traf im Spiegel auf Leonies.

Die wendete den Kopf nach links und rechts, schaute konzentriert auf ihr Spiegelbild und antwortete dann: »Nichts für ungut, Susi, aber ich schließe mich Sophie an, ich bin im Grunde ganz zufrieden. Nur die Konturen müssen nachgeschnitten werden.« Leonie Bernard trug ihre tiefschwarzen Haare immer sehr kurz, was ihr schlankes, attraktives Gesicht betonte. Sie könnte statt als Grafikerin auch jederzeit als Model arbeiten, dachte Sophie neidisch. Und sie hat recht, nichts zu verändern, ich kann mir Leonies raspelkurze Haare überhaupt nicht in einem anderen Farbton als Tiefschwarz vorstellen.

»Ich sehe hier allerdings ein paar erste Silberfäden, meine Liebe. Wollen wir nicht den Anfängen wehren? Beim nächsten Besuch?«, fragte Susi. »Für heute ist es sowieso zu spät. Die Haarkur hat ja schon fünf Minuten eingewirkt, da hält keine Farbe mehr.«

Leonie schüttelte den Kopf. »Auch dann nicht. Sollte ich in ein paar Jahren graue Haare bekommen, dann werde ich die mit Stolz tragen.«

»Na, ihr beide seid mir ja beratungsresistent«, Susi lachte, »aber bitte, wie ihr wollt. Ich schätze Kundinnen mit klaren Vorstellungen. Dann lassen wir jetzt deine Haarkur noch ein paar Minuten einwirken.« Schon war das Handtuch wieder an Ort und Stelle.

In den nächsten Minuten wusch Susi Sophie die Haare und massierte ihr dabei die Kopfhaut, bevor sie die Eukalyptuskur einarbeitete.

»So, fertig.« Mit geübten Griffen schlang Susi ein dunkelrotes Handtuch um Sophies Kopf und steckte es vorne zu einem Turban zusammen. »Die Haarkur wirkt jetzt ein paar Minuten ein. Ich lasse euch solange allein und kümmere mich drüben um eine Dauerwelle, bin gleich zurück.«

Als Leonie und Sophie unter sich waren, beugte sich Leonie zur Seite und sagte halblaut, sodass nur Sophie sie hören konnte: »Hast du schon von Mamas Plänen gehört?«

»Nein, was meinst du? Was für Pläne?«

»Sie sucht einen Käufer für den Gutshof. Sie muss wohl auch schon mit Rita und Karin darüber gesprochen haben. Im Grunde kann ich sie gut verstehen, allein das Haupthaus hat mehr als zwanzig Zimmer, und dazu kommen noch die Nebengebäude.«

»Sie will mit Jean-Pierre woanders hinziehen, in einen anderen Ort?« Allein schon der Gedanke daran versetzte Sophie einen Stich. Heidi war in den letzten Jahren zu einer verlässlichen Freundin und einem festen Anker in ihrem Leben geworden.

»Nein, nein, sie will nicht weg aus Wümmerscheid-Sollensbach, aber ihr ist das Anwesen zu groß. Ich verstehe, warum Mama es gekauft hat, damals hatte sie noch andere Träume und Pläne. Wir haben uns in der letzten Woche darüber unterhalten. Ich möchte auch nicht mit Jan und Marie den Gutshof beziehen, denn für uns wären das zu viele Zimmer. Außerdem hätte Marie einen zu weiten Schulweg, es gibt dort keine Schulbushaltestelle. Ich müsste sie also jeden Morgen mit dem Auto fahren.«

Leonie zögerte kurz, und Sophie wusste, dass da noch etwas anderes war.

»Die Arbeit als freie Grafikerin macht mir Spaß, aber es wird immer schwieriger, Kunden zu finden«, fuhr Leonie fort. »Ich könnte mir für mich eine berufliche Veränderung vorstellen. Eine Malschule eröffnen, etwas mit Kindern und Erwachsenen tun, also mit Menschen zu tun haben und nicht die ganze Zeit einsam vor meinem Rechner sitzen. Aber auch dafür wäre der Gutshof nicht das Richtige. Ich kann Mama also nicht helfen.«

Sophie seufzte mitfühlend. »Ach herrje, das ist bestimmt keine leichte Entscheidung für Heidi. Der Gutshof inmitten des alten Weinbergs ist herrlich, einfach ein Traum.«

»Aber es ist nicht mehr ihr Traum. Je länger sie darüber nachdenkt und je mehr sie mit Jean-Pierre darüber redet, desto mehr entwickelt sich das Anwesen zu einem Klotz am Bein.«

»Sie sucht also einen Käufer?«

»Genau. Aber sie will nicht wegziehen aus ihrer vertrauten Umgebung, das ehemalige Haus des Kellermeisters würde sie behalten und dort wohnen.«

»Ich drücke ihr die Daumen.«

»Wir haben bald Weihnachten, das ist die Zeit, in der Wünsche in Erfüllung gehen«, erwiderte Leonie lächelnd.

Stallgebäude trifft Tearoom

Die ersten zwei Jahre im Bistro hatte Sophie vor allem eines getan, nämlich gearbeitet – und das praktisch ohne Pause, die ganze Woche hindurch. Das hatte ihr nichts ausgemacht, im Gegenteil, sie hatte es von ganzem Herzen genossen. Als dann ihre Tochter zur Welt kam, machte sie einfach weiter wie bisher. Dass sie sich aber nicht um ein Baby kümmern und gleichzeitig genau wie vorher ihr erfolgreiches Bistro führen konnte, war ihr dann irgendwann schmerzlich bewusst geworden. Peter war es gewesen, der ihr damals vorgeschlagen hatte, etwas kürzerzutreten. Und so hatte sie nach anfänglichem Zögern einen Ruhetag eingeführt und zusätzliches Personal eingestellt.

Sie liebte ihre Arbeit, sie liebte es, als Gastgeberin ihre Gäste zu begrüßen oder sich mit ihren Köchen Igor und Melanie eine neue Speisekarte auszudenken – aber sie liebte auch ihren freien Mittwoch. Jeder Mittwoch war eine Insel der Ruhe inmitten der turbulenten Arbeitswoche. Eine Insel, auf die sie sich zurückziehen konnte, um das ganz normale Chaos um sich herum gelassen zu betrachten.

Natürlich arbeitete sie auch mittwochs, aber eben unter ihren Bedingungen und nicht getrieben von Reservierungen und Öffnungszeiten. Sophie nutzte den Tag, um ihre Buchhaltung auf Vordermann zu bringen, sie machte Spaziergänge mit Lisa und Herrn Württemberg und genoss das Zusammensein mit Peter.

Der heutige Mittwoch aber war noch einmal anders als alle vorhergehenden, weil Lisa nun bis zum Nachmittag in der Kita bleiben durfte.

Sophie schloss die Haustür hinter sich und lehnte sich von innen mit dem Rücken dagegen. Stille. Absolute, herrliche Stille, abgesehen von einem leisen Schnarchen aus dem Hundekorb und einem fernen Hämmern. Beides zauberte ein Lächeln auf Sophies Gesicht. Der Friseurbesuch am Vortag war schon fantastisch gewesen, aber das heute war noch besser. Ein kompletter freier Tag. Sie ging in die Küche und bereitete sich einen großen Cappuccino zu, dann ging sie durch die Hintertür über den Hof zum Stallgebäude hinüber. Hier war das Klopfen und Hämmern schon deutlich lauter zu hören – kein Wunder, die Tischlerei Weibold war seit einer Stunde dabei, das Geländer am Rand des Heubodens zu montieren. Als sie den Raum betrat, drehte sich Klaus-Jürgen Weibold zu ihr um und hob grüßend die Hand. »Hallo, Sophie, ich dachte, ich schau mal kurz vorbei und werfe einen Blick auf die Arbeit meiner Truppe.«

Klaus erinnerte Sophie immer an einen erwachsen gewordenen Michel aus Lönneberga. Er war mittelgroß, kräftig gebaut, hatte tiefblaue Augen, flachsblonde Haare und ein rundes Gesicht, das man selten anders sah als mit einem breiten Lächeln.

»Guten Morgen, Klaus. Bist du denn zufrieden mit dem, was du siehst?«

»O ja, das wird richtig gut. Ich muss zugeben, ich hatte zuerst meine Zweifel, als du die gedrechselten Streben fürs Geländer haben wolltest, aber mattweiß lackiert und hier in diesem Raum sehen die richtig klasse aus. Jenny und ich waren mal in Cornwall, da gab es ein Café oberhalb der Klippen …«

Klaus sprach nicht weiter, sondern drehte sich einmal um die eigene Achse und musterte den Raum. »Ja, so ähnlich könnte dieser Raum auch aussehen.«

»Das war genau der Stil, den ich vor Augen hatte, als ich bei Henry war, um Möbel auszusuchen.«

»Ich hätte da noch eine Idee, ist natürlich nur ein Vorschlag.«

»Immer raus damit, ich bin für alles offen.«

»Hast du mal ein Blatt Papier?«

»Drüben im Haupthaus, komm doch gerade mit rüber. Hast du Zeit für eine Tasse Kaffee?«

Nach einem Blick auf seine Uhr nickte Klaus. »In einer halben Stunde treffe ich mich mit einem Kunden bei uns in der Werkstatt, aber zu einem Espresso würde ich nicht Nein sagen.« Er schaute hoch und rief: »Angie, Dennis, ich bin wieder weg. Denkt daran, dass ihr noch unten am Rand eine hohe Kante anbringt. Wir wollen ja nicht, dass etwas vom Tisch fällt, über die Kante rollt und drei Meter tiefer jemandem den Schädel einschlägt.«

»Geht klar, Chef.«

»Und vergesst nicht, dass ihr spätestens um zwölf mit den neuen Türen in Brennerbach sein müsst.«

»Haben wir auf dem Plan«, tönte es von oben.

»Na, dann kann ja nichts schiefgehen«, murmelte Klaus-Jürgen Weibold, und zu Sophie sagte er: »Lass uns rübergehen, ich zeichne dir schnell auf, was mir eingefallen ist.«

Im Bistro nahm Sophie ein paar Blätter, die immer griffbereit neben dem Telefon lagen, und reichte sie an Klaus weiter. Der zog aus der Tasche seiner Latzhose einen Druckbleistift, setzte sich an einen der Bistrotische und begann mit schnellen Strichen etwas zu skizzieren. Sophie ließ ihn zeichnen und verschwand in der Küche, um rasch den gewünschten Espresso aufzubrühen. Als sie mit der Tasse wieder an den Tisch trat, lehnte sich Klaus zurück und legte den Stift aus der

Hand. »Was mir in Cornwall mit am besten gefallen hat, waren die riesigen alten offenen Kamine. Viele davon werden nicht mehr für offenes Feuer genutzt. Stattdessen stellt man schwere gusseiserne Kaminöfen hinein, so bleibt der Gesamteindruck optisch erhalten, aber der Heizeffekt ist viel besser. Einen solchen Kaminofen hast du ja drüben schon im Raum stehen. Und mir ist gerade aufgefallen, dass hinter dem Kaminofen noch eine Nische ist.«

»Das stimmt«, bestätigte Sophie, »und ich hab keine Ahnung, wofür die früher gut war.«

»Gut möglich, dass es mal ein abgetrennter Bereich zur Lagerung von zusätzlichem Futter oder Putzmittel gewesen ist. Das Ofenrohr, das im Moment montiert ist, ist gut einen Meter lang. Wenn du es um die Hälfte kürzt, könnte man den Kaminofen etwas weiter in die Nische hineinschieben.«

»Und was hätte ich davon?«

Klaus schob ihr seine Zeichnung hinüber. »Ich könnte eine Kaminumrandung aus Holz bauen, die wir dann um diese Nische und den Ofen herum platzieren. Das Ganze würde ich mit ein paar Zierleisten verschönern und in dem gleichen gebrochenen Weiß lackieren, das du schon für das Geländer an der Galerie ausgewählt hast. In Cornwall haben wir so etwas mehrmals gesehen.« Klaus' Gesicht bekam etwas Schwärmerisches. »Jetzt in der Adventszeit könnte man eine solche Kaminumrandung mit einer dicken Tannengirlande schmücken. Oder du stellst ein paar Kerzen darauf.«

Die Skizze war wunderschön. »Das ist eine tolle Idee. Meinst du, du kannst eine solche Kaminumrandung recht bald bauen?«

»Für dich – immer. Nachdem du letztes Wochenende zusammen mit Marie wieder für Frieden zwischen den Braubarts und Weibolds gesorgt hast, würde ich sogar eine Spätschicht einschieben, um fertig zu werden. Erstens weiß ich, dass Jenny damit einverstanden wäre, und zweitens reizt mich eine solche Arbeit mehr, als das Neubaugebiet Brennerbach mit neuen Zimmertüren zu versorgen.« Schon hielt Klaus seinen Zollstock in der Hand und fing an, ihn auseinanderzuklappen. »Ich flitz gleich noch einmal rüber und schreibe mir ein paar Maße auf. Natürlich nur, wenn du einverstanden bist. Ich mache dir auch einen Sonderpreis, versprochen.«

Sophie zögerte nicht lange. Eine englische Kaminumrandung, das wäre das i-Tüpfelchen auf ihren Gestaltungsplänen. »Ich hätte so etwas unglaublich gern, also, du hast den Auftrag.«

Seine Skizze vom Tisch nahm Klaus wieder an sich, zögerte dann aber und schaute fragend zu Sophie. »Wenn du nichts dagegen hast, dann nehme ich die mit, um die Maße einzutragen. Gib mir ein paar Tage, dann bringe ich dir das Ganze vorbei. Vielleicht kannst du dich inzwischen um ein kürzeres Ofenrohr kümmern.«

»Das werde ich. Und noch einmal danke für die Idee. Grüß Jenny von mir.«

»Wird gemacht!«

Während Klaus durch die Hintertür das Bistro verließ, griff Sophie nach dem schnurlosen Telefon, das auf der Theke lag, und wählte Henrys Nummer.

»Henry? Ich bin es, Sophie.«

»Sophie, du hast Glück, dass du mich noch erwischst. Ich wollte gerade ins Auto steigen, um dir die Sachen zu liefern. Wie kann ich dir helfen?«

»Du kennst doch meinen Kaminofen im ehemaligen Pferdestall. An diesem Kaminofen ist hinten ein langes Kaminrohr, hast du zufällig ein kürzeres Rohr in deinem Lager?«

»Da bin ich mir sicher. Wie kurz soll es denn sein, und warum willst du das überhaupt ändern?«

»Klaus Weibold hat mir gerade einen tollen Vorschlag gemacht, er würde mir eine Kaminumrandung im englischen

Stil bauen. Er meinte, das neue Rohr sollte ungefähr einen halben Meter lang sein.«

»Einen halben Meter? Ja, ich denke, da habe ich das Passende. Ich bring es dir einfach gleich mit.«

»Prima, Henry. Es selber zu kürzen traue ich mir nämlich nicht zu, und so muss ich nicht extra den Ofenbauer kommen lassen. Bis später dann.«

Sophie legte das schnurlose Telefon auf den Tisch und schaute auf die alte Standuhr in der Ecke. In ungefähr einer Viertelstunde würde Rainer Baumann, der Elektriker des Ortes, vorbeikommen, um die Messinglampen zu installieren, die sie mit Karin bei Henry ausgesucht hatte. Wenn Henry dann auch noch kommt, habe ich genug Helfer, um den schweren Kaminofen weiter nach hinten zu schieben, überlegte sie. Wie hat Dotti immer gesagt: Das klappt ja wie Brezelbacken.

***

»Junger Mann, ja, Sie da oben! Sie scheinen mir ganz kräftig zu sein. Darf ich Sie bitten, einmal draußen mit anzupacken? Dauert nur eine Minute. Oder hat Ihr Chef was dagegen?« Henry stand im Pferdestall und spähte nach oben zur Empore, wo Angie und Dennis dabei waren, ein kunstvoll gefrästes Brett als Kante anzubringen. »Und Sie, junge Dame, gern auch. Sie wissen schon: viele Hände, schnelles Ende.« Zwei Köpfe erschienen oben über dem Geländer. »Pass auf, die hab ich gleich so weit«, sagte Henry leise zu Sophie und setzte sein strahlendstes Lächeln auf. »Es geht nur darum, einen Schrank mit Glastüren reinzutragen. Wäre ganz reizend, wenn Sie mir helfen würden.«

»Klar, kein Problem.« Angie und Dennis tauschten einen kurzen Blick, und Angie ergänzte: »Wir brauchen hier oben noch fünf Minuten, dann sind wir sowieso fertig.«

»In der Zwischenzeit können wir uns um den Kamin kümmern.« Henry griff in eine Holzkiste, die er bei seiner Ankunft auf dem Boden abgestellt hatte, und holte ein schwarz lackiertes Ofenrohr heraus. »Das hier sollte passen, Sophie. Schauen wir doch mal, ob der alte Henry recht hat.« Henry ging zu dem Kaminofen, zog einen Schraubendreher aus seiner Arbeitshose und löste zwei Schrauben, bevor er das Kaminrohr abzog. Ebenso schnell hatte er das kürzere Rohr am Ofen befestigt.

»Herr Baumann, würden Sie kurz mit anfassen? Dann zerkratzen wir nicht den Boden, wenn wir den Ofen bewegen.«

Rainer Baumann stieg bereitwillig von seiner Leiter herunter und stellte sich auf die andere Seite des Ofens. »Sie fassen hier vorne an, Sophie kann auf meiner Seite mit anheben. Ich zähle bis drei, dann heben wir das gute Stück nach hinten«, erklärte Henry, »eins, zwei und … drei.«

Zu dritt ließ sich der Kaminofen erstaunlich gut bewegen.

»So, jetzt langsam«, kommandierte Henry, »und … ja, das reicht.« Das neue Anschlussrohr glitt in die Wandrosette. Henry strahlte Sophie an. »Erledigt, meine Liebe. Ein Punkt weniger auf der Liste. Dann kann ich ja jetzt den Anhänger abladen.« Er schaute sich um. »Das wird wirklich schön hier. Die Kunden werden dir die Bude einrennen.«

Mit dem Werkzeugkasten in der Hand stieg Angie die Wendeltreppe hinab. Sie hatte den letzten Satz gehört.

»Es wird himmlisch. Ich glaube, wenn es fertig ist, komme ich jeden Tag her. Vorausgesetzt, es gibt Kuchen und Plätzchen.«

»Worauf du dich verlassen kannst, Angie«, versicherte Sophie. »Ich bin gerade wieder dabei, nach neuen Rezepten für Kaffeeküsse zu suchen. Seit ich hier bin, haben wir jedes Jahr neue Variationen ausprobiert. Wie meine Tante Dotti immer gesagt hat, Kaffeeküsse schmecken für jeden anders. Hast du auch ein Lieblingsrezept?«

Ein Leuchten ging über Angies Gesicht. »Allerdings. Meine Oma hat früher immer weiße Winter-Kaffeeküsse gebacken. Das habe ich so geliebt. Eine der wichtigsten Zutaten war weiße Schokolade, daran kann ich mich noch gut erinnern. Wenn du willst, suche ich das Rezept für dich raus. Würdest du es wirklich hier im neuen Café servieren? Das wäre so eine Ehre … ach, wenn Oma das noch mitgekriegt hätte, das hätte ihr gefallen.«

»Kaffeeküsse mit weißer Schokolade?«, fragte Sophie. »Oh, herrlich, so etwas hatten wir noch nie. Wie …«

Ein dezentes Hüsteln von Henry unterbrach den Gedankenaustausch. »Ich störe die Damen nur ungern, aber wenn wir jetzt zusammen das Küchenbüfett hier hereintragen könnten, wäre das eine große Hilfe für mich. Den Rest schaffe ich dann mit Sophie allein.«

»Sie haben recht«, sagte Dennis. »Angie und ich müssen dann auch weiter.«

»Wir haben uns noch gar nicht bekannt gemacht«, sagte Henry und streckte erst Angie und dann Dennis die Hand hin. »Ich bin Henry. Schön, dass ihr mir helft.«

Die drei verschwanden nach draußen, Rainer Baumann widmete sich wieder seinen Lampen, und Sophie schaute sich um. Der Umbau war fast fertig. Die ehemaligen Pferdeboxen waren ausgeräumt und weiß gekalkt. Die Wendeltreppe und das Geländer oben am Heuboden waren angebracht. Die Wintersonne warf blasse Lichtbahnen auf den braunroten Ziegelboden. In der Luft tanzten ein paar Staubkörnchen. Alles atmete Helligkeit und Behaglichkeit. Jetzt fehlten nur noch die Möbel, und dann könnten sie endlich weihnachtlich dekorieren. Henry! Ob er draußen Hilfe brauchte? Doch in demselben Moment hörte sie an der Eingangstür seine freundliche und doch energische Stimme: »Jetzt links etwas höher! Ja, Dennis, so ist es gut. – Angie, pass auf, da kommt die Stufe.

Jetzt langsamer, bis wir durch die Tür sind. Gut, passt. Und absetzen.«

Henry hat eine Art, um Hilfe zu bitten, dachte sie, da kann man gar nicht Nein sagen. Mit welcher Selbstverständlichkeit er alle charmant für sich einspannt, ist schon beeindruckend.

»Wo sollen wir es hinstellen?«

Mit einer Handbewegung deutete Sophie auf die Wand neben der Wendeltreppe.

Und ja, Henry hatte recht, die Kunden würden ihr hier die Bude einrennen.

Trotz und Tränen

»Ich will nicht! Mischka will nicht! Will nicht, will nicht, will niiiiicht!« Lisa warf sich nach hinten, was zum Glück zu keinem Sturz führte, weil Sophie ihre Tochter immer noch an der Hand hielt, aber die heftige Bewegung sorgte für einen zuckenden Schmerz in Sophies Schulter.

»Autsch. Mensch, Lisa, es reicht jetzt, hörst du wohl auf. Das tut weh.«

Lisa, deren Gesicht bereits krebsrot angelaufen und tränenüberströmt war, stieß nur eine lautes »Neeiiin!« aus und warf sich mit ihrem ganzen Körpergewicht nach vorne. Sophie, die jetzt vorgewarnt war, griff mit beiden Händen zu und hob ihre strampelnde Tochter hoch.

»Sag mal, was ist denn los mit dir? Vorgestern wolltest du auf keinen Fall schon nach Hause, heute stellst du dich so an? Ich hab gesagt es reicht jetzt!«

Neugierig schauten die anderen Passanten auf dem Marktplatz zu Sophie hinüber, das war Sophie sehr wohl bewusst. Zwei ältere Frauen blieben sogar kopfschüttelnd stehen. Gott, ist das peinlich, dachte Sophie, es muss ja so aussehen, als würde ich meiner Tochter sonst was antun.

»Alles okay, meine Tochter hat sich nur in den Kopf gesetzt, heute mal nicht in die Kita zu wollen«, rief Sophie den beiden Frauen zu, gleichzeitig konnte sie gerade noch einem herumirrenden Fuß ausweichen, denn bei ihrer ganzen Zappelei trat Lisa wild um sich. Sophie setzte die Kleine wieder auf den Boden ab, hielt sie aber immer noch fest. Sie ging in die Knie, um mit Lisa auf Augenhöhe zu sein.

»Lisa Dorothee von Metten, es ist genug«, sagte Sophie streng und bestimmt.

Der Tonfall sorgte immerhin dafür, dass Lisa aufhörte zu brüllen. Sie stand einfach nur noch da und jammerte leise, ein kleines Bündel voll herzzerreißendem Elend.

»Dir hat es doch bei Elsie und den anderen Kindern gefallen. Ich möchte, dass du jetzt aufhörst zu weinen. Was ist los?«

Lisa wischte sich mit der Hand die Tränen von der Wange. »Mischka will nicht Kita.«

Sophie versuchte ganz ruhig zu bleiben. Ausgerechnet heute, wo es mittags im Bistro besonders viel zu tun gab, wo sie sich gleichzeitig um den neuen Caféraum kümmern wollte, ausgerechnet heute vergeudete sie hier mitten auf dem Marktplatz ihre Zeit mit einer Diskussion darüber, dass ein Stofftier nicht in die Kita wollte. Trotzdem fragte sie ganz ruhig: »Und warum will Mischka nicht in die Kita?«

»Kati lacht. Mischka doof. Mischka gelb, kein Teddy gelb.« Ein letztes Aufschluchzen, dann versiegten die Tränen endlich.

Oha, daher wehte also der Wind. Offenbar hatten sich andere Kinder über Lisas Lieblingsstofftier lustig gemacht. Sophie nahm ihre Tochter auf den Arm und ging langsam mit ihr weiter.

»Pass auf, Lisa. Leonie und Marie haben Mischka selber genäht, als Geschenk, als du noch ein Baby warst. Und Marie durfte den Stoff dafür aussuchen. Du magst doch Marie – oder?«

»Is lieb.«

»Genau, Marie ist deine Freundin, und sie ist schon so groß. Sie geht in die Schule. Deine große Freundin mag den Stoff. Und Igor …«

»Is auch lieb.«

»Richtig, Igor ist auch lieb. Igor hat zu deinem Teddy ›plyushevyy mishka‹ gesagt, das ist Russisch und heißt übersetzt Plüschteddy. Und deshalb heißt Mischka jetzt Mischka, so wie du Lisa heißt.«

»Lisa Doro.«

»Ja, auch wieder wahr. Was ich aber sagen wollte, war: Deine Freundin Marie hat Mischka selber gemacht, dein großer Freund Igor hat den Namen ausgesucht, dein Mischka ist also etwas ganz Besonderes, egal, was Kati sagt.«

»Mischka is lieb.«

»Ja, kleine Maus, das sehe ich auch so. Ich werde mal mit Elsie reden. Können wir jetzt weiter?«

»Arm bleiben.«

Sophie schnaubte, normalerweise hätte sie darauf bestanden, dass Lisa selber ging, aber heute sagte sie: »Also gut, halt dich fest, wir laufen wie der Wind zur Kita.«

Ihr Arm und ihre Schulter brannten vor Anstrengung, als sie vor der Kitatür stand. Sie war froh, ihre Tochter endlich wieder absetzen zu können, aber dafür hatte sie einen beachtlichen Teil der Zeit wieder eingeholt, die sie durch Lisas Trotzanfall auf dem Marktplatz verloren hatte.

Sophie schellte, eine der Erzieherinnen öffnete die Tür. Sophie setzte Lisa auf eine der kleinen Bänke und zog ihr die Schuhe und die Winterjacke aus. »Hör zu, kleine Maus, ich hänge deinen Rucksack hier an den Haken, und wir lassen Mischka einfach noch eine Weile darin schlafen. Lauf du zu den anderen. Viel Spaß.«

Lisa drückte ihrer Mutter einen dicken Kuss auf die Wange, ihr Kummer schien verflogen zu sein, jedenfalls rannte

Lisa unbeschwert los. Sophie machte sich auf die Suche nach Elsie, um kurz mit ihr zu sprechen.

***

Als Sophie wieder am Mühlenhof ankam, war sie ganz außer Atem, weil sie sehr zügig durchs Dorf gelaufen war. Ich sollte wirklich mehr Sport treiben, so geht das nicht weiter, dachte Sophie. Vielleicht sollte ich mich Jennifer anschließen, die geht regelmäßig joggen.

Während sie zum Haus ging, hörte sie schon wieder lautes Hämmern und Bohren. »Sehr gut, das heißt, die Wendeltreppe wird schon montiert«, murmelte Sophie, »ein Punkt weniger auf der Liste. Dann kann ich mich ja gleich mit Sarah um die Weihnachtsdekoration kümmern.«

Sophie ging direkt in den Keller, um die ersten großen Kisten mit Dekoartikeln heraufzutragen. Sie hatte gerade die zweite Kiste im Gastraum auf einen Tisch gestellt, als Sarah Lessing hereinkam.

Obwohl Sarah nur wenige Monate älter als Sophie war, hatte sie schon zwei schulpflichtige Kinder. Die ausgebildete Servicekraft hatte in einem großen Hotel gelernt und in zwei Spitzenrestaurants gearbeitet, bevor sie zurück nach Wümmerscheid-Sollensbach gezogen war. Sie bemühte sich, vor allem abends zu arbeiten, weil sich dann ihr Mann um die Kinder kümmern konnte.

Anders als an den Abenden, an denen Sarahs lange hellbraune Haare hochgesteckt waren, trug sie sie heute früh offen. Die Haare fielen ihr in langen weichen Wellen auf die Schultern und umrahmten ihr schmales Gesicht, das von der Winterkälte noch ganz gerötet war. Sarah trug Jeans, halbhohe Winterschuhe und ein kariertes Flanellhemd. Mit den offenen Haaren und einem eng anliegenden Abendkleid würde sie umwerfend aussehen, dachte Sophie ohne Neid.

»Guten Morgen, Sophie. Sorry, mein Ältester und sein Bruder haben ein anderes Kind in eine Hecke geschubst, und ich musste noch mit der Lehrerin reden. Gott, werde ich froh sein, wenn die beiden aufs Gymnasium gehen, dann sind sie hoffentlich vernünftiger.«

»Morgen, Sarah, du, kein Problem. Ich kann das toppen: Lisa hat mitten auf dem Marktplatz einen Trotzanfall bekommen und sich geweigert weiterzugehen, weil ein anderes Kind sich über ihren gelb karierten Teddy lustig gemacht hat. Gott, werde ich froh sein, wenn Lisa in die Schule geht, dann ist das Thema gelb karierter Teddy hoffentlich Geschichte.«

Die beiden Frauen schauten sich einen Moment an, dann fingen sie beide gleichzeitig an zu lachen. »Lass mich raten, das hört nicht auf. Es wird immer so weitergehen, bis sie volljährig sind und ausziehen«, sagte Sophie, als sie wieder Luft bekam.

»Ich fürchte, du hast es auf den Punkt gebracht«, erwiderte Sarah.

»Na gut, nutzen wir die Zeit, wo meine Tochter in der Kita ist und deine Kinder in der Schule sind«, sagte Sophie. »Ich will Weihnachtsstimmung hier drin haben, und zwar das volle Programm.«

»Du hast doch seit letzter Woche schon die roten Tischläufer und Gestecke mit Äpfeln und Nüssen auf den Tischen, ist das etwa nicht weihnachtlich?«

»Ach das.« Sophie lachte. »Das war doch nur der Anfang.«

»Wie ist es denn mit dem alten Stallgebäude, schmücken wir da heute auch? Wenn wir schon mal dabei sind …«

»Drüben werden wir erst in ein paar Tagen dekorieren, wenn die Handwerker fertig sind, aber wir sollten das nicht aus dem Blick verlieren. Die nächsten Firmenweihnachtsfeiern stehen schon im Reservierungsbuch. Ich wäre auch bereit, notfalls nur einen Teil des Raumes zu nutzen. Dann ist der Rest eben noch nicht fertig.«

»Gut, also fangen wir hier drinnen an.«

»Genau. In der Kiste auf dem Tisch sind die schwedischen gestickten Läufer mit den Weihnachtswichteln, und in der Kiste, die ich gerade mitgebracht habe, findest du die Windlichter.«

»Die Sachen kann ich ja schon mal verteilen.« Sarah öffnete die erste Kiste und nahm etliche Tischläufer heraus.

»Dann gehe ich inzwischen noch mal in den Keller und hole die Lichterketten.«

»Wirst du auch wieder einen Baum aufstellen?«

»Unbedingt. Wir sind sogar schon ziemlich spät dran, die ersten Jahre hatten wir den Baum schon vor dem ersten Advent fix und fertig. Dieses Jahr schaffen wir es erst zum zweiten Advent, das ließ sich wegen der Umbauarbeiten nicht anders machen. Aber Peter und ich wollen heute am späten Nachmittag losfahren, um zwei Bäume zu schlagen, wir haben sie schon ausgesucht. Rita wird vorbeikommen und auf Lisa achtgeben. Der eine Baum kommt dort drüben in die Ecke«, Sophie zeigte auf die Stelle, die sie ausgesucht hatte, »und den anderen Baum werden wir drüben in dem anderen Gastraum aufstellen. Ich möchte auch noch ein paar Lichterketten in den Fenstern haben. Ich habe schon Deko-Haken zum Aufkleben besorgt, die kann man auf dem Glas anbringen und später einfach wieder ablösen.«

»Lichterketten in den Fenstern werden hübsch aussehen, vor allem, wenn man draußen auf das Haus zugeht. Also, dann mal los.«

Eine geplatzte Verabredung

Leise knisterte das Kaminfeuer. Außen an den großen Glasscheiben sammelten sich erste Tropfen. Schon den ganzen Tag hatte das Wetter irgendwo zwischen nasskaltem, dickem Nebel und feinem Nieselregen geschwankt. Umso behaglicher war es drinnen.

»Ich war vorhin drüben im Bistro. Wenn man sich da umschaut, bekommt man sofort weihnachtliche Gefühle. Das sieht alles so gemütlich aus. Dotti wäre sehr stolz auf dich«, lobte Rita.

»Sarah und ich haben heute Vormittag auch gut zwei Stunden lang gearbeitet, um alles fertig zu bekommen«, erklärte Sophie. Bis jetzt hatte sie an einem der bodentiefen Fenster gestanden und in die einsetzende Dämmerung hinausgeschaut. Nun aber wandte sie sich Rita zu und fuhr fort: »Drüben im Pferdestall sind wir auch schon fast so weit. Die Handwerker haben sich richtig ins Zeug gelegt. Gestern wurde die Wendeltreppe eingebaut. Morgen stellen wir die Tische auf, und dann wird geputzt und dekoriert, weil ich übermorgen schon die ersten Gäste empfangen möchte.«

Rita, die es sich in einem der Sessel vor dem Kaminofen gemütlich gemacht hatte, schaute zu Lisa hinüber. Die Kleine saß auf einem Schaffell, das auf dem Boden lag, ihren gelb karierten Teddy neben sich, und blätterte in einem großen Bilderbuch. Konzentriert schaute sie sich jede Seite an, die perfekte Imitation eines lesenden Erwachsenen.

»Mit welcher Ernsthaftigkeit Lisa durch ihr Bilderbuch blättert. Ich hab sie nur ein paar Tage lang nicht gesehen, aber seit sie in die Kita geht, kommt sie mir reifer vor.«

»Das, was du da siehst, ist die Ruhe nach dem Sturm. In den zwei Stunden, bevor du gekommen bist, ist sie so durchs Haus getobt, dass ich überhaupt nicht mehr wusste, wie ich hinterherkommen sollte. Ich weiß nicht, wo sie diese ganze Energie hernimmt. Ich bin sehr froh, dass du dich bereiterklärt hast, auf sie aufzupassen. Ich hoffe nur, dass Peter in der Agentur pünktlich losgefahren ist.«

Sophie schaute auf die Wanduhr. Peter müsste längst hier sein, dachte sie, schon nach halb vier. Wir hatten doch extra vereinbart, dass wir nicht erst im Dunkeln in den Wald fahren, um die Bäume zu holen. Rita hatte Sophies Unruhe bemerkt und deutete auch ihren Blick zur Uhr richtig. »Vielleicht steht er im Stau, oder er musste noch ein paar Dinge fertig machen, so was kommt schon mal vor, nicht wahr? Abgesehen davon wird es um diese Jahreszeit schon früh dunkel. Eure Verabredung war von Anfang an sehr knapp gerechnet. Vielleicht verschiebt ihr die ganze Aktion besser auf Samstagvormittag. Dann habt ihr beide Zeit, und es macht mehr Spaß.«

»Du hast recht, aber …«, Sophie zögerte kurz, bevor sie weitersprach, »aber in der letzten Zeit ist Peter wirklich sehr beschäftigt. Es geht nicht nur darum, dass er sich heute verspätet. Dabei hatte ich den Eindruck, dass es in den letzten Monaten viel besser lief, und wenn ich ihn frage, sagt er nur, dass bei der Arbeit alles ganz normal ist. Irgendwas verheimlicht er. Ich glaube, er will nicht zugeben, dass er mehr Arbeit hat als sonst.«

»Du machst dir zu viele Gedanken. Mein Mann erzählt

mir da ganz andere Sachen, in unserem Bekanntenkreis haben wir etliche Herren, die offenbar nur mit ihrer Arbeit verheiratet sind. Da ist Peter doch ganz anders.«

»Wahrscheinlich hast du recht, Rita.« Sophie seufzte. »Trotzdem, irgendwas stimmt nicht. – Was hältst du davon, wenn wir mit Lisa schon mal nach oben gehen? Wir könnten sie ausnahmsweise am Nachmittag in die Badewanne setzen, dann ist sie schon fertig.«

»Das machen wir. Danach besorge ich für Lisa und mich in deiner Küche noch einen warmen Kakao und lese ihr eine Geschichte vor, oder vielleicht auch zwei. Und in der Zwischenzeit ist Peter bestimmt längst hier.« Rita stand auf und ging zu Lisa. »Komm, Lisa, ich setz dich in die Badewanne. Nimmst du Mischka mit?«

Lisa klappte das Buch zu, stellte sich hin und hob die Arme. »Hochtragen, Rita.«

»Du bist doch schon ein großes Mädchen, du kannst die Treppe allein hochlaufen.«

»Bitte! Bitte hochtragen, Rita.«

»Ach herrje, dein Blick bringt ja Steine zum Schmelzen. Also gut, ich trage dich, aber halt dich an mir fest.« Rita nahm die Kleine auf den Arm und verschwand nach oben. Sophie ging zum Sideboard hinüber und schaute auf ihr Handy. Hatte Peter ihr möglicherweise inzwischen eine Nachricht geschickt? Nein, da war nichts. Schnell tippte sie *Alles okay? Wo bleibst du?* und schickte die Nachricht ab. Normalerweise antwortete Peter umgehend, vor allem, wenn er spät dran war. Meist schickte er zumindest eine kurze Sprachnachricht, aber diesmal blieb die Antwort aus. Merkwürdig, dachte Sophie, das passt so gar nicht zu ihm. Nachdenklich legte sie das Handy weg und folgte Rita in den ersten Stock, wo das große Familienbadezimmer lag.

***

Drei Stunden später war Sophie nicht mehr nachdenklich, sondern tief besorgt und gleichzeitig stinksauer. Peter war immer noch nicht eingetroffen, und Lisa war längst mit dem Abendessen fertig. Sophie hatte Peter noch zwei weitere Nachrichten auf die Mailbox gesprochen, aber auch die blieben ohne Antwort.

»Wenn ihm etwas passiert wäre, hätten wir das längst erfahren«, sagte Rita. »Vielleicht ist der Akku leer, oder er hat sein Handy in der Agentur liegen gelassen, so was kann schon mal vorkommen.« Sophie bemerkte sehr wohl, dass Rita sie beruhigen wollte, obwohl auch sie über Peters Ausbleiben irritiert war.

»Stimmt schon, Rita, aber ich habe mir den heutigen Nachmittag extra frei gehalten, um die beiden Tannenbäume aus dem Wald zu holen. Und das war gar nicht einfach: Sarah ist früher gekommen, und Melanie hat angeboten, im Service mitzuhelfen, wenn es eng werden sollte. Alle ziehen also an einem Strang, der Einzige, der fehlt, ist mein Göttergatte.«

Bevor sich Sophie noch mehr in Rage reden konnte, sprang Herr Württemberg mit einem freudigen Winseln aus seinem Korb auf und lief zur Wohnzimmertür. Jetzt hörte auch Sophie, dass jemand im Hausflur war. Wenige Momente später betrat Peter das Wohnzimmer.

»Hallo, Schatz, da bin ich. Ah, Rita, das ist aber schön, dass du da bist. Wie geht es dir und Konstantin?«

Rita wollte gerade antworten, doch Sophie war schneller. »Wo warst du? Weißt du eigentlich, wie spät es ist und welche Sorgen ich mir gemacht habe?«

»Wir haben halb sieben. Ich habe ein paar Minuten länger in der Agentur gearbeitet, aber …«

»Ein paar Minuten länger! Das ist jetzt nicht dein Ernst. Ich habe dir schon zweimal auf die Mailbox gesprochen, dir Nachrichten geschickt …« Sophie wurde zunehmend lauter.

»Ich hab schon befürchtet, dein Auto liegt irgendwo im Straßengraben.«

»Sophie, Liebes, das ist doch nicht das erste Mal, dass ich erst um halb sieben nach Hause komme. Gut, es ist ein bisschen später geworden, aber du hattest ja Gesellschaft von einer guten Freundin.«

So viel Unbekümmertheit verschlug Sophie für einen Moment die Sprache, doch das ging schnell vorüber. »Rita ist hier, weil sie angeboten hatte, auf Lisa aufzupassen, während wir beide im Wald die Tannenbäume für das Bistro und das Café holen. Du hast versprochen, extra früh hier zu sein, bevor es dunkel wird, aber du scheinst dich nicht einmal an dieses Versprechen zu erinnern.« Sie schluckte.

Peter erstarrte, und man konnte ihm seine Verlegenheit deutlich ansehen. Röte kroch langsam seinen Hals hoch und breitete sich schließlich bis über die Ohren aus. »O Mist! Die Weihnachtsbäume, die habe ich ja ganz vergessen. Ach, Sophie, das tut mir schrecklich leid.« Er trat zu ihr und versuchte sie zu umarmen, doch so schnell ließ sich Sophie nicht besänftigen.

Tränen des Zorns stiegen ihr in die Augen. »Ich hatte mich so darauf gefreut«, stieß sie hervor. »Die Weihnachtsbäume haben wir immer zusammen aus dem Wald geholt. Das kannst du doch nicht einfach vergessen.«

Hilflos hob Peter beide Hände. »Ich kann nur noch mal sagen, es tut mir leid. Ich wollte dich doch nicht …«

»Wieso hast du nicht auf meine Nachrichten reagiert?«, unterbrach ihn Sophie scharf.

»Ich habe keine Nachrichten …«, Peter zog sein Handy aus der Sakkotasche. »Oh, hoppla, das ist ja ausgeschaltet. Ach klar, Merle hat es gestört …« Peter verstummte.

»Merle? Welche Merle?«

»Äh, eine neue Kollegin … ich hatte noch ein Meeting mit ihr … ähm … und mehreren anderen, und ja, wir wollten nicht gestört werden, also haben wir alle vereinbart, dass wir unsere Handys ausschalten. Ich habe danach vergessen, es wieder einzuschalten.«

Dass Rita auch noch im Raum war, war den beiden schon gar nicht mehr bewusst, doch jetzt erhob sie die Stimme. »Ich will mich ja nicht einmischen, aber …« Rita trat zu Peter und schaute zu ihm hoch, direkt in seine Augen. »Ich gehe jetzt mit Lisa nach oben und bringe sie ins Bett, vielleicht lese ich ihr noch etwas vor. Ich verbringe sehr gern noch ein bisschen Zeit mit meinem Patenkind. Währenddessen könnt ihr euch aussprechen, vielleicht einen Happen essen, und später trinkt ihr ein Glas Wein zusammen.« Nachdrücklich fügte Rita hinzu: »Und morgen besorgst du einen großen Strauß Rosen.«

Peter lächelte schief. »Danke für den Ratschlag, liebe Rita.«

»Gern geschehen, mein Lieber. Und jetzt ab mit euch. Ich passe auf, dass eure Kleine auch friedlich schläft.«

Peter schaute Sophie fragend an und küsste sie dann sanft auf die Wange. »Bist du auch einverstanden, dass wir das so machen? Die Weihnachtsbäume holen wir dann Samstagvormittag. Es tut mir wirklich leid, dass ich nicht an unsere Vereinbarung gedacht habe. Das musst du mir glauben.«

Sophie nickte stumm, und Peter verschwand in Richtung Küche. Als er sie geküsst hatte, war ihr ein fremdes Parfüm an ihm aufgefallen. Etwas Schweres, Süßliches, kein Duft, den sie verwenden würde.

»Diese neue Kollegin hat aber ein sehr aufdringliches Parfüm. Mein Geschmack ist das nicht«, bemerkte Rita und schüttelte den Kopf. »Na ja, Hauptsache ihm ist nichts passiert und ihr macht euch erst mal einen schönen Abend.«

Sie hat es also auch gerochen, dachte Sophie. Komisch, Peter hat bis jetzt gar nichts von einer neuen Kollegin erwähnt. Er erzählt doch sonst immer alles. Aber den Namen Merle habe ich gerade zum ersten Mal gehört.

Ganz anders

»Hast du die Spanngurte?«

Peter, der gerade dabei war, das Sicherungsseil des Anhängers um die Anhängerkupplung zu legen, fuhr hoch, stieß sich den Kopf an der offen stehenden Heckklappe seines Autos und unterdrückte gerade noch rechtzeitig einen herzhaften Fluch. Schließlich hatte er es sich selbst zuzuschreiben, dass er heute, an einem Samstagvormittag, für seinen Geschmack viel zu früh hatte aufstehen müssen. Seine Schuld, dass er am Donnerstag nicht rechtzeitig zu Hause gewesen war, um wie geplant in aller Ruhe mit Sophie in den Wald zu fahren und die beiden vorher schon ausgewählten Weihnachtsbäume zu schlagen. Am Donnerstag wäre das Wetter noch halbwegs trocken gewesen. Trüb und neblig war eine Sache, Wind und dicke, kalte Regentropfen gemischt mit Schneeregen eine ganz andere.

»Die Spanngurte, Peter – hast du die? Damit wir auf dem Rückweg die Bäume festmachen können?«

»Ja, klar, die sind hier im Kofferraum«, rief Peter durch den Regen.

Währenddessen war Sophie dabei, Lisa im Kindersitz anzuschnallen.

Lisa nieste und quengelte wie schon in den Minuten vorher: »Nein. Will nicht! Nein!«

Sophie, normalerweise ruhig und geduldig mit ihrer Tochter, war kurz davor zu schimpfen. Ungehalten fragte sie: »Was willst du, Lisa?«

»Papa. Papa festmachen.«

»Von mir aus.« Obwohl Sophie und Peter sich immer einig gewesen waren, dass sie Lisas Trotzanfällen nicht nachgeben würden, war Sophie dieser Grundsatz heute völlig egal. Sie wollte einfach nur fertig werden. Schnell die Weihnachtsbäume holen, sie irgendwo abtropfen lassen, bis sie so weit getrocknet waren, dass man den Schmuck anbringen konnte, und dann weiter mit den Vorbereitungen für die offizielle Eröffnung des neu gestalteten Cafés.

»Peter, würdest du mal eben? Bitte?«

Er machte sich an die Arbeit, und endlich saßen alle drei abfahrbereit im Auto. Lisa nieste zwei Mal nacheinander.

Ein Druck auf den Startknopf, und der Wagen war erfüllt von einem der weihnachtlichen Popstücke, die Sophie und Peter immer als Erstes anhörten, wenn sie die Weihnachtsbäume fürs Café aus dem Wald holten: Mariah Careys *All I Want for Christmas.*

»Neiiiin.«

Sophie drehte sich auf dem Fahrersitz nach hinten. Lisa bot ein Bild des Jammers. Die Mütze halb über die Augen gerutscht, die Nase lief und war schon ganz rot.

»Nicht Lied. Will Bibi.«

»Wir möchten aber lieber dieses Lied hören.«

Schon verzog sich Lisas Mund zu einem unglücklichen Greinen, das jeden Moment in ein Gebrüll übergehen konnte.

»Will Bibi.«

Ein schneller Blickwechsel zwischen Sophie und Peter, der inzwischen eingestiegen war, klärte die Lage. Mariah Carey war es nicht wert. Seufzend wechselte Peter die CD, und so hörten sie zum ersten Mal keine Weihnachtslieder, sondern die Abenteuer von Bibi Blocksberg, während sie zur Weihnachtsbaumschonung in den Wald fuhren.

Eine Stunde später luden sie die tropfenden Bäume vom Anhänger ab und trugen Lisa, die auf dem Rückweg eingeschlafen war, ins Haus.

»Irgendwie hatte ich mir das ganz anders vorgestellt«, seufzte Sophie später, als sie mit Peter im Wohnzimmer saß.

Der nickte nur stumm und seufzte. »Ja, heute war es ganz anders als sonst.«

Sophies Tagebuch – Sonntag, 5. Dezember, nachts

Liebe Dotti,

du hättest Rita erleben sollen, als Peter unsere Verabredung verpasst hat. Ja, dir hätte Ritas Auftreten auch gefallen.

Peter jedenfalls hat sein Versprechen eingehalten. Am nächsten Tag hat er mir einen großen Strauß roter Rosen überreicht und dabei dieses hinreißende, verlegene Lächeln im Gesicht gehabt, bei dem ich immer schwach werde. Er will sogar Rita auch noch Blumen mitbringen, wenn wir sie das nächste Mal besuchen – bestimmt keine schlechte Idee.

Ich habe die Rosen auf den Esstisch im Wintergarten gestellt. Wie bist du eigentlich hier im Haus ohne richtiges Wohnzimmer ausgekommen? Ich liebe unseren Anbau, und den Wintergarten möchte ich nicht mehr hergeben. An manchen grauen Tagen ist er der einzige Ort, wo man das Gefühl von Helligkeit und Weite verspürt.

Aber zurück zu den Rosen. Die sind wirklich prächtig, und sie duften sogar. Eigentlich hätte Peter sie gar nicht mehr kaufen müssen, denn zu dem Zeitpunkt war ich schon nicht mehr ärgerlich, warum sollte ich auch weiter sauer auf ihn sein? Du hast doch auch immer gesagt, dass das Leben zu kurz sei, um es mit Ärger zu vergeuden – und damit hattest du ja so recht.

Peter hat einfach zu viel um die Ohren. Außerdem hat er sich mehr als einmal entschuldigt.

Der Transport der Tannenbäume aus dem Wald und das Aufstellen im Bistro und im Café haben übrigens problemlos funktioniert. Wir sind einfach am Samstagvormittag losgefahren und haben die Bäume bei Tageslicht aus dem Wald geholt. Lisa durfte auch mit.

Seit die Bäume aufgestellt sind, duftet es nach Tanne, dazu die Lichter und an vielen Tagen der verführerische Duft von Weihnachtsplätzchen – herrlich. Ich liebe die Adventszeit.

Ich bin gespannt, wie unseren englischen Gästen alles gefallen wird. Man kann im Dorf schon eine gewisse Spannung spüren. Ende der Woche, genauer gesagt am Freitag, trifft die Reisegruppe ein. Ich erinnere mich, dass du auch mal eine englische Brieffreundin gehabt hast, kam die auch aus St.-Nicholas-on-Sea? Wie altmodisch das klingt, »Brieffreundin«. Niemand käme auf die Idee zu sagen, er hätte eine »Mailfreundin«.

Ich bin jedenfalls froh, dass ich dir meine Gedanken in diesem Buch aufschreiben kann, ich glaube, irgendwie wirst du das schon mitbekommen.

Es wird dich sicher freuen zu hören, dass wir im Bistro alle Hände voll zu tun haben. Ja, es läuft alles reibungslos, und darauf bin ich auch ein bisschen stolz. Igor, mein russischer Koch, lässt sich in der Küche durch nichts und niemanden aus der Ruhe bringen. Vielleicht liegt es ja an seiner Körpergröße von fast zwei Metern, er scheint über allem zu stehen. Hektik ist etwas, das sich für ihn eher tief unten, wo er nicht ist, abspielt. Obwohl seine Deutschkenntnisse in der Zusammenarbeit mit Melanie deutliche Fortschritte gemacht haben, geht er meist schweigend und konzentriert seiner Arbeit nach. Einfach nur, weil er gern schweigt, zumindest hat Melanie das einmal so beschrieben. Regelrecht euphorisch wird Igor nur, wenn Lisa in der Nähe ist. Er hat die Kleine in sein Herz geschlossen, und

Lisa weiß mittlerweile genau, wen sie in der Küche fragen muss, um ein paar Weihnachtskekse zu ergattern.

Igor und Melanie sind ein hervorragendes Küchenteam, nicht zuletzt auch deshalb, weil Melanie ständig dazulernt und als Köchin immer besser wird. Und auf Sarah im Service kann ich mich blind verlassen.

Ja, du kannst ruhig ein bisschen neidisch sein, liebe Dotti. So eine Mannschaft hätte dir sicher auch gefallen. Übrigens, heute, am zweiten Adventssonntag, haben wir eröffnet. Das kleine Café an der Mühle – *nun ist es offiziell. Zwei Reporter, einer vom* Wümmerscheider Boten *und ein anderer, der für* Unser Sollensbach *schreibt, waren hier und haben fotografiert. Sogar Henry wurde interviewt, weil ich einen Großteil der Einrichtung bei ihm gekauft habe. Denk dir nur, Henry und Karin haben die ganze Zeit miteinander getuschelt. Du hättest die beiden sehen sollen.*

Später kamen auch noch Heidi und Rita, sodass wir alle mit Sekt auf den Erfolg der neuen Idee anstoßen konnten. Die ersten Gäste freuten sich über das wunderbare Ambiente des neuen Raumes. Und weil jetzt im Dezember das Reservierungsbuch gut gefüllt ist, werde ich das Café am Abend für größere Gesellschaften nutzen. Wir haben fast jeden Abend eine andere Firmenweihnachtsfeier.

So, ich werde jetzt noch schnell ein paar Süßigkeiten in Lisas Schuhen verstecken, schließlich ist morgen Nikolaus. Peter schläft oben schon, und für mich wird es auch Zeit.

In Liebe
Deine
Sophie

Immer diese Unordnung

Der sechste Dezember. Nikolaus. Jeder Tisch im Bistro war besetzt. Lisa lag längst im Bett und schlief unruhig. Sophie hatte das kleine Babyphon an ihrem Rockbund befestigt. Ab und zu hörte man leise, wie Lisa hustete. Fast hatte sich Sophie schon an diese Geräusche gewöhnt – seit Lisa die Kita besuchte, jagte eine Erkältung die nächste. In der Kita hatten ihr alle bestätigt, das sei der Normalzustand, alle Kinder würden am Anfang oft krank. Aber nach dem ersten Jahr, hatte man ihr versprochen, würde es besser werden. Bei diesem Gedanken musste Sophie tief seufzen. Ein Jahr war eine lange Zeit. Es war schwer, abends ihre Arbeit im Bistro zu machen, während nächtliches Aufstehen für sie wieder zur Regel geworden war. Eigentlich hatte sie erwartet, dass die Zeiten ohne ausreichenden Nachtschlaf nach der Babyzeit vorbei wären. Aber nun wankten sie oder Peter wieder fast jede Nacht ins Kinderzimmer, um ihre Tochter nach einem schlechten Traum zu beruhigen, die Nase zu putzen oder ihr noch ein wenig Hustensaft einzuflößen. Anstrengend war das.

Peter hatte sich vorhin noch um die Kleine gekümmert und sie ins Bett gebracht. Dann war er aufgebrochen, um sich mit seinem besten Freund Jan zu treffen. Vor zehn brauche ich nicht mit ihm zu rechnen, dachte Sophie. Vielleicht gehe ich vorher schon schlafen. Überhaupt ist er in letzter Zeit sehr oft abends noch unterwegs. Er macht seinen Teil im Haushalt und kümmert sich um Lisa, wenn es nötig ist – aber wann haben wir eigentlich zuletzt einen Abend zu zweit verbracht?

Es gab Tage, an denen sich Sophie so erschöpft fühlte, dass sie sich fragte, wie sie ihre tägliche Arbeit überhaupt noch schaffen sollte. Heute war so ein Tag. Doch dann ließ sie, immer noch an der Theke stehend, den Blick durch den Gastraum schweifen, und wie schon so oft spürte sie, wie die Stimmung im Raum ihre trüben Gedanken verscheuchte. Die Luft war erfüllt von leisem Geschirrklappern und gemurmelten Gesprächen. Sophie liebte diese Geräuschkulisse. Als Sarah aus der Küche kam und an die Theke trat, um einen Schluck Wasser zu trinken, sagte Sophie: »Ich gehe gerade rüber und hol die Wäsche aus dem Trockner, der müsste jetzt durch sein.«

»Kein Problem, Sophie, hier sind alle gut versorgt, die nächsten neuen Gäste kommen erst in einer Viertelstunde.«

Sophie ging in den Keller und räumte den Wäschetrockner aus, legte alles sauber gefaltet in einen Korb und trug ihn in den begehbaren Kleiderschrank neben ihrem Schlafzimmer. Routiniert verteilte sie die zusammengelegte Wäsche in die einzelnen Fächer. Mit dem leeren Korb machte sie sich auf den Rückweg. Auf dem kleinen weißen Polsterstuhl vor der Frisierkommode stapelte sich schon wieder getragene Kleidung. Sophie selbst hatte sie dort abgelegt. Nicht, weil es sich um ihre Sachen handelte, sondern weil sie sie vorhin beim Aufräumen bereits aus Peters Ecke des Schlafzimmers geholt hatte. Er behauptete immer, manches könne man noch einmal tragen und es sei noch nicht schmutzig genug, um in der Wäsche zu landen. Sophie hielt das für eine Ausrede. Peter hatte abends einfach keine Lust, die getragene Kleidung wegzuräumen, und so fand sich auf dem Fußboden neben seinem Bett regelmäßig das, was Sophie eine Pulli-Leiche getauft hatte: T-Shirt, Oberhemd und Wollpullover, alles noch ineinandergesteckt, weil Peter die Angewohnheit hatte, alle Schichten in einem Rutsch auszuziehen. Heute Abend gab es gleich zwei solcher Pulli-Leichen. Mit einem Seufzen zog Sophie die Wäschestücke auseinander, damit sie sie später im Keller sortieren konnte. Bei dem schwarzen Pulli, den Peter in der vergangenen Woche über einem rot karierten Hemd getragen hatte, stutzte sie. Auf der Schulter klebten zwei lange blonde Haare.

»Aber hallo, wer ist dir denn da zu nahe gekommen?«, sagte sie halblaut. Sophie zupfte mit spitzen Fingern die beiden Haare vom Pulli und ließ sie in den Abfalleimer fallen. Gab es in Peters Team überhaupt eine Blondine? Da war Vikki, die Leiterin der Grafikabteilung, aber die trug, seit Sophie sie kannte, ihre Haare im kurzen Pixie-Cut-Style. Damit war Vicki meilenweit von einer langhaarigen Blondine entfernt. Sophie legte den Pulli der Länge nach zusammen und stutzte schon wieder. Sie schnupperte kurz am Ärmel. Sie meinte an ihm den schwachen Duft eines Parfüms wahrzunehmen. Es war dasselbe Parfüm, das sie schon in der letzten Woche an Peter bemerkt hatte.

Merle! Genau, so hieß doch die neue Kollegin von ihm. Vielleicht hatte Merle lange blonde Haare. Ich sollte mir darüber keine großen Gedanken machen, überlegte Sophie. Sowohl für die Haare am Pulli als auch für den Parfümduft gibt es sicher eine ganz einfache Erklärung, zum Beispiel eine Abschiedsumarmung unter Kollegen.

Im nächsten Moment hatte sie ihre Entdeckung auch schon wieder vergessen – ein leises Wimmern aus dem Babyphon ließ Sophie aufhorchen. Sie stellte den Wäschekorb ab und schlich ins Kinderzimmer. Lisa hatte sich freigestrampelt und tastete im Schlaf nach ihrem Teddy. Sophie deckte sie richtig zu und drückte ihr das Stofftier in den Arm. Augenblicklich wurde Lisa wieder ruhiger. Leise zog sich Sophie zurück, nahm im Schlafzimmer den Wäschekorb und ging nach unten. Im Hausflur kam ihr Sarah entgegen, die einen Daumen hochstreckte, für Sophie das Zeichen, dass sie noch Zeit hatte, die schmutzige Wäsche in den Keller zu bringen. Während sie die Treppe herunterstieg, knurrte plötzlich laut und vernehmlich ihr Magen. Okay, dachte sie, erst die Wäsche, und dann werde ich bei Igor etwas zu essen ordern. Einen Spitzenkoch zu haben, der einem die eigenen Wünsche erfüllte, hatte eindeutig seine Vorteile. Mit einem zufriedenen Summen stellte Sophie den Korb in der Waschküche ab und beeilte sich, zurück zu ihren Gästen und einem Imbiss zu kommen.

Die Engländer kommen!

Ein Freitagvormittag um elf auf dem Marktplatz in Wümmerscheid-Sollensbach. Normalerweise traf man um diese Uhrzeit hier allenfalls zwei, drei Menschen. Und dafür gab es gleich mehrere Gründe: Im Rathaus war nicht vor zwölf Feierabend, in vielen Küchen wurde schon das Mittagessen vorbereitet, und wer in Wümmerscheid-Sollensbach etwas auf sich hielt, hatte seine Einkäufe fürs Wochenende um diese Zeit bereits erledigt.

Sophie staunte immer noch über diese ungeschriebenen Gesetze. Warum bekam man beispielsweise an einem Freitag bis ungefähr zehn Uhr morgens kaum einen Fuß in die Metzgerei Braubart, aber danach herrschte dort gähnende Leere? Warum war ein spätes Mittagessen um zwei undenkbar? Würde einen das daran hindern, Kaffee und Kuchen um vier richtig zu genießen? In Wümmerscheid-Sollensbach tickten die Uhren eben anders, eine bessere Erklärung hatte sie bisher noch nicht gefunden.

Im Laufe der Jahre hatte sich Sophie an die Abläufe im Dorf gewöhnt und sich darauf eingestellt. Umso auffälliger war der Unterschied zum Normalzustand an diesem klaren Wintermorgen. Der Marktplatz war voller Menschen. Offenbar hatte sich das halbe Dorf hier versammelt. Die Ankunft der englischen Reisegruppe war das Ereignis der Woche. An der Rathaustreppe standen die Mitglieder des Dorfvereins, mit Ausnahme von zwei Männern, die gerade ein Transparent mit der Aufschrift *Welcome in Wümmerscheid-Sollensbach* zwischen zwei Laternenpfählen befestigten.

»Huhu, Sophie, hier drüben!«

Sophie reckte neugierig den Hals, um zu sehen, wer da rief, und entdeckte Leonie und neben ihr Jennifer. Die Freundinnen umarmten sich zur Begrüßung.

»Ach, schön, dass ihr beiden auch hier seid«, freute sich Sophie.

»Selbstredend, schließlich stellt die Familie Weibold gleich zwei Gästezimmer zur Verfügung«, erwiderte Jennifer.

»Stimmt, dein Schwiegervater war der Erste bei der Dorfvereinssitzung, der englische Gäste aufnehmen wollte«, erinnerte sich Sophie.

»Und er hat durchgesetzt, dass Klaus und ich auch noch unser Gästezimmer anbieten.«

»Ich bin schon ganz gespannt auf meine Engländer, Michael und Simon McMillan heißen sie«, erklärte Leonie an Jennifer gewandt. »Vielleicht sind das ja auch Schotten, bei dem Nachnamen? – Ich bin jedenfalls total froh, dass ihr an mich gedacht habt, als die Gastfamilien ausgesucht wurden, sonst hätte ich den ganzen Spaß verpasst. Und wer ist nun bei euch, Sophie?«

»Wir können ja leider nur eine Person unterbringen und nicht zwei. Zu uns kommt eine Frau – Katie heißt sie. Katie Sheridan.«

Leonie runzelte die Stirn. »Komisch, irgendwoher kenne ich den Namen.«

»Gibt es nicht eine Autorin, die so heißt? Oder war es eine Schauspielerin?«, überlegte Jennifer.

»So ungewöhnlich ist der Name nicht«, antwortete Sophie, »ich vermute, auf der Insel gibt es ähnlich viele Katie Sheridans wie bei uns Frauen, die, sagen wir mal, Susi Müller heißen.«

Auf der Rathaustreppe hatte sich eine größere Männergruppe formiert, die allein schon dadurch ins Auge stach, dass jeder einen leuchtend roten Schal um den Hals trug.

»Auweia, schaut mal, die Wümmerscheider Goldkehlen 1903 geben sich auch die Ehre«, sagte Jennifer und kicherte. »Ich liebe es, wie sie immer wieder Musik aussuchen, die irgendwie einen Schlag daneben ist.«

»Oh, erinnert ihr euch noch, wie sie auf dem Weihnachtsmarkt Karnevalslieder gesungen haben?«, sagte Leonie.

»Ha, das war ja noch harmlos. Auf meiner Hochzeit haben sie *It's Raining Men* angestimmt, und das auch nur, weil Peter ihnen dringend davon abgeraten hatte, *Highway to Hell* zu singen.«

»Stimmt«, Jennifer prustete los, »das stand ja ein paar Wochen lang zur Debatte. Sagen wir doch einfach mal, wie es ist: Unser Männergesangsverein ist berüchtigt für seine seltsame Liedauswahl. Es gibt das Gerücht, dass bei der Scheidung des Chorleiters der komplette Chor vor dem Rathaus in Cochem *Niemals geht man so ganz, irgendwas von dir bleibt hier* gesungen haben soll.« Jennifer hob grinsend beide Hände. »Guckt nicht so ungläubig, wie ich schon sagte, es ist lediglich ein Gerücht.«

»Die werden eigentlich nur noch von den Sollensbacher Jagdbläsern getoppt. Ich bin wahrscheinlich die einzige Braut, die zu den Klängen von *Rocky I* aus der Kirche ausgezogen ist«, sagte Sophie.

»Und darauf kannst du durchaus stolz sein, bei meiner Hochzeit hat die Organistin irgendetwas politisch Korrektes, Nichtssagendes gespielt«, sagte Leonie und lachte. »Musik, die ich schon nach fünf Minuten vergessen hatte. Ich hätte das gleich als schlechtes Omen werten sollen.«

»Mal sehen, was es heute wird.« Jennifer deutete auf eine

Toreinfahrt neben dem Rathaus, wo ein Dutzend Männer in grünen Lodenjacken und weißen Hosen dabei waren, ihre Jagdhörner auszupacken. »Hab ich doch gleich gewusst, wenn der Männergesangsverein antritt, sind die Jagdbläser nicht weit.«

Wie gut, dass die uns nicht hören können, dachte Sophie. Und wie schön es ist, an einem Freitagvormittag mit zwei Freundinnen auf dem Marktplatz zu stehen und gemeinsam über die Musikvereine zu lästern. Sophie hakte sich bei Leonie und Jennifer unter. »Wisst ihr das eigentlich? Ich bin unfassbar froh, hier zu wohnen und euch beide als Freundinnen zu haben«, gestand sie.

»Ja, ich bin auch froh, dass du damals nicht das Handtuch geworfen hast und nach Hamburg zurückgegangen bist, Sophie«, erwiderte Jennifer.

»Ohne dich …« – fast gleichzeitig mit Jennifer hatte auch Leonie zum Sprechen angesetzt, und die beiden mussten lachen.

»Jetzt lasse ich dich auch mal zu Wort kommen«, sagte Jennifer.

»Ohne dich wäre ich nie mit Marie hiergeblieben«, ergänzte Leonie.

»Manchmal trifft man im Leben eben doch die richtigen Entscheidungen«, sagte Sophie und fühlte sich in diesem Augenblick rundum glücklich.

***

»Du siehst ja nicht gerade glücklich aus. Was ist los, Karl-Friedrich?«, raunte Ortsvorsteher Armin Overhofen-Dümpels seinem Kollegen zu. Die beiden standen etwas abseits der Menge.

Karl-Friedrich Serghein seufzte und gab ebenso leise zurück: »Das fragst du mich, Armin? Geben wir es doch zu, wir beide haben es verbockt. Wir haben als Ortsvorsteher die Pflicht, für unser Dorf einzutreten, aber wenn wir nicht aufpassen, machen wir uns mit dieser Sache in großem Maßstab zur Lachnummer. Ja, wir haben es verbockt.«

»Mal langsam, Karl-Friedrich, fließende Englischkenntnisse standen nicht in der Ausschreibung, als zwei Ortsvorsteher gesucht wurden«, verteidigte sich Armin.

»Mag schon sein, aber hast du dir mal überlegt, wie wir unsere Gäste gleich begrüßen sollen? Du mit deinen geringen Englischkenntnissen, und ich … soll ich die Reisegesellschaft vielleicht auf Lateinisch anreden? Oder sie mit ein paar Brocken Alt-Griechisch überraschen?«

»Mist, daran habe ich ja noch gar nicht gedacht.«

»Ich schon.« Karl-Friedrich zog ein Blatt Papier aus der Innentasche seines Wintermantels und faltete es auseinander. »Hier, ich habe gestern Abend ein paar Sätze mit dem kostenlosen Programm übersetzt und ausgedruckt. Ich kann nur hoffen, dass ich damit wirklich unsere englischen Freunde begrüße und ihnen nicht gleich im zweiten Satz eine Waschmaschine zum Kauf anbiete. So langsam kommen mir nämlich Zweifel in Bezug auf die Qualität dieser kostenlosen Angebote.« Er verzog gequält das Gesicht und verstaute den Zettel wieder in der Tasche.

»Ein Glück, dass alle in Gastfamilien untergebracht sind und sie sich selber um ihr Programm kümmern. Außer der offiziellen Begrüßung und dem Abschied müssen wir ja nicht viel auf Englisch sagen«, erwiderte Armin. »Und ich finde es sehr lobenswert, dass du dich an die Begrüßung heranwagst, obwohl du kaum Englisch kannst. Na ja, immer noch mehr als ich. Ich werde am besten nur neben dir stehen, nett lächeln und ›Welcome, welcome‹ murmeln.«

In diesem Moment fuhren beide erschrocken zusammen. Zwei breite Hände waren von hinten auf den Schultern der Ortsvorsteher gelandet, eine rechts, eine links.

»Na, ihr beiden Pfeifen, was gibt es hier zu tuscheln?«

Hinter Karl-Friedrich und Armin hatte sich Johannes Braubart aufgebaut und grinste über das ganze Gesicht. Der Metzgermeister trug Arbeitskleidung, seine Metzgerhosen und die schweren weißen Gummistiefel. Immerhin hatte er eine blaue Daunenjacke übergeworfen, was ihn halbwegs zivil aussehen ließ.

»Ganz schöner Rummel hier. Sehr eindrucksvoll. War eben noch in der Wurstküche und wollte meine feine Leberwurst mit Kräutern in die Därme füllen, aber dann habe ich mir gesagt: Johannes, lass alles liegen, sonst verpasst du noch die Ankunft der Briten. Hetti kommt auch gleich rüber, die hatte noch Kundschaft im Laden.«

»Wir haben uns gerade darüber unterhalten, dass wir es toll finden, wie viele Mitbürger zur Begrüßung gekommen sind«, erklärte Armin und stieß seinem Kollegen den Ellenbogen in die Seite.

Das wäre nicht nötig gewesen, denn auch Karl-Friedrich hatte keine Lust, noch einmal über seine dürftigen Englischkenntnisse nachzudenken. »Genau. Außerdem könnten wir vielleicht im kommenden Jahr einen Gegenbesuch machen, haben wir uns überlegt«, ergänzte Karl-Friedrich.

»Mhm, zehn Tage England, keine schlechte Idee. Aber die Jagdbläser bleiben dann zu Hause. Nach spätestens zwei Minuten weiß man doch, was mit der Redensart ›Trübsal blasen‹ wirklich gemeint ist, höhö.«

»Vielleicht werden sie ja von den Goldkehlchen übertönt«, scherzte Karl-Friedrich.

Die drei Männer lachten. Jeder von ihnen schätzte im Grunde das Engagement der Jagdbläser und des Gesangsvereins, aber das hinderte sie nicht daran, über die Musik zu lästern.

»Jedenfalls werden unsere Gäste auf diese Weise schnell merken, worauf sie sich bei uns einlassen«, sagte Armin.

»Aber holla«, bestätigte Johannes, »wir sind schließlich Preisträger der Goldenen Weihnachtskerze und nicht die Gewinner im Eurovision Song Contest.«

»Wohl wahr, da hast du …« Der Rest von Karl-Friedrichs Satz war nicht mehr zu verstehen, und das hatte gleich drei Gründe. Erstens bog in diesem Moment laut hupend ein Reisebus um die Ecke, zweitens sorgte das Auftauchen des hupenden Busses für lautes Johlen und Beifall auf dem Marktplatz, und drittens intonierten die Sollensbacher Jagdbläser eine ohrenbetäubende Version von *Rule Britannia*, was die Menge zu noch lauterem Johlen animierte.

»Meine Fresse, die Jungs bringen ja Zahnplomben zum Wackeln«, brüllte Johannes über den Lärm hinweg, was die beiden Ortsvorsteher nur mit einem Nicken quittierten.

Der Reisebus bremste vor dem Rathaus. Die Wartenden strömten zur rechten Seite des Busses, um nicht zu verpassen, wenn die englischen Gäste ausstiegen. Erwartungsvoll drängelten sich die Dorfbewohner neben den Bus. Die weiter hinten Stehenden reckten neugierig die Hälse. Man hörte schon, wie sich Türen zischend öffneten, doch niemand stieg aus.

Johannes Braubart schlug sich mit der flachen Hand gegen die Stirn. »Wir Idioten, die haben doch Linksverkehr in England. Die Tür ist auf der anderen Seite.« Jetzt sahen es die anderen auch. Dort, wo sie warteten, saß bloß der Busfahrer und deutete grinsend auf die linke Seite des Busses. Langsam schob sich die Gruppe vorne um den Bus herum.

»Wie die Lemminge«, murmelte Armin.

Karl-Friedrich schaute seinen Kollegen an. »Showtime, Armin«, antwortete er und trat an den Bus.

In der Tür zeigte sich als Erste eine nicht besonders groß gewachsene, etwas mollige Frau. Sie blieb auf der obersten Stufe stehen und schaute sich mit einem herzlichen Lächeln um. Bevor die beiden Ortsvorsteher aber irgendetwas sagen konnten, verstummten die Jagdbläser, und die Wümmerscheider Goldkehlen übernahmen den Staffelstab. Was sie da sangen, war unverkennbar Stings *Englishman in New York*, wobei man sich die Freiheit nahm, das »New York« durch ein »Wümmerscheid-Sollensbach« zu ersetzen. Fehlende Genauigkeit bei dem doch recht komplizierten Rhythmus und den zusätzlichen Silben von »Wümmerscheid-Sollensbach« machte der Männergesangsverein durch Inbrunst wett.

Karl-Friedrich schaute Armin hilflos an. Der zuckte lediglich mit den Achseln und formte stumm und unaufhörlich mit den Lippen das Wort »welcome«.

Ergeben wartete Karl-Friedrich Serghein das Ende des Liedes ab, bevor er sich ausgiebig räusperte, seinen Zettel wieder hervorzog und laut sagte: »Welcome in Wümmerscheid-Sollensbach. Ähm … ja, we are proud, you …«

»Jones, ich heiße Ellen Jones, und ich bin die Bürgermeisterin von St.-Nicholas-on-Sea.«

Sie sprach Deutsch.

Verblüfft schauten sich Karl-Friedrich und Armin an, warfen auch Johannes Braubart einen erstaunten Blick zu. Von einer Antwort wurden sie entbunden, denn die Wümmerscheider Goldkehlen 1903, auch bekannt für ihre rasche Reaktionszeit, wenn es um Publikumswünsche ging, hatten sich blitzschnell für einen neuen Musiktitel entschieden. Sie wagten sich an die Soul-Ballade *Me and Mrs. Jones* heran.

»O Gott, in dem Lied geht es doch um eine heimliche außereheliche Beziehung«, sagte Karl-Friedrich leise zu Armin. »Hat mir meine Frau neulich erst erzählt. Ich weiß ja nicht, wie Ellen Jones das findet …«

Aber er brauchte sich keine Sorgen zu machen. Als die Goldkehlen schon nach der ersten Strophe endeten, klatschte die Bürgermeisterin begeistert Beifall.

»Das ist, wie sagt man in Deutsch, ein großes Überraschung.«

»Kann man wohl sagen«, murmelte Johannes Braubart. Er

hatte sich inzwischen zu den Ortsvorstehern gesellt, und zwar nur aus dem Grund, weil sein Vorstandskollege Hermann Weibold gleichzeitig zur Begrüßung aus der Menge trat.

»Wir freuen uns sehr«, erwiderte Karl-Friedrich laut, »wir freuen uns sehr, dass Sie unserer Einladung gefolgt sind, Mrs Jones. Wir haben weder Kosten noch Mühen …«

Die Goldkehlen hörten das Wort »Kosten« und stimmten rasch *Money for Nothing* an, was Armin Overhofen-Dümpels aber mit einem Augenverdrehen und einer kurzen Handbewegung schon nach wenigen Takten abwürgen konnte. Die britische Bürgermeisterin nahm die musikalische Begrüßung mit einem Strahlen zur Kenntnis.

»Ellen, ich bin Ellen.«

»Also, dann sind wir Armin und Karl-Friedrich.« Karl-Friedrich deutete auf die beiden Vorsitzenden des Dorfvereins. »Und das sind Johannes und Hermann, die … ähm … Chefs unseres Dorfvereins.«

»O ja, natürlich. Die Namen waren in die E-Mails. So, jetzt wollen sicher auch die anderen aussteigen.« Ellen Jones lächelte vergnügt, kletterte aus dem Bus und gab so endlich den Ausgang frei.

Nach und nach stieg die ganze Reisegruppe aus, verknittert und müde, nachdem sie die ganze Nacht durchgefahren waren. Neugierig schauten sich die Gäste um, jeder einzelne von ihnen wurde mit lautem Beifall begrüßt.

»Rede, Rede«, schallte es aus der Menge.

»Möchtest du vielleicht ein paar Worte zur Begrüßung sagen, Ellen?« Karl-Friedrich Serghein verbeugte sich und deutete einladend auf die Stufen der Rathaustreppe. Für den Weg dorthin bot er ihr seinen Arm an. Sie hakte sich bei ihm unter und ließ sich zu den Stufen führen.

»Meine lieben Menschen in Wümmerscheid-Sollensbach, wir alle sind sehr glücklich auf unser Zeit hier bei Ihnen. Wir alle sind die Mitglieder in die Deutschclub, aber es ist eben etwas anderes, die Sprache zu üben oder jetzt endlich hier an die Mosel zu sprechen. Wir haben uns nicht getraut, euch Briefe in die Deutsch zu schreiben, aber jetzt Dank für die warme Willkommen.« Ellen Jones verbeugte sich und wurde mit tosendem Beifall belohnt. Sie hob kurz die Hand, der Beifall ebbte ab. »Und ich möchte sagen: Danke. Danke, dass wir lernen können, wie die wirklich German Weihnacht ist. Wir lernen von die Besten, von die Preisträger der Golden Weihnachtskerze. Weil deshalb, wir haben extra eine Video-Blog für alle in St.-Nicholas-on-Sea. Michael und Simon dort werden sich kümmern um die Video-Blog. Und deshalb, wir haben selbst auch keine Programm festgelegt für unsere Besuch, weil wir wissen, dass Sie das für uns schon haben vorbereitet. Danke, danke dafür.« Ellen winkte mit beiden Händen der Menge zu.

Was in dem Moment niemand wahrnahm, waren die vier Männer, die sich entsetzt anschauten.

»Wir sind so was von am Arsch«, flüsterte Karl-Friedrich den anderen zu. »Wir haben kein Programm vorbereitet. Was sollen wir jetzt machen?«

»Erst mal alle auf die Gastfamilien verteilen«, gab Hermann zurück. »Armin, kümmerst du dich darum?«

»Geht klar, ich habe die Liste dabei. Heute erwarten die sicher nichts mehr, außer etwas zu essen und früh schlafen zu gehen«, gab Armin zurück.

»Und dann, Männer: Krisensitzung oben bei Sophie. Heute Abend, acht Uhr. Sagt allen Bescheid«, raunte Johannes, »ich will heute jeden aus dem Dorfverein sehen. Keine Ausreden. Wie Ellen gerade gesagt hat, wir sind Preisträger der Goldenen Weihnachtskerze, unsere Ehre steht auf dem Spiel, also erwarte ich vollständiges Erscheinen.«

***

»Ach herrje«, entfuhr es Sophie. Jennifer und Leonie schauten sie neugierig an. »Was hast du?«, fragte Leonie.

»Habt ihr das eben nicht gehört? Unsere Gäste erwarten ein komplettes Weihnachtsprogramm. Der Dorfverein ist aber davon ausgegangen, dass die sich selber bespaßen. Na, das kann ja heiter werden.«

»Ui, da werden Hermann und Papa aber sicher rotieren«, sagte Jennifer.

»Ich sollte das Café heute Abend wohl besser frei halten, jede Wette, dass der Dorfverein später vorbeikommen wird.« Noch während Sophie das sagte, überschlug sie im Kopf, ob sie mit den Reservierungen auch ohne den zusätzlichen Raum in dem alten Stallgebäude hinkam. Verflixt knapp würde das werden.

»Hast du eben nicht noch erzählt, dass ihr heute Abend zwei Weihnachtsfeiern habt?«, fragte Leonie.

»Ja, darüber denke ich auch gerade nach. Dann müssen wir mit dem Dorfverein eben improvisieren, vielleicht können wir uns in unserem Wohnzimmer treffen«, erwiderte Sophie. »Kommt mit, wir gehen erst mal zum Bus und schauen, dass wir unsere Gäste einsammeln.«

Die drei Frauen schoben sich durch die Menge, die mittlerweile den Bus umgab. Jeder wollte natürlich zur Stelle sein, wenn sein Name aufgerufen wurde. Sophie hielt dabei Ausschau nach einer alleinstehenden Frau. Welche von ihnen war wohl Katie Sheridan?

In diesem Moment rief Armin Overhofen-Dümpels laut: »Frau Katie Sheridan? Katie Sheridan, bitte zu Sophie von Metten. Ah, Sophie, da bist du ja, wie schön.« Er ließ den Blick über die Gruppe schweifen und wiederholte: »Wer von euch ist Katie Sheridan?«

Unter der geöffneten Gepäckklappe entstand Bewegung. Zuerst sah man nur einen Koffer, der aus der Reihe der schon ausgeladenen Gepäckstücke herausgeschoben wurde. Sophie schmunzelte. Zwischen den anderen Koffern, die alle aus schwarzem Kunststoff waren und über praktische Handgriffe und Rollen verfügten und die mehr oder weniger identisch aussahen, fiel dieser hier auf wie ein Flamingo unter lauter grauen Enten. Seine Form war altmodisch und kantig, die Ecken wurden von braunem Leder geschützt, und es gab nur einen einzigen, ebenfalls ledernen Tragegriff in der Mitte. Und dann dieses Muster: zarte Wiesenblumen auf weißem Grund, mit winzigen Blüten und kleinen frisch-grünen Stängeln und Blättchen.

»Katie Sheridan?«

»Das bin ich. Ich bin Katie.« Sie kam unter der Gepäckklappe hervor, richtete sich auf und strich sich eine aschblonde Haarsträhne aus der Stirn.

Sophie fiel direkt das perfekte Deutsch auf, dem man lediglich einen ganz leichten britischen Akzent anhörte. Sie trat vor und musterte die Frau, die ihr mit schwungvollen Schritten entgegenkam. Sie trug Jeans, Stiefel, einen hellbraunen wollenen Wintermantel und einen cremefarbenen Schal um den Hals. Ein wenig ähnelte Katie Sheridan der britischen Schauspielerin Emma Thompson. Das gleiche schmale Gesicht, das gleiche ansteckende Lächeln. Allerdings einer Emma Thompson im Alter von ungefähr vierzig Jahren.

»Hallo, ich bin Sophie, Ihre Gastgeberin für die nächsten zehn Tage.«

»Katie, ich bin Katie. Du darfst mich gern duzen. Ich bin so froh, endlich mal wieder in Deutschland zu sein. Wie schön es hier ist. Ich hoffe, ich mache dir keine großen Umstände?«

»Überhaupt nicht, ich muss dich allerdings vorwarnen, bei mir zu Hause wird es etwas hektisch sein.«

»So?« Ein amüsiertes Lächeln umspielte Katies Mundwinkel.

»Ich betreibe ein Bistro und ein Café, ein wenig oberhalb

des Dorfes. Und wir haben Vorweihnachtszeit, da gibt es viel zu tun.«

»Oh. Na, das finde ich jetzt spannend. Ich bin gelernte Köchin, mir musst du nichts über einen Bistro-Betrieb erzählen. Und sag mir, wenn ich helfen kann.«

Sophie lachte erleichtert auf. »Ich glaube, das wird nicht nötig sein, aber schön, dass du vom Fach bist.« Sie winkte kurz ihren Freundinnen zu, die mit ihren eigenen Übernachtungsgästen zusammenstanden.

»Wollen wir, Katie? Soll ich den Koffer nehmen? Ich bin zu Fuß hier, aber es ist auch nicht sehr weit.«

»Nein, nein, den Koffer trage ich selbst, er ist nicht schwer. Ein kleiner Spaziergang wird mir guttun.«

Sophie führte Katie vom Marktplatz, die Landstraße hoch, vorbei an Peters altem Haus. Auf der gegenüberliegenden Straßenseite stand Erwin Körten-Buschmeier in seinem Garten. »Na, Sophie, sind die Briten angekommen?«

»Ja, und das sogar ziemlich pünktlich.«

»Engländer eben.«

Bevor Erwin noch seine genaue Meinung über den britischen Menschenschlag zum Besten geben konnte, sagte Sophie schnell: »Erwin, das ist Katie, sie wird bei uns wohnen. Katie, das ist Erwin, ein sehr lieber Nachbar.«

Erwin Körten-Buschmeier lüftete seinen speckigen Cordhut und deutete eine Verbeugung an. Sehr zu Sophies Überraschung sagte er ohne zu zögern: »Welcome to Germany. It's a pleasure to meet you, Katie. Did you have a good journey?«

Na so was, dachte Sophie überrascht, unser Erwin begrüßt sie in lupenreinem BBC-Englisch und fragt auch noch, ob sie eine angenehme Reise hatte, während die Dorfvereinsspitze nicht mal eine E-Mail lesen kann. Erwin ist doch immer für eine Überraschung gut.

»Danke sehr, es ist mir auch ein großes Vergnügen, Sie

kennenzulernen, Erwin. Bestimmt werden wir uns noch einmal sehen. Einen schönen Tag noch.«

Die beiden Frauen gingen weiter die Landstraße entlang. »Du sprichst hervorragend Deutsch.«

»Es ist meine Muttersprache. Meine Mutter kommt aus Bielefeld, mein Vater war in Herford bei den britischen Streitkräften. Die beiden haben sich in Deutschland kennengelernt, und wir sind, als ich zwölf war, nach Südengland gezogen. Meine Kochausbildung habe ich dann zum Teil wieder hier in Deutschland absolviert. Eine Zeit lang habe ich sogar in Hamburg gearbeitet, aber das waren nur anderthalb Jahre.«

»Was für ein Zufall, ich habe selber in Hamburg studiert und als Servicekraft in der Gastronomie gearbeitet«, sagte Sophie.

»Wie kommt man von Hamburg nach Wümmerscheid-Sollensbach?«

Die beiden Frauen durchquerten die Einfahrt in der alten Bruchsteinmauer. Vor ihnen lag der gekieste Vorplatz. Der Mühlenhof, der in Sophies Augen viel von einem englischen Cottage hatte, strahlte im Licht der Mittagssonne. Der Buchsbaumkranz, der mit einer dicken roten Schleife an der grün gestrichenen Haustür aufgehängt war, die in den Fenstern des Bistros aufgestapelten Geschenkpakete – das alles sah sehr einladend aus.

»Ich habe dieses Haus von meiner Tante geerbt«, sagte Sophie und deutete auf das Gebäude.

Ein verzücktes Strahlen glitt über Katies Gesicht. Sie blieb stehen und schaute sich um. »Wunderschön«, murmelte sie. »Das hier, Sophie, hätte ich auch jederzeit mit Kusshand gegen Hamburg eingetauscht.«

»Komm, ich mach uns einen Kaffee oder Tee, zeig dir dein Zimmer und dann den ganzen Rest«, sagte Sophie eifrig, »ich glaube, dir wird unser neuer Café-Raum gefallen.«

Zufälle des Lebens

Sophie gelang es tatsächlich, beide Weihnachtsfeiern in den Gastraum des Bistros zu verlegen. Mit Sarah stellte sie dort drei zusätzliche Tische auf. Dadurch, dass mehrere Tische zusammengeschoben wurden, fiel das nicht weiter auf. Nur Stammgäste hätten erkannt, dass es enger zuging als sonst. Hauptsache, der Dorfverein konnte in aller Ruhe seine Krisensitzung abhalten. Welchen Eindruck würde es auf Katie machen, wenn im Wohnzimmer der Dorfverein zusammenkam, um zu beratschlagen, welche Programmpunkte man ihr und den übrigen englischen Gästen in den kommenden Tagen bieten könnte? Nein, das durfte Katie auf keinen Fall mitbekommen. Und da sie bei Sophie wohnte und selbstverständlich auch das Wohnzimmer benutzen würde, blieb als einziger Ausweg, den Dorfverein heute Abend im neuen Café-Raum zu platzieren. Also schleppte Sophie Tische und dekorierte um, es war schließlich für einen guten Zweck.

Katie hatte sich, nachdem sie ausgepackt und noch eine Tasse Tee zusammen mit Sophie getrunken hatte, einen Rundweg beschreiben lassen. »Weißt du, Sophie, ich brauche jetzt frische Luft. Die ganze Nacht im Bus und auf der Fähre … Ich muss mich mal bewegen.«

Sophie hatte Katie ihren Lieblingsweg beschrieben, den,

der einen weiten Blick über Wümmerscheid-Sollensbach bot und ein kleines Stück durch den Wald und den Sollensbacher Bruch führte. Dieser Weg war sozusagen idiotensicher, man konnte sich nicht verlaufen, weil man an jeder Kreuzung nur rechts gehen musste, um wieder im Garten des Mühlenhofs anzukommen. Katie war also losgezogen, und Sophie hatte mit Sarah ganz ungestört alles für den Abend vorbereiten können.

Gerade als Sophie aus dem Café kam, wo sie Holz im Kaminofen nachgelegt hatte, raschelte und knackte es in den Büschen, und Katie kam um die Ecke des Stallgebäudes.

»Da bin ich wieder, Sophie. Ich kann nur sagen: Wahnsinn, was für eine schöne Landschaft. Von einer Stelle konnte ich bis ins Moseltal schauen – umwerfend. Hast du wirklich gezögert, als du die Wahl hattest? Hamburg oder dieser Traumort?«

»Was soll ich sagen, mir lag mein Leben in Hamburg schon am Herzen. Ich musste mir meinen Traumort sozusagen erst erschaffen.«

»Ich beneide dich, genau so etwas würde ich auch gern tun«, seufzte Katie.

»Komm, ich möchte dir meine neueste Errungenschaft zeigen – wir haben das Café ausgelagert.«

Sophie führte Katie zum alten Pferdestall und öffnete schwungvoll die Holztür. »Willkommen im *Kleinen Café an der Mühle.*«

Katie betrat den Raum, drehte sich im Kreis und schaute sich um, den Mund vor Staunen geöffnet. »Das ist … das ist … Mensch, Sophie, mir fehlen die Worte. Damit machst du jedem Tearoom in Südengland Konkurrenz. Wir müssen das unbedingt den anderen aus der Gruppe zeigen. Meinst du, das wäre möglich?«

»Aber natürlich. Wir veranstalten einfach in den kommenden Tagen ein Kaffeetrinken, kombiniert mit einer englischen Teatime.«

Katie nickte begeistert. »Das wird den anderen gefallen, da bin ich mir sicher. Ich habe übrigens einen Blick in dein Bistro gewagt und mir die Speisekarte angesehen. Ganz großes Lob. Und das hast du dir alles allein ausgedacht?«

Sophie schüttelte lächelnd den Kopf. »O nein. Ich hatte am Anfang das große Glück, professionelle Unterstützung zu bekommen. Das erste halbe Jahr hat Jean-Pierre Garbon, ein französischer Koch ...«

»Jean-Pierre war hier – bei dir? Nicht möglich!«

»Doch, doch. Kennst du ihn etwa?«

»Ziemlich gut sogar, ich habe kurz nach meiner Ausbildung für ein paar Wochen in einem seiner Bistros gearbeitet. Meine damalige Chefin hat ihm ausgeholfen und mich mitgenommen. Jean-Pierre ging es nicht gut, und er hat dringend Hilfe gebraucht.«

Sophie starrte Katie an. Genau diese Geschichte hatte sie schon einmal von Jean-Pierre selber gehört. Sie zog zwei Stühle an den Kaminofen. »Ich glaube, Katie, wir sollten uns mal setzen.«

»Aber du hast doch sicher alle Hände voll zu tun.«

»So viel Zeit muss sein.«

Katie setzte sich zögernd und schaute Sophie neugierig an. »Was hast du, Sophie?«

»Ich denke gerade über Zufälle im Leben nach. Weißt du, wir, also mein Mann Peter und ich, wir haben ganz zufällig die erstbeste Einzelperson auf der Gästeliste ausgewählt. Und das bist ausgerechnet du. So was kann man nicht planen. Meine Tante Dotti, die mir dieses Anwesen vererbt hat, hat immer gesagt: Steh auf der Bühne des Lebens und erzähle von deinen Plänen, und du kannst hinten im Saal das Schicksal vor Lachen vom Stuhl fallen sehen.«

»Ich verstehe jetzt gerade ...«

»Jean-Pierre hat mir hier geholfen, sein Neffe Louis war danach lange mein Küchenchef. Bis er sich in Melanie, meine Nachwuchsköchin, verliebt hat, aber das ist eine andere Geschichte.«

»Louis war auch hier? Du machst Witze?«

»Nein, und Jean-Pierre war nur deshalb hier, weil meine Tante Dotti eine gute Freundin hatte, die längst auch zu meiner Freundin geworden ist. Und die hat mir Jean-Pierre vermittelt, weil der noch in ihrer Schuld stand. Diese Freundin, die nebenbei bemerkt demnächst Jean-Pierre heiraten wird, heißt Heidi Schwarzbeck. Die beiden wohnen hier in Wümmerscheid-Sollensbach, und Heidis Tochter Leonie hättest du heute am Reisebus sehen können.«

»Heidi … Heidi wohnt hier? Sie … sie ist deine Freundin? Meine alte Chefin und Leonie. Gott, Leonie war damals zehn oder so.« Sie schüttelte den Kopf, als könnte sie kaum glauben, was sie gerade gehört hatte. »Sie alle sind hier. Himmel, ich verdanke Heidi so unendlich viel.« Freudentränen schimmerten in Katies Augen. »Ich habe mich oft gefragt, was aus Heidi geworden ist. Anfangs haben wir uns ab und zu geschrieben, aber irgendwann den Kontakt verloren.« Katie wischte sich mit dem Handrücken über die Augen und griff nach Sophies Hand, um sie zu drücken. »Ich weiß jetzt, was du mit Zufall und Plänen meinst. Diese Begegnung, das hätte niemand planen können. Oh, ich möchte sie so schrecklich gern wiedersehen. Wie kann ich Heidi besuchen?«

Sophie lächelte zufrieden. »Ob du es glaubst oder nicht, sie wird morgen Mittag hier bei mir auf der Matte stehen. Wir wollen das Weihnachtsessen durchsprechen.«

»Herrlich, ich werde Heidi wiedertreffen, Heidi und Jean-Pierre.« Katie seufzte glücklich. »Jetzt ist Wümmerscheid-Sollensbach in meinen Augen noch schöner geworden.«

Nächtliche Krisensitzung

Der geschmückte Weihnachtsbaum spiegelte sich funkelnd in den Fensterscheiben des Cafés. In der Mitte von jedem Tisch stand eine dicke Stumpenkerze, umgeben von Walnüssen, kleinen roten Äpfeln und – der Clou – einer grauen gefilzten Maus, die eine rote Weihnachtsmütze trug. Das lodernde Feuer im Kaminofen hüllte alles in behagliche Wärme. Ein perfekter Abend im Advent.

»Herrschaften! Bitte mal Ruhe.« Johannes Braubarts Stimme übertönte mühelos ein gutes Dutzend Männerstimmen, die aufgeregt durcheinanderredeten. Alle Gespräche verstummten, selbst das leise Getuschel der zwei Männer, die gerade erst eingetroffen waren und noch wartend neben der Tür standen. In der plötzlichen Stille hörte man überdeutlich die leise Weihnachtsmusik, die Sophie schon eingeschaltet hatte. Johannes Braubart hatte gemeinsam mit Hermann Weibold drei Tische zu einer langen Tafel zusammengeschoben. Nun saßen die beiden Vorsitzenden des Dorfvereins an der Schmalseite des Tisches, und man brauchte nicht viel Phantasie, um zu erkennen, dass ihre Stimmung auf dem Tiefpunkt war. »Ich will nicht lange drumherum reden. Ein Teil von euch wird heute Morgen nicht dabei gewesen sein, einige waren bei der Arbeit oder hatten keine Zeit. Aber wahrscheinlich habt ihr den Dorfklatsch schon gehört. Hermann und ich haben nicht umsonst diese Sitzung einberufen. Leute, wir haben eine Krise.«

Elektromeister Rainer Baumann hob die Hand: »Entschuldige, Johannes, was für eine Krise? Hat doch prima funktioniert heute bei der Ankunft. Bei uns zum Beispiel ist im Gästezimmer ein junges Ehepaar eingezogen, Mary und Joe. Die beiden machen einen sehr netten Eindruck. Und ob ihr's glaubt oder nicht, sein voller Vorname ist gar nicht Joe, sondern Joseph. Joseph und Mary, irre, oder?« Aus dem Augenwinkel nahm er den leeren Blick von Karl-Friedrich Serghein wahr. »Versteht ihr, wie Josef und Maria, nur auf Englisch.«

Serghein nickte erleichtert.

»Und dann ist die junge Frau auch noch schwanger, das ist so was von passend, genau wie in der Weihnachtsgeschichte. Was ich aber nur sagen wollte, von einer Krise kann man da wohl nicht sprechen.«

»Dreck, Pest und Gurkenstritzel, die Krise, lieber Rainer, wirst du spätestens morgen früh bemerken, wenn dich Joseph und Mary fragen, wie denn unser Programm für den Tag aussieht. Die wollen bespaßt werden, sie wollen die echte deutsche Weihnachtszeit kennenlernen, und zu allem Übel werden sie alles genauestens dokumentieren und täglich in ihrem Videoblog veröffentlichen.«

Überrascht schnaubte Rainer und sagte: »Moment mal. Wir sind doch davon ausgegangen, dass die Engländer ihr eigenes Programm haben werden, Weihnachtsmärkte in der Umgebung besuchen und so etwas. Das war doch so, oder?« Rainer schaute sich in der Runde um, und etliche Köpfe stimmten ihm nickend zu.

»Ja, so hatten wir uns das gedacht, aber die Wirklichkeit sieht leider ganz anders aus. Die Bürgermeisterin hat heute in ihrer Begrüßungsrede laut verkündet, dass sie sich bereits darauf freut mitzuerleben, welche Weihnachtstraditionen die

Preisträger der Goldenen Weihnachtskerze zu bieten haben«, erklärte Hermann Weibold.

»Im Klartext: Uns fällt entweder ganz schnell ein großartiges Weihnachtsprogramm ein, oder wir machen uns, dank dem Online-Videoblog, weltweit zur Lachnummer. Jawohl. Weltweit.« Johannes Braubart wischte sich mit der breiten Hand über das vor Aufregung gerötete Gesicht. »Glaubt mir, das ist ein gefundenes Fressen für alle Nachbargemeinden, ach was, für das gesamte Moseltal. Wenn wir uns jetzt blamieren, dann brauchen wir im nächsten Jahr zur Titelverteidigung der Goldenen Weihnachtskerze gar nicht erst anzutreten.«

Stille senkte sich über die Runde.

»Johannes, Hermann, mal ein Vorschlag.« Ein hagerer Mann am Ende des Tisches hob die Hand.

»Leg los, Heiko.«

»Hätten wir heute Abend nicht besser mal auch unsere Frauen mit dazugeholt? Denen fällt doch bestimmt etwas ein.«

Johannes und Hermann wechselten einen überraschten Blick. Hermann nickte Johannes zu und beendete so den stummen Austausch zwischen den beiden. Ja, sie waren einer Meinung. »Heiko, du hast recht. Daran haben wir überhaupt nicht gedacht«, gab Hermann Weibold zu.

»Dabei hat meine Hetti durchaus kluge Einfälle«, schob Johannes nach.

»Also, ich könnte Birgitta kurz anrufen, die wäre in zehn Minuten hier«, erklärte Heiko.

In der Runde ertönte zustimmendes Gemurmel. Johannes beugte sich zu Hermann herüber und flüsterte: »Haben die Männer des Dorfvereins schon jemals ihre Gattinnen um Hilfe gebeten?«

»Nee, das wäre eine Premiere. Aber außergewöhnliche Zeiten erfordern außergewöhnliche Maßnahmen.«

Johannes Braubart blies die Wangen auf und stieß schicksalsergeben einen langen Seufzer aus. Er schaute vor sich auf den Tisch. Die schwarzen Äuglein der Weihnachtsmaus auf dem Tisch funkelten im Kerzenschein zurück, blieben ihm aber eine Antwort schuldig.

»Heilige Scheiße, also meinetwegen.« Er schlug mit der flachen Hand auf die Tischplatte, um sich Gehör zu verschaffen. Die Weihnachtsmaus fiel um und streckte alle viere nach oben, in Johannes' Augen ein Zeichen. Er war geschlagen. »Heiko hat recht, das ist eine Krise, die das ganze Dorf angeht. Also – alle rufen sofort zu Hause an. Wir unterbrechen die Sitzung für zwanzig Minuten, und in dieser Zeit bitten wir unsere Gattinnen dazu.«

»Äh, und wer kümmert sich um die Gäste zu Hause?«

Rainers Einwand brachte Johannes für einen Moment zum Schweigen. Er rieb sich die Stirn und sagte nach einer kurzen Pause: »Ihr ruft eure Frauen an. Fragt sie, ob die Gäste schon gegessen und sich schlafen gelegt haben. Die sind doch die ganze letzte Nacht im Bus gewesen, sie haben wahrscheinlich schon Mühe gehabt, sich beim Abendessen wach zu halten. Die Frauen sollen kommen, sobald die Engländer schlafen gegangen sind. Aber eins sage ich euch gleich, das mit den Ehefrauen wird jetzt nicht zur Regel. Ich setz mich schließlich auch nicht in die Sitzungen von Hettis Mütterverein.« Reihum wurden Handys aus den Taschen gezogen und Telefonnummern gewählt, einige Mitglieder standen auf, um sich etwas abseits von den anderen mit der Ehefrau zu besprechen.

Nur Tischlermeister Hermann Weibold blieb sitzen und rührte sich nicht. »Willst du nicht Else anrufen?«, fragte Johannes seinen Co-Vorsitzenden. Der grinste von einem Ohr zum anderen. »Ruf du besser bei Hetti an, Else ist heute Abend nämlich bei euch zu Hause.«

»Na prima.« Johannes zückte sein Smartphone. »Dann gehst du aber rüber und besorgst uns noch zwei Bier.«

Der Raum füllte sich zusehends. Einige Mitglieder schoben weitere Tische zusammen, damit die Ehefrauen genug Platz zum Sitzen hatten. Als Sophie den alten Stall betrat, staunte sie nicht schlecht über den weiblichen Zuwachs.

»Was macht ihr denn hier, Hetti?«, fragte Sophie die Gattin des Metzgermeisters.

Hetti lächelte verschmitzt. »Nach was sieht es denn für dich aus? Die Herren der Schöpfung sind mit ihrem Latein am Ende und haben endlich eingesehen, dass sie uns auch mal fragen könnten.«

»Dich haben sie ja zum Ehrenmitglied gewählt, aber es wurde langsam Zeit, dass hier mal zusätzliche Frauen in der Runde auftauchen«, ergänzte Else Weibold.

»Ich kann leider nicht bleiben, ich wollte nur kurz die Getränkewünsche aufnehmen, wir haben drüben ein volles Haus. Aber wenn die Sitzung noch länger dauert, dann komme ich gern dazu. Ich schätze, nach elf wird es im Bistro ruhiger werden«, erklärte Sophie.

»Geh du nur, Sophie«, sagte Hetti. »Unsere Männer haben uns zu Hilfe gerufen. Wir sind schon ganz aufgeregt. Auf jeden Fall stehen die mit dem Rücken zur Wand, so viel ist sicher«, sagte Hetti.

Hetti und Else scheinen die Situation regelrecht zu genießen, dachte Sophie, während sie herumging, um die Getränkebestellungen zu notieren. Am Ende ihrer Runde machte Sophie bei Johannes und Hermann halt. »Ich habe euren Frauen schon gesagt, dass ich nach elf Zeit habe herüberzukommen. Peter müsste eigentlich auch längst zu Hause sein, ich schicke ihn rüber, sobald er auftaucht. Er ist in der letzten Zeit sehr eingespannt.«

»Super, Sophie. Und vielleicht kannst du später für alle Kaffee machen«, erwiderte Johannes, »ich fürchte, das kann heute länger dauern.«

Das Letzte, was Sophie hörte, war, wie Johannes Braubart

mit einem Kugelschreiber dezent gegen sein Bierglas klopfte. Hörbarer Beweis dafür, dass die Männer des Dorfvereins nicht unter sich sind, dachte Sophie, normalerweise würde Johannes einfach mit der flachen Hand auf die Tischplatte hauen.

***

Johannes ließ den Kugelschreiber sinken. »Darf ich um Ruhe bitten? Danke! Ihr alle wisst, warum wir jetzt in der großen Runde zusammensitzen: Unsere englischen Gäste erwarten ein gut organisiertes Programm für ihren Aufenthalt bei uns, und wir sind die ganze Zeit davon ausgegangen, dass wir uns darüber keine Gedanken machen müssen. Jetzt stehen wir da, und nichts ist vorbereitet. Also bitte, Hermann und ich freuen uns auf eure Vorschläge.«

Else ergriff das Wort. »Ich möchte ja gar nicht wissen, wie es überhaupt dazu kommen konnte.« Man sah, wie ihr Gatte auf seinem Stuhl merklich zusammensackte. »Eins müssen wir zuallererst erfahren: Was genau erwarten denn die Engländer?«

Elses Wortbeitrag sorgte bei den übrigen Frauen für zustimmendes Nicken.

»Else hat ganz recht«, ergänzte Hetti, »wenn wir Ideen sammeln, müssen wir uns danach richten, was die Gäste wollen. Also bitte: Was erwarten sie? – Birgitta, wärst du so nett und würdest wie bei uns im Mütterverein als Schriftführerin ein paar Stichworte mitschreiben?«

»Wird erledigt, Hetti.« Birgitta holte ein großes Notizbuch und einen Stift hervor, schlug eine leere Seite auf und schaute erwartungsvoll in die Runde. »Vorschläge, meine Herren? Was habt ihr euch schon überlegt?«

»Siehst du, das habe ich befürchtet. Es hat keine zwei Minuten gedauert, und schon haben die alles an sich gerissen«, flüsterte Johannes seinem Sitznachbarn zu. Hermann antwortete ebenso leise: »Überrascht dich das nach fast fünfunddreißig Jahren Ehe wirklich noch, Johannes?«

Johannes verzog ein wenig gequält das Gesicht. »Ein Präzedenzfall, wir schaffen hier einen Präzedenzfall.«

»Sicher, das tun wir, aber, wie du schon sagtest, wenn wir nichts unternehmen, machen wir uns im gesamten Moseltal zur Lachnummer. Das, oder wir lassen unsere Ehefrauen im Dorfverein ans Steuer – wir haben die Wahl.«

»Pest oder Cholera«, grummelte Johannes.

»Was hast du gerade gesagt, Johannes?«, fragte Hetti.

Das Gesicht des Metzgermeisters wurde, wenn überhaupt möglich, noch röter. Zur Aufregung mischte sich jetzt auch noch peinliche Verlegenheit. »Ähm … ich sagte, Post oder … äh … Choräle.«

Neben Johannes erlitt Hermann einen Hustenanfall, der nur für diejenigen, die ihn besonders gut kannten, als unterdrücktes Lachen erkennbar war.

»Post oder Choräle? Aber Johannes, mein Lieber, was meinst du damit? Birgitta muss ja irgendwas dazu aufschreiben.« Hetti zog die Augenbrauen zusammen, und Johannes bedachte Hermann mit einem strafenden Blick. Der bekam langsam wieder Luft. »Entschuldige, Johannes, muss mich wohl verschluckt haben.«

»Klappe, alter Hobelkasper«, zischte Johannes aus dem Mundwinkel, und laut sagte er: »Na ja, ich dachte, wir … wir … ähm … nun ja, wir könnten doch Weihnachtskarten basteln. Weihnachtskarten sind ja gerade in England eine große Sache.« Je länger Johannes redete, umso sicherer wurde er. »Und dann haben wir doch noch unseren großen Wunschbaum vor dem Rathaus, da könnten die Briten auch mitmachen, ein paar Wünsche erfüllen. Vielleicht in der Kita bei der Adventsfeier mithelfen, so was eben. Und Choräle? Ich bitte dich, Hetti, das liegt doch auf der Hand. Wir veranstalten ein

Weihnachtssingen in der Kirche, oder meinetwegen ziehen wir auch von Haus zu Haus.« Johannes schaute auffordernd in die Runde. »Männer, nun mal nicht so schüchtern, ich habe vorgelegt, jetzt seid ihr dran. Raus mit den Ideen.«

»Also Weihnachtsplätzchen, die kommen doch immer gut an«, warf Rainer ein und schaute Beifall heischend in die Runde.

»Warum nicht, wir könnten die gemeinsam backen und dann am Samstagabend auf dem Weihnachtsmarkt verteilen«, ergänzte Birgitta und machte sich eifrig Notizen.

»Der Weihnachtsmarkt«, meldete sich Hermann zu Wort. »Wir könnten am Sonntag noch mal die lebende Krippe aufführen, sozusagen als Sondervorstellung, und die Briten lassen wir mitmachen. Unser Esel Emil ist wieder gesund, das passt.«

»Hoffentlich nimmt er es sich nicht so sehr zu Herzen, dass er letztes Mal von einem Alpaka vertreten wurde.« Johannes grinste breit und erntete allgemeines Gelächter. Die Stimmung wurde zusehends gelöster.

»Mary und Joe, die müssen dabei sein«, sagte Rainer eifrig, »allein schon wegen der Namen und der Schwangerschaft.«

»Im wievielten Monat ist sie denn?«, fragte Else.

Rainer zuckte ratlos mit den Schultern und schaute hilfesuchend zu Ute, seiner Frau. »Keine Ahnung, wie soll man das sehen? Ute, weißt du das?«

»Sie ist im fünften Monat, Rainer. Und nein, ich hab das nicht gesehen, ich habe höflich gefragt.«

»Also, dann können wir es noch riskieren, sie auf die Bühne zu holen«, stellte Else zufrieden fest, und Hetti ergänzte: »Als ich mit unserer Jennifer im fünften Monat war, ach Gott, da hab ich noch den ganzen Tag hinter der Theke gestanden. Birgitta, schreib gleich auf, dass Rainer und Ute die beiden fragen werden.«

»Ähm, also ich …«, begann Rainer.

»Schon gut, Schatz, ich frag sie.«.

Rainers sichtlich erleichterter Gesichtsausdruck ließ die übrigen Frauen kichern. Mit einem unschuldigen Augenaufschlag fragte Ute ihn: »Oder möchtest du das lieber machen? Ich meine, mit Mary klären, wie sie sich in ihrer Schwangerschaft so fühlt und ob sie irgendwelche speziellen Frauenbeschwerden hat?«

Helles Gelächter der Frauen erfüllte den Raum, während Johannes nur schnaubte und die übrigen Männer angestrengt vor sich auf die Tischplatte starrten.

»Gut, das nimmt doch langsam Form an.« Hetti nahm Utes Notizbuch zur Hand und fasste noch einmal für alle zusammen: »Wir backen morgen früh alle zusammen Plätzchen, und abends ist Weihnachtsmarkt auf dem Dorfplatz. Das reicht als Programm für morgen. Und am Sonntag stellen wir noch einmal die lebende Krippe auf die Beine.« Schwungvoll zog sie mit dem Kugelschreiber Linien zwischen den einzelnen Punkten, sie notierte Wochentag und Uhrzeit zu den Programmpunkten und schaute dann wieder hoch. »Wer könnte Pastor Kernmann ansprechen, damit er sich um das Singen kümmert?« Hetti blickte erwartungsvoll in die Runde.

»Das übernehme ich«, meldet sich Else, »ich muss am Sonntag sowieso noch mit ihm über die nächste Pfarrgemeinderatssitzung reden.«

Johannes Braubart rieb sich zufrieden die Hände: »Mädels, ihr seid spitze. Das läuft ja wie's Frikadellenformen. Also kommt, wir brauchen weitere Ideen.«

***

Als Sophie und Peter um halb elf das alte Stallgebäude betraten, war die Krisenstimmung verflogen. Sophie trug ein Tablett mit großen Kaffeebechern, während sich auf Peters Tablett Schnittchen türmten. Sophie ging zur Espressomaschine hinüber und schaute fragend in die Runde. »Wer will? Ich habe die extragroßen Becher mitgebracht, die wir sonst nur draußen im Garten nehmen. Milchkaffee, bitte mal die Hand heben? Und wer will lieber einen doppelten Espresso?«

»Und ich habe Schmalz-, Schinken- und Käsebrote im Angebot, beides geht natürlich aufs Haus«, ergänzte Peter.

Schon bald erfüllte köstlicher Kaffeeduft den Raum. Sophie stellte die Getränke zusammen mit den Schnittchenplatten auf einen leeren Tisch. »Am besten, ihr bedient euch hier einfach selber.«

Das ließen sich die Anwesenden nicht zweimal sagen, schon standen die ersten am Tisch, um sich einen Becher Kaffee und ein Brot zu holen.

»Großartig«, lobte Johannes, »ihr kommt gerade rechtzeitig, damit wir die Einzelheiten besprechen können.«

»Habt ihr denn schon ein paar Ideen?«

»Ja, haben wir. Die Engländer werden staunen. Aber bevor ich es vergesse, zwei Fragen: Erstens, was wäre ein typisches Weihnachtsgebäck? Fällt dir da etwas ein? Du bist doch praktisch vom Fach.«

Sophie antwortete, ohne lange nachzudenken: »Mince pies.«

Johannes stellte seinen Becher auf den Tisch, griff nach einem Kugelschreiber und einem Bierdeckel, schaute Sophie fragend an und wiederholte, was er gehört hatte. »Minz peis. Wie schreibt man das?«

Sophie buchstabierte.

Sicherheitshalber hielt Johannes Sophie noch einmal seinen Bierdeckel hin: »Mince pies, ist das so richtig?« Als sie nickte, sagte er: »Gut, ist notiert. Ich schaue nach, was man für Zutaten benötigt. Die besorge ich dann morgen früh, wenn ich im Großmarkt für die Metzgerei einkaufe.«

»Du hast gesagt zwei Fragen, was wäre denn die zweite?«

Er druckste ein wenig herum, rückte aber schließlich mit der Sprache heraus. »Drei von unseren Frauen, Hetti, Else und Birgitta, wollen morgen früh mit den englischen Gästen, jedenfalls mit denen, die Interesse haben, Weihnachtsgebäck backen. Tja, und ich fürchte, jede unserer Küchen zu Hause ist für so eine Aktion ...«

Sophie lachte auf. »Ich weiß schon, was du fragen willst: Ist es möglich, das hier bei mir in der Küche zu machen?«

»Ja, genau. Ich weiß, wir überfallen dich damit, und im normalen Bistrobetrieb ist es wahrscheinlich gar nicht möglich. Ach was, ganz sicher nicht. Vergiss einfach, dass ich überhaupt gefragt habe. Wir kriegen das irgendwie hin.«

»Ist schon in Ordnung. Ihr habt Glück, morgen ist Samstag, und da habe ich keinen Mittagstisch für das Seminarzentrum in Brennerbach. Unter der Woche sind die jeden Tag da, aber samstags nicht. Also könnt ihr bis zwölf Uhr die Küche haben, danach öffnet das Bistro, und normalerweise kommen dann Tagesgäste. Tischreservierungen habe ich aber keine. Für die kleine Mittagskarte bereitet Melanie die Zutaten immer ganz früh am Morgen alle vor und geht dann noch mal nach Hause. Die Flammkuchen und eine Tagessuppe macht sie inzwischen mit links. Im Prinzip können wir sogar nach zwölf auch noch eine Zeit lang nebeneinanderarbeiten, aber ab zwei Uhr ist Schluss. Dann müssen Igor und Melanie den Abend vorbereiten, spätestens dann brauche ich die Küche komplett und ohne Zivilisten. Für alle Fälle schreibe ich den beiden schnell noch eine Nachricht, damit sie Bescheid wissen.«

»Das ist doch klasse. Lieben Dank, Sophie. Wir werden uns um halb neun mit den Gästen treffen und ihnen das Programm verraten, zwischen Viertel nach neun und halb zehn stehen wir bei dir auf der Matte. Wir organisieren übrigens auch noch einmal eine lebende Krippe.«

»Aber diesmal ohne mich, Johannes.«

Der Metzgermeister zwinkerte Sophie verschwörerisch zu. »Keine Sorge, bei Rainer wohnen Mary und Joseph, und denk dir nur, sie ist schwanger – das ist doch eine Steilvorlage des Schicksals.« Johannes' anschließendes Lachen dröhnte durch den alten Stall.

Backen mit Hindernissen

Johannes Braubart stand in seiner Wurstküche und gönnte sich einen großen Becher Kaffee. Halb sechs an einem Samstagmorgen. Er spürte die Müdigkeit in allen Knochen. Gestern Abend, oben bei Sophie, ist es zu spät geworden, dachte er, fünf Stunden Schlaf sind einfach nicht genug.

Aber er war zufrieden. Einmal mehr hatten die Männer des Dorfvereins bewiesen, dass sie auch in einer kritischen Situation etwas auf die Beine stellen konnten. Zugegeben: Die Männer des Dorfvereins und ihre Frauen, da musste man schon bei der Wahrheit bleiben. Dass seine Hetti den Bogen raushatte, wusste er ja, aber auch die anderen Gattinnen hatten nicht gestört. Johannes musste an die Abschiedsworte von Hermann denken, als sie sich unten im Dorf getrennt hatten. Johannes, hatte Hermann gesagt, sie sollten überlegen, ob sie künftig auch Frauen als Mitglieder regulär aufnehmen sollten, schließlich hätten sie mit Sophie gute Erfahrungen gemacht, und der Abend mit ihren Gattinnen sei ein Erfolg gewesen.

Ja, genau so war es. Der alte Hobelkasper hatte damit den Nagel auf den Kopf getroffen. Johannes stellte den leeren Becher entschlossen auf den Tisch zurück. So weitreichende Entscheidungen wollten gut überlegt sein, wichtig war jetzt erst einmal, dass sie die zehn Tage mit den Engländern gut über die Bühne brachten. Er zog sein Handy aus der Tasche und nahm den Bierdeckel zur Hand, auf dem er sich den Namen des Weihnachtsgebäcks aufgeschrieben hatte.

»Was Karl-Friedrich kann, kann ich schon lange«, murmelte Johannes und suchte als Erstes nach dem Übersetzungsprogramm. »Was kann man bei zwei Wörtern schon groß falsch machen? Ein ganzer Brief ist eine Sache, aber zwei Wörter? Lächerlich! Einfach systematisch vorgehen, eins nach dem anderen. Na bitte, aha.«

Das erste Wort »Mince« hieß nichts anderes als Hackfleisch. Und »pies« wurde mit Pasteten übersetzt.

»Warum zum Teufel servieren die Hackfleischpasteten im Advent?«, wunderte sich Johannes. Nachdenklich kratzte er sich am Kopf. Na ja, bei dem fiesen Wetter auf der Insel ist man vielleicht ganz froh, wenn man mal was Herzhaftes zu essen bekommt, überlegte er. Die Zutaten für einen Pastetenteig waren schnell im Internet gefunden. Routiniert rechnete er die Mengen hoch. Er würde einfach Zutaten für hundert Pasteten kaufen, und was das Hackfleisch betraf, da würde er sich nicht lumpen lassen. Vielleicht würde er sogar gewürztes Mett zur Verfügung stellen, das würde nachher ein bisschen Arbeit sparen. Johannes steckte das Handy in die Jackentasche, ergänzte den Einkaufszettel um alles, was er noch für den Laden brauchte, und schaltete das Licht in der Wurstküche aus. Viertel vor sechs, es wurde Zeit, sich auf den Weg zum Großmarkt in Koblenz zu machen.

Hermann hatte versprochen, sich inzwischen um die Besprechung mit den Engländern zu kümmern, damit blieb ihm genug Zeit für den Einkauf, die Rückfahrt und die Zubereitung des Metts. Halb zehn oben im Bistro, das schaffe ich locker, dachte Johannes zufrieden.

***

Als Sophie aufwachte, fühlte sie sich ausgeschlafen und entspannt. Verrückte Welt, dachte sie, unter der Woche schlafe ich oft viel länger und fühle mich morgens wie gerädert, und heute, nachdem es gestern Abend noch richtig spät geworden ist, geht es mir großartig. Sie drehte sich um und wollte sich gerade an Peter kuscheln, als sie bemerkte, dass seine Bettseite schon leer war. Sie schielte zu ihrem Wecker, die angezeigte Uhrzeit ließ sie schlagartig hellwach werden. Himmel, ich habe verschlafen, schoss es ihr durch den Kopf, es ist schon kurz vor acht.

Schnell sprang sie auf, zog sich den Morgenmantel über, bürstete kurz die Haare und band sie zu einem Pferdeschwanz zusammen. Schon als sie oben an der Wendeltreppe stand, hörte sie aus dem Wohnzimmer Gelächter, ein freudiges Quietschen von Lisa und irgendwo im Hintergrund eins ihrer liebsten Weihnachtslieder, *Home for Christmas*, gesungen von der unvergleichlichen Maria Mena. Sophie schloss die Augen und hielt inne. Sie versenkte sich für einen Moment vollkommen in diesen wunderbaren Klangteppich. Das war ihr Heim, ihre Familie im Advent. Sie lächelte glücklich und gab sich selber das Versprechen, dieses Glücksgefühl für den Rest des Tages zu bewahren.

»Guten Morgen, Sophie, da bist du ja. Ich habe dich schlafen lassen, weil du dich überhaupt nicht gerührt hast, als der Wecker anging.«

»Das war zwar lieb, aber ich muss doch fertig werden.«

»Ach Unfug, wir frühstücken in Ruhe, Katie kann sich danach mit den anderen unten im Dorf treffen, und das Backen bei uns fängt doch nicht vor halb zehn an. Wir haben also noch genug Zeit. Hier, setz dich an den Kamin, ich hole dir einen Kaffee aus der Küche.« Peter gab ihr einen zärtlichen Kuss. Wie fürsorglich er ist, dachte Sophie, in den letzten Tagen hatte ich ja mehrmals das Gefühl, er würde mir was verheimlichen, aber jetzt – der Traumgatte in Person.

»Mama, Katie kann Ballon und …« Lisa kam zu ihr gerannt, einen großen aufgepusteten Luftballon in der Hand, und ahmte ein prustendes Geräusch nach. Spucketröpfchen sprühten von ihren Lippen, ihre Augen strahlten. Sophie wusste gleich, was ihre Tochter sagen wollte: Katie konnte nicht nur Ballons aufpusten, sie hatte Lisa auch beigebracht, welches Geräusch die entweichende Luft machte, wenn man den Ballon losließ. Erst jetzt fiel ihr auf, dass Katie am Esstisch im Wintergarten saß und Herrn Württemberg den Kopf kraulte.

»Guten Morgen, Sophie, ich hoffe, es ist dir nicht unangenehm, dass ich mich in euer Wohnzimmer gesetzt habe. Ich habe einen leichten Schlaf und war schon früh wach.«

»Aber Katie, du bist unser Gast, wir freuen uns, dass du da bist. Du gehörst solange mit zur Familie. Was hast du denn gedacht, wie das in den nächsten Tagen ablaufen soll? Wolltest du in deinem Gästezimmer bleiben, bis das jeweilige Tagesprogramm mit den anderen beginnt? So ein Blödsinn! Sag mir lieber, was du zum Frühstück möchtest.«

»Das hast du nett gesagt, Sophie. Und mit dem Frühstück richte ich mich ganz nach euch. Ich habe keine speziellen Vorlieben, dafür habe ich einfach in zu vielen verschiedenen Ländern gelebt. Normalerweise esse ich morgens Brot oder Müsli, ein bisschen Obst und trinke einen Becher Tee.«

»Also keine Würstchen, kein Rührei, keine gegrillte Tomate oder gebackene Bohnen in Tomatensauce?«

»Huh, alles ein bisschen viel, meinst du nicht auch? Nein, nein. Brot, Obst und Tee reichen völlig.«

»Katie noch einen.« Lisa lief zum Tisch und zeigte auf die offene Packung Luftballons, die Peter offenbar irgendwo gefunden hatte. Katie griff in die Packung, nahm einen Ballon und blies ihn auf.

»Größer, größer«, feuerte Lisa sie an. Als Katie den Ballon aufgeblasen hatte, klatschte Lisa begeistert in die Hände. »Und … brrrrrrrr!«, rief sie.

Katie schaute zu Sophie, und die nickte zustimmend.

»Also gut, Achtung. Auf drei. Eins, zwei und drei.« Katie lies den Luftballon los, der im Zickzack durch die Luft schwirrte, begleitet von Lisas lautem »Brrrrrrr«.

»Noch mal, noch mal!« Lisa rannte zu dem schlaffen Ballon, der vor dem Sideboard gelandet war.

»Ich warne dich, wenn es nach ihr gehen würde, könntest du das den ganzen Vormittag machen«, sagte Sophie.

»Oh, keine Sorge, ich komm schon klar. Ich kann nämlich knallhart verhandeln, vor allem, wenn es um mein Frühstück geht«, erwiderte Katie, nahm den Ballon und blies ihn erneut auf.

»Brrrrrr!«

»Hier ist dein Kaffee, Schatz.« Peter reichte Sophie den Becher. Sie trank dankbar einen Schluck und sagte mit einem Seufzen: »Ah, herrlich. Ich nehme den mit nach oben und zieh mir rasch was über. Duschen kann ich ja später. Lass uns zusammen das Frühstück vorbereiten.«

»Ich deck schon mal den Tisch«, erwiderte Peter.

»Ist gut. Katie möchte Brot, etwas Obst und Tee.«

»Ich habe aber eben den letzten Beutel englischen Frühstückstee aufgegossen.«

»Im Vorratsschrank links steht noch eine neue Packung.«

»Okay, dann zieh du dich an, ich leg schon mal los.«

Während Sophie die Wendeltreppe hochstieg, flog ein Ballon haarscharf an ihrem Kopf vorbei.

»Brrrrr! Noch mal!«

Ich habe dich gewarnt, Katie, dachte Sophie amüsiert.

***

Die englische Reisegruppe kam pünktlich kurz vor halb zehn an. Sophie erwartete die Gäste im weihnachtlich geschmückten Eingang des Bistros. Else, Hetti und Birgitta hatten angeboten, das gemeinsame Backen zu organisieren, und waren ganz in ihrem Element. Die Erfahrung aus unzähligen Aktionen des Müttervereins zahlte sich jetzt aus. Offenbar hatten die drei Frauen schon auf dem Weg zum Bistro die ersten Gruppen gebildet und Aufgaben verteilt. Bevor es aber ans Backen ging, erfüllte Sophie einen Wunsch, den Katie schon beim Frühstück geäußert hatte, und führte die Gäste außen um das Hauptgebäude herum in den neuen Café-Raum. Die vielstimmigen »Ahs« und »Ohs« bewiesen ihr, dass sie bei der Einrichtung alles richtig gemacht hatte. Die englischen Gäste waren entzückt und sparten nicht mit Lob.

Zwei junge Männer, die sich als Michael und Simon vorgestellt hatten, holten aus einer Aktentasche einen Tablet-Computer und ein Mikrofon heraus. Na klar, der Videoblog, von dem Ellen Jones gesprochen hat, fiel es Sophie wieder ein, die beiden waren offenbar dafür verantwortlich. Dass *Das Kleine Café an der Mühle* in dem alten Stallgebäude den Einstieg in die Dokumentation der Deutschlandreise bilden würde, schmeichelte ihr, aber sie blickte sich dennoch kurz besorgt um, ob auch alles aufgeräumt und am richtigen Platz war. Wie gut, dass ich gestern Nacht noch alle Tische zurechtgestellt, abgewischt und wieder dekoriert habe, dachte Sophie. Diese Arbeit war ihr nicht leichtgefallen, es war immerhin weit nach Mitternacht gewesen, aber jetzt war sie froh, dass sie das noch erledigt hatte.

Simon stellte sich auf die zweite Stufe der Wendeltreppe und rief. »Okay, Leute, ich werde mit der Aufnahme starten. Bleibt ganz natürlich.« Er hob einen Daumen in Richtung Michael, der alles auf Englisch kommentierte.

»Willkommen in Deutschland. Wir sind in Wümmerscheid-Sollensbach gut angekommen. Hey, Leute, schaut euch das mal in Ruhe an. Das ist *Das Kleine Café an der Mühle* von Sophie. Ja, das ist die nette Dame dort drüben, die gerade winkt. Sieht es hier nicht toll aus? Hi, Susan, wenn du das hier siehst, dann musst du doch zugeben, dass es ein wunderschöner Tearoom ist. Bestimmt ärgerst du dich schon, dass du nicht mitkommen konntest, aber wir werden hier bestimmt noch einmal hinfahren, alle sind unglaublich nett. Also: Unser erster Tag. Wir werden heute Vormittag gemeinsam backen, und heute Abend wird es einen original deutschen Weihnachtsmarkt geben, da verteilen wir dann die Plätzchen. Darüber berichten wir später, es lohnt sich also, unseren Blog weiter zu verfolgen. Wir melden uns bald wieder. Bye.«

Alle Anwesenden klatschten begeistert Beifall, und Michael und Simon verbeugten sich lachend.

»Der Auftritt war toll«, sagte Sophie zu Katie. »Michael hat sich nicht ein einziges Mal versprochen. Richtig professionell klang das.«

»Kein Wunder. Michael arbeitet zwar bei der Stadtverwaltung, aber er moderiert jeden Samstag eine Show beim Bürgerfernsehen. Er macht das richtig gut. Und manchmal ist Simon auch mit von der Partie.«

»Bürgerfernsehen?« Fragend schaute Sophie zu Katie.

»Ja, du weißt schon, einer dieser Sender, wo jeder Mitbürger selbst etwas produzieren und senden kann. Habt ihr so etwas nicht?«

»Ach so. Doch klar, es gibt den Offenen Kanal in Brennerbach. Manche Sendungen sind toll, andere mittelmäßig, aber alle haben immer viel Spaß dabei.«

Offenbar hatte Simon mitbekommen, dass über ihn gesprochen wurde. »Okay, ihr könnt wieder aufhören mit die Lächeln«, erklärte er auf Deutsch und grinste breit. Katie streckte ihm nur kurz die Zunge heraus, bevor sie sich wieder Sophie zuwandte.

»Ich habe das Gefühl, ihr kennt euch alle wirklich gut«, sagte sie.

»Stimmt. Wir sind eine eingeschworene Gruppe, die meisten kennen sich schon seit Jahren. Ich mache zwar beim

Deutschkurs nicht mit, aber ich bin mit vielen aus der Gruppe privat befreundet. Simon und Michael zum Beispiel.«

»St.-Nicholas-on-Sea und Wümmerscheid-Sollensbach scheinen nicht umsonst Partnergemeinden zu sein. Mir kommt es so vor, als gäbe es viele Ähnlichkeiten«, überlegte Sophie laut. »Man kennt sich. Es sind ein paar schräge Gestalten dabei, aber es ist eine enge Gemeinschaft. Manchmal vielleicht ein bisschen zu eng.«

Ein verständnisvolles Lächeln glitt über Katies Gesicht. »So ein kleines Dorf hat Vorteile und Nachteile, da kennt jeder so ziemlich jeden. Das Gute ist, man kümmert sich umeinander«, sagte Katie. »Da drüben zum Beispiel«, sie nickte in Richtung eines dunkelhäutigen Paares, das sich angeregt mit Hetti und Else unterhielt, »das sind Amanda und David. Die beiden wohnen schon seit mehr als dreißig Jahren in St.-Nicholas-on-Sea. Seine und Amandas Eltern stammen aus Togo. Er hat mir mal erzählt, dass viele Verwandte dort gehofft hatten, dass er nach seinem Medizinstudium in Cambridge nach Togo zurückkehren würde. Aber David liebt unser Dorf sehr, dafür nimmt er sogar das tägliche Pendeln in die Kreisstadt in Kauf. Er ist Arzt in einer großen Klinik. Als ich vor drei Jahren eine Blinddarmentzündung hatte, hat er mich mitten in der Nacht ins Krankenhaus gefahren, und keine dreißig Minuten später lag ich auf seinem OP-Tisch. Ja, wir wissen viel voneinander.«

»Ich finde, das spürt man schon nach wenigen Minuten«, erwiderte Sophie. Sie genoss es, mit Katie zu plaudern, sie hätte gern noch mehr von ihr erfahren, aber Hetti klatschte energisch in die Hände.

»Ich schlage vor, wir gehen jetzt ins Bistro und beginnen mit dem Backen. Wir müssen schließlich um zwölf Uhr fertig sein. Birgitta hat für jeden von euch eine Schürze vom Mütterverein mitgebracht. Mein Johannes wird jeden Moment mit den Zutaten eintreffen. Also, bitte lasst uns rübergehen.«

»Was werden wir backen, Hetti?«, fragte Ellen.

»Wir haben Spritzgebäck geplant, Sophie hat ein neues Kaffeekuss-Rezept, und außerdem werden wir etwas original Englisches backen: Mince Pies.«

***

Festlicher hatte die Bistroküche noch nie ausgesehen. Sophie blieb überrascht in der Tür stehen. Die Arbeitsflächen aus Edelstahl waren wie immer blitzblank poliert. Was sie aber vollkommen verwandelt aussehen ließ, war die Beleuchtung. Die nüchternen hellen Arbeitsleuchten unter der Decke waren ausgeschaltet, stattdessen wanden sich lange Lichterketten mit Hunderten von winzigen bernsteinfarbenen Lämpchen rundherum an der Decke entlang. Es duftete nach Äpfeln, Zimt und Anis.

Melanie, die junge Köchin, schaute von einem großen dampfenden Kochtopf hoch und rief strahlend: »Überraschung!«

Sophie machte einen kleinen Schritt zur Seite, um ihre Gäste hereinzulassen. Einer nach dem anderen blieb mit großen Augen stehen.

»Also, deine Restaurantküche habe ich mir irgendwie anders vorgestellt. Das hier ist … magisch.«

»Ich bin ja morgens immer schon ganz früh hier«, sagte Melanie. »Und bei der Gelegenheit habe ich noch ein bisschen … Ihr sollt es doch schön haben beim Backen. Und deswegen habe ich auch noch einen Apfelpunsch für alle gemacht. Den könnt ihr mit ruhigem Gewissen probieren, es ist so gut wie kein Alkohol drin.« Sie begann, den heißen, duftenden Punsch in Becher zu füllen.

In diesem Moment wurde die Küchentür aufgestoßen, und Johannes trat in den Raum. »Da seid ihr ja alle. Ich habe euch schon drüben im Café gesucht. Lasst mich mal durch, ich muss das hier abstellen, Vorsicht bitte. Zutaten für die Mince

Pies.« Mit diesen Worten wuchtete er eine große weiße Wanne auf einen Abstelltisch an der Seite. Er griff nach dem weißen Leinentuch, mit dem die Wanne abgedeckt war.

Die englischen Frauen nickten anerkennend, und Mary wisperte Katie ins Ohr: »Gute Güte, so ein schweres Schüssel, so viel Mincemeat, wie hat er das nur so schnell gemacht?«

»Keine Ahnung, er muss die halbe Nacht daran gearbeitet haben, alles vorzubereiten.«

Mit einer großen Geste zog Johannes das Tuch von der Wanne und schaute erwartungsvoll in die Runde. Mary trat neugierig näher, warf einen Blick in die Wanne, hob eine Hand vor den Mund, so als müsste sie sich übergeben, und wandte sich schnell mit einem erstickten »Sorry« wieder ab.

»Was …« Jetzt war es Katie, die neugierig den Inhalt der weißen Wanne inspizierte und dann Johannes einen fragenden Blick zuwarf.

»Ich habe extra eine große Portion gewürztes Mett mitgebracht – damit wir die Mince Pies backen können«, erklärte er. »Also los, Herrschaften.«

Schlagartig herrschte Stille im Raum. In Sophie keimte ein Verdacht. Mince Pies, hatte sie ihm gesagt, und jetzt brachte er gewürztes Mett mit … Offenbar gab es hier ein Riesenmissverständnis. Neben ihr hatte Katie anscheinend denselben Gedanken, sie kicherte leise, und dieses Kichern war ansteckend. Es dauerte nur wenige Augenblicke, bis es sich im ganzen Raum ausgebreitet hatte und die Stille verdrängte.

»Was gibt es denn da zu lachen?«, fragte Johannes erstaunt. »Ich hab mir alles im Internet übersetzen lassen, und es war nicht schwer herauszufinden, dass *mince* das Wort für Hackfleisch ist. Und dann dachte ich mir: einfaches Hackfleisch oder Braubarts leckeres Mett? Da fiel die Wahl leicht.«

David Johnson, der mit seiner Frau Gast der Braubarts war, trat zu dem Metzgermeister und meinte versöhnlich: »Lieber Johannes, du darfst es uns nicht übelnehmen, dass wir lachen, aber Mince Pies, nun, wie soll ich es höflich sagen? Mince Pies haben mit gewürztem Mett so viel zu tun wie … ähm … ein Hamburger mit Hamburg.«

Johannes öffnete den Mund, brachte aber kein Wort heraus, und schloss ihn wieder. Verlegen kratzte er sich am Kopf und murmelte: »Dreck, Pest und Gurkenstritzel, das kann doch keiner ahnen.«

»Nun, so etwas gibt es doch ganz oft. Soweit ich von unserem Bayernurlaub das noch in Erinnerung habe, ist in die Leberkäse nicht Leber und nicht Käse«, warf David ein. »Nimm es dir nicht zu Herzen, Johannes. Wahrscheinlich war früher im Mittelalter sogar wirklich mal Fleisch in die Pastete, aber heute … das sogenannte Mincemeat ist aus gehackte Trockenfrüchte, Nüsse und Gewürze.«

»Trockenfrüchte und Nüsse? Und so was nennt ihr Fleisch? Na, ich weiß ja nicht«, brummte Johannes. Er blickte auf die Spitzen seiner weißen Gummistiefel, und über seinen Nacken und die Wangen breitete sich flammende Röte aus. Es tat Sophie im Herzen weh, ihn so zu sehen. Er hatte es doch nur gut gemeint, und jetzt musste er das Gefühl haben, dass er sich bis auf die Knochen blamiert hatte.

Während sie noch fieberhaft überlegte, wie sie die Situation retten konnte, trat Katie näher zu ihr und flüsterte: »Hast du zufällig Blätterteig und Schnittlauch da?«

»Blätterteig? Warum? Jede Menge, Igor, mein Koch, sorgt dafür, dass wir immer welchen haben.«

»Braucht er den heute?«

»Nein, und falls nötig, ändert er die Speisekarte. Er ist ein Meister im Improvisieren.«

»Perfekt. Ich glaube, hier muss ich mal helfen.« Katie zwinkerte Sophie zu und sagte laut: »Hey, Leute, wir wollen heute Abend etwas original Englisches vorweisen, und Johannes war so nett und hat gewürztes Mett mitgebracht – ich schlage vor, wir machen Sausage Rolls.«

»Großartige Idee«, lobte Sophie, und alle nickten begeistert.

»Sausage Rolls, was ist das genau?«, fragte Johannes misstrauisch.

»Na, was die Name schon sagt«, erklärte David vergnügt, »Würstchen in Teig.«

»Sagt der Mann, der mit Mincemeat das meint, was sich andere ins Müsli kippen.«

David lachte schallend und schlug Johannes freundschaftlich auf den Rücken. »Ach, Johannes, niemand hat gesagt, Englisch ist leicht.«

»Auch wieder wahr.« Johannes gewann seine gute Laune zurück. »Also gut, backt ruhig diese Sausage Rolls. Ich muss zurück in den Laden, bestimmt stehen da schon die Kunden Schlange.«

In Windeseile hatten Hetti und Else alles eingeteilt. Ein Teil der Gruppe ließ sich, mit frisch gefüllten Punschbechern bewaffnet, im Bistro nieder und bereitete große Teller vor, auf denen die Winter-Kaffeeküsse nach dem Backen zusammengesetzt und dekoriert werden sollten. Eine Gruppe machte sich daran, den Teig fürs Spritzgebäck zu rühren. Und die dritte Gruppe war schon nach wenigen Minuten dabei, die Füllung für die Sausage Rolls vorzubereiten.

Währenddessen half Birgitta zusammen mit Simon und Michael, alles zu kommentieren und im Video festzuhalten – sie alle bildeten ein unschlagbares Team. Sophie staunte über das Tempo, mit dem sich die Backbleche immer wieder füllten. Schon bald erfüllte der köstliche Duft von frisch gebackenen Plätzchen die Küche. Währenddessen war die Gruppe im Bistro dabei, die Winter-Kaffeeküsse mit einer Creme aus weißer Schokolade zu füllen und das Ganze mit einer Mokkabohne aus Schokolade zu verzieren. Mehrere große Platten voll fertiger Plätzchen standen bereits zum Trocknen auf den Tischen.

Lügen haben kurze Beine

»Sophie, ich muss noch mal los, Vicki hat angerufen. Sie arbeitet an dem US-Konzept und kommt nicht weiter.« Peter stand in der Küche und verzog das Gesicht: Unmut und Entschuldigung zugleich.

Vicki, die Leiterin der Grafikabteilung in Peters Agentur, rief an? An einem Samstag? Sophie wunderte sich, das war noch nie vorgekommen. Sie sagte: »Aber Peter, heute ist Samstag, am Wochenende habt ihr frei. Kann ja sein, dass Vicki und ein paar deiner anderen Kolleginnen und Kollegen Singles sind und dass es ihnen egal ist, wann sie arbeiten. Aber du hast mir versprochen, auf Lisa aufzupassen. Ich habe hier die Reisegruppe, nachher treffe ich mich mit Heidi, und bei alldem habe ich mich fest darauf verlassen, dass du da bist. Und was wird aus den bestellten Lebensmitteln für heute Abend?«

»Die Lebensmittelbestellung werde ich auf jeden Fall abholen, und ich verspreche hoch und heilig, dass es nicht allzu lange dauern wird. Und Lisa? Sie sieht doch ganz vergnügt aus.« Peter deutete mit dem Kopf in Richtung Gastraum, wo die Kleine begeistert zwischen den Tischen herumflitzte und es ganz offensichtlich genoss, jede Menge Aufmerksamkeit zu bekommen. Vor allem die weiblichen Teilnehmerinnen der Reisegruppe hatten Lisa in ihr Herz geschlossen.

»Hm, ja, das ist im Moment gut. Du weißt aber auch, dass das nicht ewig so weitergehen wird, sie braucht ihren Mittagsschlaf, und für mich ist es etwas anderes, ob ich ohne Druck den Abend vorbereiten kann oder ob ich die ganze Zeit darüber nachdenken muss, ob es Lisa gut geht.«

»Ich werde mich beeilen.« Peter schaute auf seine Armbanduhr. »Ich muss jetzt wirklich los.«

»Na gut, dann fahr halt.«

Mit einem erleichterten Lächeln küsste Peter sie kurz auf die Wange und verschwand aus der Küche. Sophie seufzte. Sie würde das später noch mit ihm besprechen müssen. Dass er seit ein paar Wochen an vielen Tagen erst spät zurück war, belastete sie sehr, aber dass er jetzt auch noch am Wochenende in die Agentur musste, setzte dem Ganzen die Krone auf.

Sophie schaute auf die Wanduhr und rechnete nach, wie lange die letzten Bleche mit Kaffeeküssen noch im Ofen bleiben mussten. Wenn Igor und Melanie später das Ruder übernahmen, sollte nichts mehr an die Back-Orgie des Vormittags erinnern.

***

Peter fluchte leise vor sich hin. So kompliziert hatte er sich das Ganze nicht vorgestellt. Sophie vorzugaukeln, dass er an mehreren Abenden in der Woche länger arbeiten musste, war eine Sache. Aber jetzt noch diese Lügen, nur um Sophies Geschenk zu besorgen – schrecklich. Das Ganze bereitete ihm mittlerweile schon Magenschmerzen, weil er genau sah, wie sehr es Sophie belastete und wie sehr sie sich trotzdem bemühte, ihm den Rücken frei zu halten.

Das war eine Scheißidee, ich sollte es ihr einfach gestehen und endlich die Wahrheit sagen, dachte er. Was ist denn das für eine Überraschung, wenn sie auf Sophies Kosten vorbereitet wird? Lügen sind wie Steine, die man ins Wasser wirft, sie erzeugen immer größere Kreise.

Die Tanzstunden zu verheimlichen, mit denen er Sophie überraschen wollte – das war ihm nur als eine kleine Notlüge erschienen. Doch nun zog sie neue Lügen und Heimlichkeiten nach sich. So wie heute. Wie an vielen Samstagen gab es heute Abend in Merle Brinkmanns Tanzschule eine besondere Veranstaltung: einen Tanzabend, bei dem die Paare gleichzeitig die Möglichkeit hatten, in einem Nebenraum Tanzschuhe anzuprobieren und zu kaufen. Dies war ein Ereignis, das Merle mehrmals im Jahr zusammen mit einem Tanzsportgeschäft aus Köln organisierte. Bei allen Ausreden und Heimlichkeiten war selbst Peter klar, dass er unmöglich an einem Samstagabend unbemerkt nach Koblenz fahren konnte, ohne dass Sophie davon etwas mitbekam. Ebenso wenig konnte er heimlich nach Köln fahren. Aber genau das brauchte er jetzt: ein, zwei Stunden Zeit ohne Sophie, denn er hatte sich die perfekte Weihnachtsüberraschung für sie ausgedacht. Er wollte sie nicht nur mit seinen Tanzschritten begeistern, er würde ihr zu Weihnachten auch richtige Tanzschuhe kaufen. Merle hatte sein Problem verstanden und ihm angeboten, dass er schon mittags vorbeikommen könnte, während sie alles für die abendliche Tanzveranstaltung aufbaute und den Verkauf der Schuhe vorbereitete. So hatte Peter extra Sophies schwarze Pumps als Muster eingepackt. Er hatte sich überlegt, die Tanzschuhe mit Sophies Pumps zu vergleichen und so die passende Größe zu finden. Danach würde er möglichst rasch wieder zurückfahren, um die bestellten Lebensmittel am Biohof abzuholen.

Hoffentlich ruft Sophie nicht in der Agentur an, dann merkt sie sofort, dass da heute niemand ist, schoss es ihm durch den Kopf, siedend heiß wurde ihm bei dem Gedanken. Er musste an die Spruchkarte denken, die Vicki in ihrem Büro an der Pinnwand hängen hatte: Lügen haben kurze Beine, deshalb gibt es auch so viele kleine Männer. Vor ein paar Wochen hatte er den Spruch noch richtig lustig gefunden.

Sophies Tagebuch –
Samstag, 11. Dezember

Hastig kritzelte Sophie ein paar Sätze in ihr Tagebuch. Dass sie dafür einen stumpfen Bleistift nahm, anstatt wie sonst immer den Füller zu benutzen, sagte schon viel darüber aus, wie durcheinander sie war.

Dotti, ich habe nur einen kurzen Moment Zeit. Unten im Bistro ist die Hölle los, viel zu viele Menschen backen gleichzeitig Plätzchen und haben einen Heidenspaß dabei. Mittendrin Lisa, die Unmengen Süßes nascht und von allen verwöhnt wird. Und ich? Ich kann es überhaupt nicht genießen. Peter ist schon wieder unvermittelt zur Arbeit abgerauscht, an einem Samstag! Kannst du dir das vorstellen?

Siehst du, ich auch nicht. Ich frage mich, ob er wohl … ob er sich wohl mit einer anderen Frau trifft? Ich habe in den letzten Wochen versucht, diesen Gedanken nicht zu denken. Aber ich bin mir inzwischen sicher, dass er mir etwas verheimlicht.

Ich kann dich förmlich hören: Dann frag ihn doch einfach, was los ist. Ja, darauf bin ich auch schon gekommen. Aber ich habe Angst. Eine Heidenangst vor seiner Antwort …

Ich muss Schluss machen, man wartet unten auf mich.

Hastig stopfte Sophie das Tagebuch in die Schublade, band den Pferdeschwanz neu zusammen, straffte die Schultern und ging die Treppe hinunter, zurück zu den anderen.

Das Wiedersehen

Ein Klingeln an der Haustür riss Sophie aus ihren finsteren Gedanken. Peter war erst seit etwas über einer Stunde weg, aber diese Stunde war ihr vorgekommen wie eine halbe Ewigkeit. Kurz fragte sich Sophie, wer das sein könnte, bis ihr Heidis angekündigter Besuch wieder einfiel. Sie stellte rasch das heiße Backblech auf die Granitplatte und lief zur Haustür.

»Hallo, Sophie, ich hoffe, ich komme nicht ungelegen?«

»Immer herein, Heidi, wie kommst du auf die Idee?«

»Du hast eine Schürze an, und da, an deiner linken Wange, ist Mehl«, stellte Heidi vergnügt fest. »Warte, lass mich mal.« Mit geübtem Griff löste sie die Küchenschürze, wischte mit einem Zipfel das Mehl weg und breitete die Arme aus. »Komm her, lass dich drücken.« Allein schon diese Umarmung ließ Sophie ihren Ärger über Peter vergessen. Wenn Heidi in der Nähe war, hatte sie immer gleich das Gefühl, dass nichts Schlimmes passieren konnte.

Genießerisch schnupperte Heidi in Richtung Küche, von wo sich der Duft nach frisch gebackenen Plätzchen bis zur Haustür ausgebreitet hatte. »Offenbar bist du beim Backen.«

»Ah, Sherlock, du siehst zwar die verräterischen Indizien, aber du wirst im Leben nicht erraten, wie es dazu kam.«

Schon im Flur konnte man das Stimmengewirr und das

Gelächter aus dem Gastraum hören. »Was ist denn bei dir los, hast du so früh am Tag schon eine Firmenfeier im Bistro?«, fragte Heidi überrascht.

»Von wegen Firmenfeier. Die englische Reisegruppe aus St.-Nicholas-on-Sea will die richtige German Weihnacht kennenlernen, also mussten wir uns über Nacht ein Programm einfallen lassen. Buchstäblich über Nacht. Programmpunkt Nummer eins: Gemeinsames Adventsplätzchen-Backen mit Hetti Braubart und Else Weibold. Es läuft großartig.«

»Richtig, die Briten, ach Gott, die hatte ich ja ganz vergessen.«

»Komm mal mit, ich habe eine kleine Überraschung für dich.« Sophie zog Heidi am Arm ins Bistro.

Als sie den Gastraum betraten, wurden gerade die Tische zusammengestellt und abgewischt. Hetti schob den Staubsauger umher, während Else schnell mit einem feuchten Tuch einen Klecks Schokoladenguss entfernte. Einige Frauen waren schon dabei, die Tische neu zu dekorieren, sie lachten und schwatzten dabei. Es herrschte eine ausgelassene Stimmung. Simon und Michael filmten gerade die Kuchenplatten mit den Ergebnissen des Backvormittags. Lisa thronte auf Davids Knien. In jeder Hand hielt sie ein großes Plätzchen. Abwechselnd biss sie rechts und links ab, wobei ein nicht unerheblicher Teil der Kekse auf Davids Hose krümelte, was den Arzt jedoch nicht weiter zu stören schien.

»Heidi, o mein Gott, Heidi.«

Aus der Gruppe von Frauen löste sich Katie und lief strahlend auf Heidi zu. Die stutzte für einen Moment, verblüfft und sprachlos, bis sie erkannte, wer da mit offenen Armen auf sie zukam.

»Katie? Katie, was machst du denn hier?«

Die beiden Frauen fielen sich lachend in die Arme und drückten sich.

»Ich konnte es gestern nicht fassen, als mir Sophie erzählt

hat, wer ihre Freundin ist und wer ihr in den Anfangstagen des Bistros geholfen hat. Dass ich dich hier ausgerechnet in Wümmerscheid-Sollensbach treffe«, sprudelte Katie hervor.

»Ich habe dir nach London geschrieben, aber die letzten Briefe kamen zurück«, erklärte Heidi. Sie wischte sich eine Freudenträne aus dem Augenwinkel und wandte sich an Sophie.

»Du hast gesagt, du hättest eine kleine Überraschung für mich, aber das hier, liebe Sophie, ist mehr als nur eine kleine Überraschung.«

Offenbar war Katie für Heidi ein ganz besonderer Mensch. Klar, wenn die junge Katie sogar mit ihr nach Frankreich gegangen war, um dort Jean-Pierres Bistro zu retten. Wer weiß, was die beiden Frauen alles gemeinsam durchgestanden hatten?

»Was haltet ihr davon, wenn ihr euch bei mir ins Wohnzimmer setzt? Ich bringe euch Kaffee und Tee, und ihr macht es euch vor dem Kaminofen gemütlich«, schlug Sophie vor.

»Das ist furchtbar lieb von dir«, erwiderte Heidi, »ja, ich würde mich gern mit Katie in Ruhe unterhalten.«

»Dann ab mit euch beiden, ihr kennt ja den Weg. Die Getränke bringe ich euch gleich.«

***

»Und jetzt sitzen die beiden seit einer Stunde in deinem Wohnzimmer und tauschen Erinnerungen aus?«, fragte Melanie, während sie sich die Hände wusch, um mit der Arbeit zu beginnen.

»Ja, genau. Die anderen der Reisegruppe sind zufrieden und vergnügt zurück in ihre Gastfamilien gegangen. Katie und Heidi sitzen am Kaminofen und reden. Sie haben nicht mal hochgeschaut, als ich Lisa für ihren Mittagsschlaf ins Bett gebracht habe.«

»Ganz schön krass. Aber klar, wenn ich Igor nach fast zwanzig Jahren wiedertreffen würde, ich denke, wir hätten auch einiges nachzuholen.«

Der hünenhafte Russe hatte tief gebückt etwas in sein Notizbuch geschrieben. Jetzt richtete er sich zu seiner vollen Größe auf und nahm die schmale Lesebrille von der Nase. »Zwanzig Jahre sind ein Leben, sind eine Stunde noch kurz, um ein Leben zu erzählen.«

»Wer hätte gedacht, dass du nicht nur hervorragend kochen kannst, Igor, sondern auch noch ein Philosoph bist«, sagte Sophie und lachte.

Der Koch lächelte geschmeichelt. »Nur geheimnisvoller Mann bleibt interessanter Mann.«

»Haha, du geheimnisvoller Mann, verrate mir lieber, was wir heute als Flammkuchen des Tages backen wollen«, erwiderte Melanie, »oder noch besser, ich werde mir das ausdenken. Also, ich würde heute etwas mit Ziegenrolle anbieten und …«

»Die Eier belehren nicht Huhn, russisches Sprichwort. Tagesgericht steht längst auf Tafel. Ziegenrolle können wir morgen anbieten.«

Melanie streckte Igor kurz die Zunge raus, Igor nahm das gelassen und mit einem breiten Grinsen hin, und Sophie freute sich darüber, dass die beiden sich so gut verstanden. Melanie und Igor sind wirklich ein Glücksfall, dachte sie.

***

»Und dann hat mir Jean-Pierre einen Heiratsantrag gemacht. Wir wollen im Frühjahr nächsten Jahres heiraten.«

»Ach, Heidi, ich habe damals schon gedacht, dass ihr ein tolles Team seid, aber dass ihr dann zwanzig Jahre später heiraten würdet – nein, das hätte ich mir im Traum nicht einfallen lassen.«

»Glaub mir, Katie, Jean-Pierre und ich haben das auch nicht kommen sehen, es ist einfach so passiert. Im Moment ist er noch in Frankreich, aber er hat heute früh geschrieben, dass er in der kommenden Woche wieder zurück sein wird.«

Sophie, die gerade das Wohnzimmer betrat, hörte Heidis letzten Satz.

»Das sind ja tolle Nachrichten, dann kann Jean-Pierre sogar bei unserem Abschlussabend dabei sein«, sagte Sophie und zwinkerte Katie zu. »Das mit dem Abschlussabend darfst du natürlich noch niemandem verraten, das wird eine Überraschung.«

»Meine Lippen sind versiegelt.« Katie lachte. »Ich bin schon gespannt, was ihr als Nächstes geplant habt. Ich finde das so großartig, die ganze Arbeit, die Planung – ihr müsst ja Wochen damit zugebracht haben, euch alles auszudenken.«

Heidi erlitt einen kurzen Hustenanfall, weil sie sich an ihrem Kaffee verschluckte. Als Katie sie besorgt anschaute, hob sie nur die Hand und murmelte. »Alles okay, ich habe mich nur verschluckt, geht schon wieder.«

Sophie dagegen ließ sich nichts anmerken, sondern sagte leichthin: »Ach, wir haben schon eine Zeit lang überlegt, aber das Dorf hat ja genug Erfahrung, was Weihnachtstraditionen betrifft. Apropos Weihnachtstraditionen: Wollen wir heute noch überlegen, was wir am Heiligabend kochen wollen, Heidi?«

»Ja, natürlich, deshalb bin ich ja eigentlich hierhergekommen.«

»Ihr feiert zusammen Weihnachten? Ach, jetzt werde ich neidisch.«

Sophie und Heidi wechselten einen kurzen Blick, und als Heidi mit einem kleinen Lächeln nickte, schlug Sophie vor: »Warum feierst du nicht mit uns, Katie? Gibt es jemanden in England, auf den du Rücksicht nehmen müsstest?«

»Nein, überhaupt nicht. Ich habe mich schon darauf eingestellt, einen weiteren Weihnachtsabend mit einem Menü für eine Person und dem Weihnachtsspezial von *Downton Abbey* auf DVD zu verbringen.«

»Na, wenn das so ist. *Downton Abbey* kannst du auch bei uns schauen, wir haben die kompletten Staffeln auf DVD. Aber im Ernst: Bleib doch einfach noch ein paar Tage länger und verbringe die Weihnachstage mit uns. Peters Eltern kommen am ersten Feiertag noch dazu, und wir haben uns angewöhnt, einfach mit allen Freunden zusammen zu feiern.«

»Das kann ich unmöglich annehmen, Sophie. Ich kann doch nicht euer Gästezimmer die ganze Zeit in Beschlag nehmen.«

»Musst du auch gar nicht, Katie«, mischte sich da Heidi ein. »Du wirst einfach zu mir und Jean-Pierre auf den Gutshof kommen. Wir haben so viele Zimmer, dass du gleich mehrere Räume bewohnen kannst, wenn du Lust dazu hast. Und ich weiß, dass Jean-Pierre sich unglaublich freuen würde, wenn du länger bleibst, von mir ganz zu schweigen. Außerdem musst du ja noch Leonie wiedersehen. Und meine Enkelin Marie wirst du lieben.«

»Wisst ihr was? Ich sollte mich – nur aus lauter Höflichkeit – noch ein bisschen zieren, aber das will ich gar nicht. Ich fühle mich hier so wohl. Ja, ich danke euch von Herzen und freue mich riesig über euer Angebot.«

»Fein!« Heidi klatschte in die Hände. »Eine Profi-Köchin mehr, das werden sehr kulinarische Weihnachten. So, Kinder, und jetzt brauchen wir einen Block und ein paar Stifte. Lasst uns planen, was wir kochen werden.«

»Keine Würstchen mit Kartoffelsalat oder Sausage Rolls?«, fragte Katie scheinheilig.

Heidi prustete los: »Wenn du den Französisch-Englischen Krieg wieder aufleben lassen willst, dann serviere Jean-Pierre ruhig Sausage Rolls zu Weihnachten, aber ich fürchte, mein Feinschmecker erwartet Größeres.«

»Dann wollen wir deinen Verlobten nicht enttäuschen«, erwiderte Katie, »lasst uns das Festessen planen.«

Glühwein und Sausage Rolls

Ein besonderer Zauber lag über dem Marktplatz, der sich mit einsetzender Dunkelheit in ein funkelndes Weihnachtsdorf verwandelt hatte. Gegen Mittag hatte es angefangen zu schneien, und auch jetzt wirbelten noch einzelne Schneeflocken zu Boden. Alle Dächer der Verkaufsstände waren schon von einer weichen weißen Schicht bedeckt. Die beleuchteten Weihnachtsbäume rund um den Platz waren mit frisch gefallenem Schnee überzuckert, die den Glanz der Lichterketten noch verstärkten. Sophie ging Hand in Hand mit Peter zwischen den Buden hindurch, während Lisa um sie herumhüpfte und dauernd etwas Neues entdeckte.

»Mama, Obst!« Sie waren vor dem Süßigkeitenstand angekommen, der auf keinem Weihnachtsmarkt fehlen durfte.

»Ja, das sind Äpfel mit rotem Zucker.«

»Nicht Apfel! Da!« Ungeduldig wedelte Lisa mit dem Zeigefinger in die Richtung, die sie meinte.

Sophie schmunzelte. Ihren Mangel an Wörtern machte Lisa wett, indem sie jeden Satz quasi mit einem Ausrufezeichen beendete. Nun sah Sophie auch, was Lisa meinte. Neben den rot glasierten Paradiesäpfeln gab es große Schalen mit Bonbons. Kräuterbonbons, Weingummi in allen Farben und vor allem ein großes Glas voller Himbeerdrops. Wie oft schon hatte sich Sophie eine Tüte solcher Bonbons vom Weihnachtsmarkt mitgebracht, weil sie dem Duft von Lakritze, Kräuter- und Fruchtbonbons einfach nicht widerstehen konnte. Sie hob die Nase und schnupperte. »Mmh, die riechen aber gut. Nur darfst du solche harten Bonbons noch nicht essen, du könntest eins verschlucken.«

»Bitte!« Die Unterlippe vorgeschoben, schaute Lisa flehend unter dem Rand ihrer Mütze hervor. Hätte Sophie es nicht besser gewusst, sie hätte schwören können, dass Lisa sogar absichtlich ein kleines Tränchen in den Augenwinkel gezaubert hatte. Aber vielleicht war es auch nur eine geschmolzene Schneeflocke. Auf jeden Fall war dieser Blick herzerweichend. Sie tastete schon nach ihrem Portemonnaie und überlegte, ob nicht vielleicht ein paar Fruchtgummis … Inzwischen war es noch voller geworden, und Lisa wurde das Gedränge zwischen den Marktständen plötzlich zu viel. Kein Wunder, so klein wie sie war, konnte sie kaum noch etwas sehen. »Papa, Arm!« Energisch zupfte sie an Peters Jackenzipfel. Der ließ sich erweichen und nahm Lisa auf den Arm. Sofort hatte Lisa die Himbeerbonbons vergessen und drehte neugierig den Kopf nach allen Seiten.

»Hi, Sophie, oh, es ist so great, was habt ihr für Anstrengung gemacht.« Ellen kam mit einem großen Teller in den Händen auf sie zu. »Du musst Peter sein, Sophie hat erzählt von die Marketingarbeit. Hier, Sausage Rolls, bitte probier.«

»Kekse?« Lisa reckte neugierig den Kopf. Peter nahm eine der kleinen Teigrollen und ließ Lisa davon abbeißen. Die kaute, schloss genießerisch die Augen und sagte: »Mmh, Würstchen.«

Die englische Bürgermeisterin lachte. »Ja, my dear, Wurstchen.«

»Noch mal«, forderte Lisa, und Peter hatte Mühe, sie auf dem Arm zu halten. »Zappel nicht rum, Süße, ich lass dich ja abbeißen, und Mama gibt dir gleich auch noch etwas ab.«

»Ich muss weiter. Viel Spaß noch.« Ellen winkte Lisa zu, die zurückwinkte, während sie mit vollen Wangen kaute.

»Lisa hat aber recht, die sind wirklich gut«, sagte Peter.

»Du hättest Johannes' Gesicht sehen sollen, als ihm erklärt wurde, dass Mincemeat lediglich gehackte Trockenfrüchte und Nüsse sind, aber auf keinen Fall Hackfleisch.«

»Ach herrje, der Arme. Es tut mir leid, dass ich nicht dabei sein konnte. Nicht wegen Johannes' Gesicht, sondern, weil ich gern geholfen hätte.«

Sie blieben für einen Moment an einem Feuerkorb stehen, in dem ein helles Holzfeuer brannte und Wärme spendete.

»Ich habe sogar einmal kurz bei dir in der Agentur angerufen.«

»Was?«

»Ich sagte, ich habe kurz bei dir in der Agentur angerufen, aber da ging nur deine Mailbox ran …«

»Ach, da werde ich gerade telefoniert haben. Dann gibt es die automatische Umleitung auf die Mailbox.«

»Ja, wahrscheinlich, es war auch gar nicht so wichtig. Ich wollte dich nur daran erinnern, dass du noch Wein mitbringen solltest, aber daran hast du dann ja selber gedacht. Später habe ich auch vergessen, dich noch ein zweites Mal anzurufen.«

»Ja, dann.«

Bilde ich mir das ein oder ist Peter gerade panisch geworden, als ich ihm von meinem Anruf erzählt habe, dachte Sophie verwundert, er hat irgendwie das Gesicht verzogen, das konnte ich sogar hier im schummrigen Licht vom Feuer erkennen. Komisch!

Sophie kam aber nicht mehr dazu, sich weiter über Peters Reaktion zu wundern, denn jetzt kamen ihnen Leonie und Marie mit Heidi und Katie entgegen. Peter, der von Sophie über die neuen Weihnachtspläne informiert worden war, fragte neugierig: »Na, Leonie, was sagst zu den Ideen für das diesjährige Weihnachtsfest?«

»Ich finde das toll. Überlegt doch nur. Ich war damals zehn, elf Jahre alt, als Mama und Katie eng zusammengearbeitet haben. Für mich war Katie immer das ganz große Vorbild, und plötzlich – nach zwanzig Jahren – taucht sie hier aus heiterem Himmel auf. Ich finde, das ist wie ein Vorab-Weihnachtsgeschenk.«

»Und dir wird das auch wirklich nicht zu viel, wenn wir alle mit Mann und Maus zu dir auf den Gutshof kommen, Heidi?«, fragte Peter. »Wir könnten ja auch wieder im Bistro …«

»Nein, nein, auf keinen Fall. Zum ersten Mal seit Jahren wird das große Haus in allen Räumen mit Leben erfüllt sein. Ich freue mich darauf.« Heidi strahlte glücklich, und ihr Blick wechselte zwischen Leonie und Katie hin und her.

Krkks. In den Lautsprecher knackte es vernehmlich. Pok, pok, pok, jemand klopfte auf ein Mikrofon, gefolgt von einer schrillen Rückkopplung. Lisa hielt sich mit beiden Händen die Ohren zu, und Sophie hätte es ihr am liebsten nachgemacht.

»Uahh, wer steht denn da zu nah am Lautsprecher?«, fragte Peter. Die Antwort erhielt er prompt.

»Ja, hallo, Leute, ähm … ja … und vor allem natürlich, liebe britische Gäste. Ich darf alle mal kurz hierher zur Bühne bitten. Und Hermann, ähm, wenn du mich hörst, dann bring doch bitte die Liste mit.« Johannes Braubarts Stimme wurde etwas leiser, war aber immer noch gut zu verstehen. »Hat jemand von euch Pfeifen Armin und Karl-Friedrich gesehen? Was? Ach so, man kann mich noch hören. Drecksanlage. Äh ja, Ende der Durchsage.«

Johannes war vieles, aber eindeutig kein geübter Sprecher mit einem Mikrofon in der Hand.

»Hihi, Hermann, wenn du mich hörst … Drecksanlage«, ahmte Sophie den Metzgermeister nach, »ich denke, Johannes braucht Hilfe, bevor er sich um Kopf und Kragen redet. Wollen wir zur Bühne gehen?«

»Runter, runter. Marie Hand.« Lisa war nicht mehr zu halten. Peter suchte mit einem kurzen Blick Sophies Einverständnis. Die nickte unmerklich. »Okay, Süße. Ich lass dich runter, aber du musst bei Marie an der Hand bleiben. Allein wegrennen gibt es nicht«, sagte Peter.

Marie, die sichtlich stolz auf ihre Aufgabe war, nahm Lisa an die Hand und sagte: »Komm, Lisa, wir schauen uns die Buden an.« Und zu den Erwachsenen gewandt versicherte sie: »Ich pass auch ganz doll auf.«

»Ist gut, Marie«, erwiderte Sophie. »Wir sind drüben an der Bühne, du kennst dich ja hier aus.«

Die beiden Mädchen liefen Hand in Hand weiter, und Sophie bemerkte, wie Lisa versuchte, die hüpfenden Schritte der Größeren nachzuahmen, was ihr auch zunehmend gelang.

Immer mehr Menschen versammelten sich vor der Bühne, auf der mittlerweile neben Johannes auch Hermann Weibold und die beiden Ortsvorsteher standen und miteinander tuschelten.

Aus der Gruppe löste sich Hermann und nahm Johannes das Mikrofon aus der Hand: »Guten Abend miteinander. Wir freuen uns alle sehr, dass die gemeinschaftlich gebackenen Kekse und der herzhafte englische Beitrag einen so großen Anklang finden. Wir möchten uns hier noch einmal bei Sophie von Metten bedanken, bei der wir heute Vormittag backen durften.« Beifall brandete auf. »Und natürlich bei Hetti, Else und Birgitta, die das Ganze organisiert und betreut haben.« Weiterer Beifall. »Und jetzt geht es darum, für unseren morgigen Programmpunkt noch Mitstreiter zu finden. Ihr habt ja wahrscheinlich schon davon gehört, es geht um die lebende Krippe. Wie wir gerade von unseren Ortsvorstehern erfahren haben, werden auch Gäste aus Cochem und Braubach erwartet. Außerdem hat sich der Englische Freundeskreis aus

Niedermühlenbach angemeldet. Also – wir können uns keine Blamage erlauben, doch für das Krippenspiel fehlen uns leider noch ein paar wichtige Darsteller. Johannes, wen brauchen wir noch?«

Jetzt übernahm Johannes Braubart wieder das Mikro, schielte auf seinen Notizzettel, räusperte sich kurz, und dann zählte er laut auf: »Also, wir benötigen noch Helfer für den Aufbau, wir hatten ja nicht damit gerechnet, die lebende Krippe noch mal aufzuführen. Aber wenn alle mit anfassen, sollte das gut klappen. Armin und Karl-Friedrich werden den Aufbau morgen früh ab zehn Uhr organisieren. Hermann und ich leiten danach die Proben, Susi wird sich um die Kostüme und das Schminken kümmern. Ellen, sagst du es bitte auch noch mal allen aus deiner Gruppe? Morgen früh zehn Uhr, Treffpunkt ist hier auf dem Marktplatz.«

»Wonderful, Johannes«, tönte es aus der Menge.

»Kommen wir zu den Darstellern. Tja, zwei unserer englischen Freunde, Joseph und Mary, haben sich bereiterklärt, das heilige Paar zu spielen.«

»Wow, wie passend«, rief eine unbekannte Stimme, und die Menge freute sich über das zufriedene Grinsen in Johannes' Gesicht. Er sah aus, als hätte er die beiden eigens aus England bestellt.

»Wir könnten allerdings noch ein paar Darsteller gebrauchen, Hirten zum Beispiel.«

»Was ist mit den Heiligen Drei Königen?«, rief jemand.

»Zugegeben, die fehlen uns auch noch. Alle drei. Das wird schwierig.«

»Johannes!« David hatte sich durch die Menschenmenge bis kurz vor die Bühne gedrängelt. Mit einer Geste gab er Johannes zu verstehen, dass er ihm das Mikrofon herunterreichen sollte. »Ihr könnt mich ruhig fragen, ob ich den dunkelhäutigen König spiele. Mach ich. Ich habe bloß keine passende Kleidung dabei.« Während die Umstehenden laut jubelten, stellte David schon die entscheidende Frage: »Aber wer wird spielen die beiden anderen Könige?«

»Ich schlage Johannes und Hermann vor«, rief eine Frauenstimme.

Johannes' Lippen formten stumm einen Satz. Sophie hätte schwören können, dass er so etwas wie »Sei still, Hetti« gesagt hatte. Aber da schlug Hermann schon dem Metzgermeister auf die Schulter, holte sich das Mikro von David zurück und verkündete laut: »Tja, Johannes, da werden wir uns wohl kaum weigern können. Wenn David schon einen König übernimmt. Also gut, Leute, auch die Heiligen Drei Könige sind besetzt. Dann treffen wir uns morgen früh zum Aufbau und später zur Probe. Euch allen noch viel Spaß in unserem Weihnachtsdorf.«

Applaus, Begeisterungspfiffe und Bravorufe begleiteten die Männer, während sie die Bühne verließen.

»Ich würde sagen, diese Aufführung der Weihnachtsgeschichte wird in die Dorf-Annalen eingehen«, sagte Peter. »Ich weiß ja nicht, wie es euch geht, aber mir wird langsam kalt. Was haltet ihr von einem Becher Glühwein und danach einem Absacker in unserem Wohnzimmer?«

»Ich kann nicht, Jan wollte gleich bei mir zu Hause vorbeikommen«, wandte Leonie ein.

»Dann rufen wir ihn an. Ich darf ja wohl erwarten, dass mein Freund und Trauzeuge auch für einen Absacker zu haben ist«, erwiderte Peter.

»Einverstanden«, sagte Leonie, »ich such dann mal unsere Töchter.«

Katie, die zufällig neben Sophie stand, flüsterte ihr zu: »Was für wundervolle Tage. Ich beneide euch. All die netten Menschen, eure Freundschaft untereinander.«

»Aber nein, du hast keinen Grund, neidisch zu sein.«

»Habe ich nicht?«

»Nein, Katie, denn du gehörst doch jetzt dazu.«

Die Weihnachtsmaus

»Sarah, wir gehen jetzt ins Dorf und schauen uns die Aufführung an«, rief Sophie aus dem Flur in Richtung Küche.

Sarah erschien in der Tür. »Ich wünsche euch viel Spaß.«

»Und dir macht es auch bestimmt nichts aus, auf Lisa achtzugeben und sie ins Bett zu bringen?«

»Ach was, ich kümmere mich jetzt um die Tische, da kann sie noch mitkommen, sie muss ja noch nicht sofort ins Bett. Und bevor der Abendbetrieb richtig losgeht, schläft sie, und dann seid ihr beiden ja auch schon wieder zurück.«

»Versprochen, wir werden nicht länger als zwei Stunden bleiben. Wenn Peter nach der Aufführung noch mithelfen muss, komme ich auf jeden Fall allein zurück.«

Hinter Sarah tauchte Lisa im Türrahmen auf, den Mund mit Schokolade verschmiert und in der Hand ein großes Plätzchen, das sie sich offenbar von Igor hatte geben lassen. Sie winkte. »Tschüs, Mama. Tschüs, Papa.«

Sophie und Peter winkten zurück.

Auf dem Weg ins Dorf griff Sophie nach Peters Hand. »Ich habe ein ungutes Gefühl dabei. Wir nutzen Sarah dafür aus, auf Lisa aufzupassen, während wir uns amüsieren.«

»Ach was, Sarah hat selber Kinder, und sie kennt sich aus. Wenn sie sagt, dass es ihr keine Mühe bereitet, dann ist das so. Außerdem können wir Lisa nicht mitnehmen, es würde zu spät für sie werden. Sie war heute schon den ganzen Tag so aufgedreht, weil sie gestern nicht genug geschlafen hat.«

»Ja, du hast recht. Sie hat heute auch keinen Mittagsschlaf machen wollen.« Sophie seufzte. »Lisa hat mir erklärt, dass Marie auch keinen macht. Ich konnte sie immerhin davon überzeugen, sich eine Weile mit ihrem Teddy ins Bett zu kuscheln und ein Bilderbuch anzusehen. Ich denke, heute Abend wird sie so müde sein, dass ihr in spätestens einer Stunde die Augen zufallen.«

»Was mir übrigens auch passieren könnte«, sagte Peter und lachte. »Früher hat es mir nichts ausgemacht, bis weit nach Mitternacht mit Freunden zu feiern und am nächsten Morgen früh aufzustehen. Aber ich will mich nicht beschweren: Der Abend gestern war schön.«

»Ja, das stimmt, und du solltest am wenigsten jammern, denn du warst es, der den Malt Whisky rausgeholt hat.«

»Uhh, erinnere mich nicht an die letzten zwei Gläser.«

Sophie blieb stehen und schaute um sich. Über ihnen war der dunkle Winterhimmel, vor ihnen die Lichter des Weihnachtsdorfs. »Sieht das nicht schön aus?«

»Ja. Kein Wunder, dass wir die Goldene Weihnachtskerze gewonnen haben.«

»Wir?«

»Na ja …« Selbst im Dunkeln konnte Sophie Peters Grinsen erahnen. »Wo wir doch jetzt beide Mitglieder im Dorfverein sind, können wir auch am Ruhm und der Ehre vergangener Tage teilhaben.«

»Schön gesagt, Herr von Metten.«

***

Sarah überflog die Eintragungen im Reservierungsbuch. Für später am Abend hatte sich eine größere Gruppe angekündigt, und die meisten Tische im Café waren auch vorbestellt. Sie ging in die Küche.

»Igor, brennt drüben im Café noch der Kaminofen?«

»Denke ja, ich hab Holz nachgelegt vor guter Stunde.«

»Drüben saßen bis vorhin noch zwei Pärchen, die hatten schon vor einer halben Stunde bezahlt«, sagte Sarah.

»Die sind inzwischen aber weg, ich habe durchs Fenster gesehen, wie sie über den Hof gegangen sind«, erklärte Melanie, während sie Teig ausrollte. Neben ihr saß Lisa auf einem Hocker und schaute mit großen Augen zu.

»Ich gehe kurz rüber und bereite ein paar Tische vor.«

Lisa rutschte vorsichtig vom Hocker. »Will auch gehen, Sa.«

»Na, dann komm.« Sarah streckte Lisa eine Hand entgegen. Die hob noch schnell ihren gelb karierten Teddy vom Boden auf und griff nach Sarahs Hand.

»Wir sind dann drüben.«

Sarah ging mit Lisa durch die Hintertür, die kürzeste Verbindung von der Küche zum Café. Während sie die wenigen Meter über den Hof gingen, fröstelte Sarah. Es war deutlich kälter geworden. »Ich glaube, wir bekommen bald noch mehr Schnee, Lisa.«

»Snee?«

»Ja, wenn es noch mehr wird, kann man bald Schlitten fahren und einen Schneemann bauen.«

»Snee mit Stock hauen.«

Richtig, vor ein paar Tagen hatte es schon mal geschneit, und Sophie hatte erzählt, dass Lisa ihren Spaß daran gehabt hatte, mit einem Stock auf eine Schneewehe zu schlagen.

»Es könnte aber noch viel mehr Schnee geben.«

»Snee, schön.«

Sarah öffnete die Stalltür. Eine wohlige Wärme schlug ihr entgegen. Sehr gut. Als Erstes prüfte sie den Kaminofen, legte zur Sicherheit noch ein Holzscheit nach. Dann schob sie zwei

Tische zusammen, wischte sie noch einmal ab und verteilte Tischdecken, Besteck und Servietten. Dann zündete sie noch schnell die dicke Kerze im Windlicht an – so, alles fertig. Jetzt war noch genug Zeit, Lisa ins Bett zu bringen. Die ersten Gäste sollten in einer halben Stunde auftauchen. Einmal wollte Sarah noch durch den Raum gehen und die Stühle geraderücken. Mit einem Auge behielt sie währenddessen Lisa im Blick, die auf einen Stuhl geklettert war und nun ihren Teddy auf der Tischplatte hopsen ließ.

In Sarahs Schürzentasche klingelte das schnurlose Telefon.

»Tante Dottis Bistro, guten Abend.« Es knackte und rauschte in der Leitung. Klar, die Basisstation war drüben im Bistro, dazwischen die dicken Mauern von zwei Häusern. »Augenblick, warten Sie, ich kann Sie nicht richtig verstehen.«

Sarah schaute kurz zu Lisa herüber. Die saß am Tisch und spielte unbekümmert weiter. »Lisa, ich geh mal eben vor die Tür, um zu telefonieren.«

»Mhm. Mischka hat Hunger.«

»Okay, darum kümmern wir uns gleich.«

Sarah öffnete die Tür, trat nach draußen und schob den Riegel so vor, dass die Tür nicht ins Schloss fallen konnte. Mit dem Fuß hielt sie außerdem die Tür einen Spalt weit auf, um Lisa weiterhin im Blick zu haben.

Draußen wurde der Empfang augenblicklich besser.

»Ah, jetzt verstehe ich Sie. Natürlich haben wir noch einen Tisch für vier Personen. Wann möchten Sie kommen? Am nächsten Samstag? Warten Sie bitte einen Moment.«

Während sie sprach, warf Sarah immer wieder kurze Blicke durch den Türspalt. Lisa spielte weiter am Tisch mit ihrem Bären. Sie kniete auf dem Stuhl und es sah ganz so aus, als würde sie spielen, dass Mischka müde war und ins Bett gebracht wurde. Mit einem Lächeln beobachtete Sarah, dass der gelb karierte Bär auf dem Tisch nun sorgfältig auf den Rücken gebettet und mit einer Stoffserviette zugedeckt wurde. Ein schönes Spiel.

Sarah klemmte das Telefon zwischen Schulter und Wange ein und fischte ihren Block und einen Stift aus der Schürzentasche. »So, verraten Sie mit doch bitte kurz Ihren Namen. – Gut, habe ich notiert. – Wann? Um acht Uhr? – Sehr gern, ein Tisch für vier Personen um acht Uhr.«

Als Nächstes nahm Sarah allerdings wahr, dass Lisa sich auf die Sitzfläche des Stuhls stellte und sich dann vorbeugte. Was machte sie da? Das konnte Sarah von hier aus nicht sehen und beeilte sich daher, schleunigst das Telefonat zu beenden und zu Lisa zurückzugehen.

***

Gerade noch im richtigen Moment war Sarah wieder von draußen hereingekommen. Vor Lisa, mitten auf dem Tisch, war eine Maus aus Filz, eine Maus mit einer roten Mütze. Lisa stand auf dem Stuhl, um danach zu angeln, aber ihre Arme waren zu kurz.

»Na, Süße, du willst doch wohl nicht auf den Tisch klettern? Komm, ich trage dich.« Es wurde wirklich Zeit, die Kleine zurück ins Haus zu bringen und fürs Bett fertig zu machen.

Widerwillig ließ sich Lisa hochheben. Draußen schlang sie ihre Arme um Sarahs Hals.

Erst als sie schon fast wieder im Haus waren, fiel Lisa auf, dass einer fehlte.

»Mischka. Mischka schläft noch da.«

»Hast du deinen Teddy vergessen? Na, dann flitz schnell zurück und hole ihn, ich warte hier auf dem Hof.« Sarah setzte sie auf dem Boden ab, und Lisa rannte zurück.

***

Die Tür war nur angelehnt und stand einen Spalt offen, mit beiden Händen zog Lisa am Holz und schlüpfte dann in den Raum, sobald der Spalt groß genug war. Sie lief zum Tisch und zu Mischka. Zu Mischka und der Maus. Lisa kletterte auf den Stuhl, beugte sich ganz nach vorne und zog an der Decke, die Maus kam näher und näher. Die Maus und die brennende Kerze.

Feuer

»Sag mal, Igor, wo sind eigentlich Sarah und Lisa?«, fragte Melanie.

»Sind drüben, Tische richten.«

»Bist du dir sicher? Das wäre aber lang. Das wäre … was hast du denn?«

»Pozhar!«

»Bitte was?«

Igor ließ sein japanisches Küchenmesser einfach auf die Arbeitsplatte fallen. Das alarmierte Melanie mehr als jeder Warnschrei. Igor liebte seine Messer, er legte sie immer ganz behutsam, geradezu liebevoll zur Seite.

»Pozhar, ahhh … das Wort. Feuer. Genau, Feuer!« Igor zeigte nach draußen. Anders als sie hatte er durch das hohe Fenster eine gute Sicht auf den ehemaligen Pferdestall.

Melanie brauchte ein paar Sekunden, bis sie begriff. In dieser Zeit war Igor schon durch die Küche gerannt, hatte den Feuerlöscher von der Wand gerissen und war nach draußen gestürzt.

»Mein Gott, Lisa«, stieß Melanie entsetzt hervor, nahm ihr Handy vom Regal und wählte mit zitternden Fingern den Notruf. Durch die offene Hintertür konnte sie Igor sehen, der die Tür des Pferdestalls aufriss. Laut zischte der Feuerlöscher, während dichter Qualm den hünenhaften Koch umhüllte.

***

»Da Jesus geboren war zu Bethlehem in Judäa zur Zeit des Königs Herodes, siehe, da kamen Weise aus dem Morgenland nach Jerusalem und sprachen: Wo ist der neugeborene König der Juden? Wir haben seinen Stern aufgehen sehen und sind gekommen, ihn anzubeten.«

Während Rainer Baumann am Mikrofon den Text aus dem Matthäus-Evangelium vorlas, schritten mit würdevollen Gesichtern drei Könige zu dem großen Stallgebäude, das immer noch umlagert von einem halben Dutzend Hirten, zwei Schäferhunden und mehreren Schafen war.

Neben dem Stall stand ein Esel und in dem Gatter daneben ein Ochse. Einer der Könige zerrte anstelle des üblicherweise in Krippenszenen dargestellten Kamels ein Alpaka an einem geflochtenen Zügel hinter sich her, das sich aber nur widerwillig führen ließ.

»Drecksidee, dieses Alpaka ist noch sturer als dein dämlicher Esel«, flüsterte der König. »Total überflüssig, jetzt, wo der Esel wieder gesund ist.«

»Mir gefällt es, dass wir jetzt auch noch ein Kamel haben«, gab der zweite König ebenso leise zurück. »Also, jedenfalls ein Ersatzkamel.«

»Pff.«

»Beschwer dich nicht, es sieht super aus, und bei den Proben hat ja alles geklappt.«

»Und siehe, der Stern, den sie hatten aufgehen sehen, ging vor ihnen her, bis er über dem Ort stand, wo das Kindlein war.«

»Rutscht dir deine Krone nicht in die Stirn? Dreckskrone.«

»Schscht, Johannes, da vorne sind gleich die Mikros, ab dann kann man dich hören.«

Vor dem Stall hielten die drei Könige inne und knieten nieder. Joe und Mary boten einen perfekten Anblick als heilige Familie. Mary war in einen langen dunkelblauen Umhang gehüllt, der ihren Babybauch geschickt verbarg, und als Jesuskind hielt sie eine von Maries alten Babypuppen auf dem Arm. Der dunkelhäutige König nahm ein bereitliegendes Mikrofon und sagte: »Wir sind gekommen, wir haben Geschenke: It's Weihrauch, Myrrhe and Gold für das Kind in die Krippe. Wir …«

In diesem Moment heulte die Sirene auf dem Rathausdach los. Für einen Moment erstarrten Darsteller wie Zuschauer, dann aber sprangen zwei der Könige auf die Beine. Der eine König warf die Zügel des Alpakas einem verdutzten Hirten zu, riss dem noch knienden König das Mikro aus der Hand und brüllte hinein: »Heilige Scheiße, Feueralarm. Auf geht's, alle Mann der Freiwilligen Feuerwehr ab zur Feuerwache, aber flott. Weiß einer, wer den Einsatzalarm ausgelöst hat?«

Am Rand des Marktplatzes tauchte eine Gestalt auf, die die Hände an den Mund hob und brüllte. »Feuer, Feueralarm, das ist keine Übung. Feuer im Bistro.«

Mit heulendem Martinshorn bog ein Löschfahrzeug um die Ecke und hielt mit quietschenden Reifen am Rand des Marktplatzes. Ein näher kommendes Martinshorn kündigte die Ankunft eines weiteren Fahrzeugs an.

»Kommando zurück, Männer«, rief Johannes über die Menge hinweg. »Vergesst die Feuerwache. Na los, Löschzug eins startet. Der Rest folgt mit dem zweiten Wagen.«

Ein Dutzend Männer, darunter auch Johannes und Hermann, rannten zu dem Löschfahrzeug.

Ein lautes Raunen ging durch die Menge der Zuschauer, und mittendrin war ein schriller Schrei zu hören. »O mein Gott. Das ist bei uns. Es brennt bei uns.« Alle Köpfe drehten sich weg von der Bühne und starrten in die entgegengesetzte Richtung. Hoch zum Ortsrand, wo etwas erhöht der Mühlenhof lag. Noch war kein heller Flammenschein zu sehen. Nur das zuckende Blaulicht, das die Landstraße entlangraste.

Glück im Unglück

Sophie hastete die Landstraße entlang. Neben ihr Peter. Unser Haus brennt, Lisa, was ist mit Lisa? Sie war nicht fähig, etwas anderes zu denken. Ihre Lunge brannte, sie bekam nur noch schwer Luft, aber sie lief weiter, zwang sich, nicht langsamer zu werden. Sie wusste, dass Peter schneller laufen konnte. »Renn, Peter, renn los«, keuchte sie, »warte nicht auf mich. Lauf!«

Peter nickte verbissen, und tatsächlich wurde er schneller, zog an ihr vorbei.

Gut so, dachte Sophie, lauf. Lauf zu Lisa.

Blaulicht tauchte die Fassade des Mühlenhofs in ein gespenstisches Licht. Schwer atmend erreichte Sophie ihr Haus. Auf dem Kiesplatz rannten die Männer der Freiwilligen Feuerwehr umher und brüllten sich Kommandos zu. Bistro-Gäste warteten vor dem Haus in kleinen Grüppchen, unsicher und aufgeregt. Sie warteten offenbar auf Anweisungen, was sie jetzt tun sollten.

Das Löschfahrzeug stand schräg in der Einfahrt, ganz auf den Hof zu fahren war für dieses große Fahrzeug unmöglich. Ein kleinerer Mannschaftswagen parkte am Rand der Straße. Lange Schläuche wanden sich, endlos schwarzen Riesenschlangen gleich, über den mondhellen Kiesplatz. Sophie musterte die Fassade des Hauses, alles schien unversehrt. Gott sei Dank, dachte sie, in unserem Haus ist es nicht passiert.

In diesem Moment kam ihr Peter entgegen, die halb schlafende Lisa auf dem Arm. Ihre Ärmchen hatte sie um seinen Hals gelegt, der Kopf ruhte auf seiner Schulter. Lisa weinte leise vor sich hin. Sophie fühlte sich unfähig zu sprechen. Stumm umarmte sie ihren Mann und ihre Tochter. So standen sie eine Weile. Beruhigend rieb ihr Peter über den Rücken und versicherte: »Alles ist in Ordnung, Sophie. Lisa war drinnen im Haus, als der Feueralarm losging, ihr ist nichts passiert. Sarah hat sie rausgeholt und war die ganze Zeit bei ihr.«

Die Erleichterung trieb Sophie die Tränen in die Augen. Laut schluchzte sie auf. »Und es geht allen wirklich gut?«

»Alles okay.« Peter streichelte kurz mit der Hand über ihr Haar. »Gebrannt hat es nur im Stallgebäude. Das Feuer muss ausgebrochen sein, kurz nachdem Sarah durch unseren Wintergarten in die Wohnung gegangen ist, um Lisa ins Bett zu bringen.«

Sophie schloss die Augen, der Fels, der auf ihrer Brust gelegen hatte, löste sich, der Druck ließ nach, endlich konnte sie wieder beruhigt durchatmen. Ganz eng an Peter gedrückt, ging sie über den Hof, streichelte im Gehen immer wieder über den Kopf ihrer Tochter.

Hinter dem Haus kamen ihr mehrere Männer mit Schutzhelmen entgegen. Zwei von ihnen boten einen seltsamen Anblick. Die schweren Jacken streiften sie gerade im Gehen ab. Darunter kamen, völlig unpassend für den Einsatz, weiße weite Hemden und goldbestickte Westen zu Vorschein, eine in Rot, eine in Gelb.

»Himmeldonner, du hast unglaubliches Glück gehabt, Sophie«, sagte einer der Männer. Sophie schaute den Mann ratlos an. Sie benötigte einen Augenblick, um zu begreifen, dass vor ihr Johannes Braubart stand, größtenteils noch für seine

Rolle als einer der Drei Heiligen Könige gekleidet. Neben ihm, ganz ähnlich ausstaffiert, Hermann Weibold.

»Wir haben drei gute Nachrichten und eine schlechte«, begann Hermann.

»Fang mit den guten an«, bat Sophie.

»Gute Nachricht Nummer eins: Es war kein großer Brand. Gute Nachricht Nummer zwei: Dein Koch, dieser Igor, hat praktisch im Alleingang dafür gesorgt, dass dem Café nicht viel passiert ist und dass das Feuer so schnell eingedämmt war, dass es sich nicht ausgebreitet hat und so auch nicht auf das Hauptgebäude übergreifen konnte. Und nicht zu vergessen, Nummer drei: Niemand ist zu Schaden gekommen.«

»Aber was ist dann die schlechte Nachricht?«, fragte Peter.

Johannes Braubart seufzte und rieb sich das Kinn. »Einen Großteil der Inneneinrichtung könnt ihr zum Sperrmüll geben. Es hat zwar vor allem bei einem einzelnen Tisch gebrannt. Da hatte sich anscheinend die Deko entzündet. Das Feuer, der Ruß, dazu der Schaum aus Igors Feuerlöscher und dann vor allem unser Löschwasser haben aus einem Großteil der Einrichtung einen Fall für die Müllkippe gemacht. Das ließ sich nicht vermeiden.«

»Ach Gott, wenn es nur die Einrichtung ist …«, sagte Sophie. Sie nahm die Mütze ab und rieb sich mit der zitternden Hand über die Stirn. »Für solche Fälle sind wir zum Glück versichert. Da gibt es nichts, was sich nicht ersetzen ließe. Ich bin sicher, dass wir für viele Sachen bei Henry Ersatz finden können.«

»Sophie!«

Der Ruf kam vom Wintergarten. Sarah kam auf die beiden zugelaufen. »Es ist alles meine Schuld, Sophie. Ich weiß nicht, was ich sagen soll. Ich hätte die Kerzen löschen sollen, bevor ich mit Lisa zurück ins Haus gegangen bin. Ich mache mir solche Vorwürfe.«

Sophie wusste nicht, was sie darauf antworten sollte. Ja, es war leichtsinnig gewesen, die Kerzen in den Windlichtern brennen zu lassen, aber wie oft hatte sie das selber schon getan? Hätte sie die Kerzen gelöscht? Sicher nicht! Warum auch – schließlich standen die Kerzen in großen gläsernen Windlichtern, das war eigentlich ungefährlich. Das Feuer im Stall belegte jetzt allerdings das Gegenteil, aber noch war ja gar nicht geklärt, warum es ausgebrochen war. Nein, entschied Sophie, Sarah konnte man wirklich keinen Vorwurf machen.

»Als ich mit Lisa drüben im Café war«, berichtete Sarah weiter, »habe ich sie keinen Moment aus den Augen gelassen. Allerdings hatte sie ihren Teddy vergessen, und sie ist kurz rein, um ihn zu holen, aber das hat nur ein paar Augenblicke gedauert, dann war sie auch schon wieder bei mir. Ich kann mir nicht erklären, wie es zu diesem Feuer gekommen ist.«

»Glaub mir, Sarah, niemand macht dir einen Vorwurf. Wie oft habe ich in den letzten Wochen die Kerzen in den Windlichtern brennen lassen, während ich kurz noch mal rüber ins Bistro gelaufen bin. Wer weiß, was das Feuer verursacht hat. Vielleicht gab es ja einen Kurzschluss oder etwas Ähnliches. Nein, ich bin von ganzem Herzen froh darüber, dass niemandem etwas passiert ist.« Sophie deutete hinter sich auf den Pferdestall. »Das da drüben ist lediglich ein Sachschaden, und dafür bin ich versichert.« Sophie sah, dass sich Sarah etwas entspannte, wahrscheinlich hatte sie mit Vorwürfen und Anschuldigungen gerechnet. Sophies Worte sorgten dafür, dass ihr sichtlich ein Stein vom Herzen fiel.

»Wir bringen jetzt die Kleine wieder ins Bett«, sagte Sophie. »Könntest du dich bitte darum kümmern, dass die Bistro-Gäste versorgt werden? Gerade eben standen sie noch wartend draußen herum. Ich schlage vor, du holst sie in den Gastraum zurück und servierst jedem ein Getränk seiner Wahl, um den Schrecken zu mildern.«

Sarah straffte entschlossen die Schultern und wischte sich

noch einmal mit den Händen über die Augen. »Wird gemacht, Sophie!«

Freunde in der Not

Am nächsten Morgen war Sophie schon früh auf den Beinen. Ihr Körper sehnte sich nach Schlaf, ihre Augen brannten – aber es gab so viel zu tun, und die Gedanken, die ihr durch den Kopf gegangen waren, hatten sie schließlich aus dem Bett getrieben. Peter hatte sich bereiterklärt, Lisa in die Kita zu bringen. Damit gewann Sophie Zeit, Zeit, die sie dringend brauchte. Sie hatte sich mit einem Becher Kaffee an den großen Esstisch gesetzt. Während draußen über dem Sollensbacher Bruch eine trübe Winternacht in einen nicht minder trüben Morgen überging, begann Sophie mit ihrer Aufgabenliste.

Nach zehn Minuten legte sie den Stift zur Seite, trank ihren Kaffee und überflog noch einmal ihre Liste. Sie hatte wahllos aufgeschrieben, was ihr durch den Kopf gegangen war. In einem zweiten Schritt legte sie jetzt die Reihenfolge fest. Hermann und Johannes hatten ihr gestern Abend noch geraten, die Fenster und Türen des ehemaligen Pferdestalls weit zu öffnen, damit sich der Brandgeruch möglichst nicht im Raum festsetzte. Peter hatte diese Aufgabe übernommen, während Sophie Lisa zurück ins Bett gebracht hatte. Ja, als Erstes würde sie sich einen Überblick verschaffen, schließlich musste sie wissen, was sie neu kaufen musste. Danach werde ich mit der Versicherung telefonieren und den Schaden melden, dachte sie, dann aufräumen, aussortieren und putzen. Hinter einen weiteren Punkt schrieb Sophie ein großes Ausrufezeichen. Sie musste dringend die Reservierungen überprüfen und gegebenenfalls einigen Gruppen auch absagen, denn der Caféraum würde mit Sicherheit in den nächsten Tagen nicht genutzt werden können. Damit fielen wichtige Tische aus, mit denen sie eigentlich gerechnet hatte. Sophie seufzte, sie hasste es, wenn sie Zusagen nicht einhalten konnte, aber ein Hausbrand fiel letztlich unter höhere Gewalt, da war nichts zu machen. Vielleicht kann ich noch zwei, drei Tische im Bistro unterbringen, überlegte sie. Nachdenklich tippte sie mit der Spitze des Kugelschreibers auf den letzten Punkt ihrer Liste. Da stand lediglich *Unterstützung!* Melanie, Igor und Sarah hatten zwar angeboten, ihr bei den Arbeiten zu helfen, aber es gab ja auch noch die eigentliche Arbeit im Bistro. Und da hatten alle schon genug zu tun. Nein, dachte Sophie, ich werde später einen professionellen Reinigungsdienst anrufen, möglicherweise übernimmt sogar die Versicherung diese Kosten. Das galt es unbedingt herauszufinden, Sophie machte sich gleich eine weitere Notiz auf ihrer Liste. Die alte Standuhr schlug halb acht, draußen war es immer noch trüb und dämmerig. Egal, dachte sie, ich dusche schnell, zieh mich an, mach mir ein Brot, und dann lege ich los.

***

Als sie kurz vor acht, kauend und mit einem Butterbrot in der Hand, aus der Hintertür der Küche in den Garten trat, erinnerte außer den weit geöffneten Türen und Fenstern von außen nichts mehr an das gestrige Unglück. Mit zögernden Schritten näherte sich Sophie dem Pferdestall. Will ich das wirklich alles sehen? Was erwartet mich da drin? Was für kindische Gedanken, ermahnte sie sich selber, was geschehen ist, ist nun mal geschehen, das wird sich nicht ändern, nur weil ich das ganze Ausmaß des Schadens noch nicht zu Gesicht bekommen habe. In der Tür blieb sie stehen und musterte den Raum vor ihr. Auf den ersten Blick sah das nicht einmal besonders tragisch aus. Das Feuer hatte nicht lange genug wüten können, um ernsthaft Schaden anzurichten. Das verdanke ich ganz allein Igor, dachte Sophie.

Die weiß gestrichene Decke war an einer Stelle rußgeschwärzt. Mehrere Tische und Stühle lagen wild durcheinandergewürfelt auf dem Boden, vermutlich eine Folge von dem starken Strahl der Löschschläuche.

Die alten Sandsteinplatten auf dem Boden hatten mehrere große schwarze Flecken. Am schlimmsten hatte es das alte Küchenbüfett getroffen, die Glasscheiben in den Türen des Aufsatzes waren zersplittert. Ein Jammer, dachte Sophie traurig, dieser Schrank hat mir besonders gut gefallen. Eine Wand war verrußt. Sophie blickte nach oben. Die Tische auf der Galerie schienen unbeschädigt zu sein. Auf zwei Tischen stand sogar noch unberührt die Tischdekoration, was angesichts des übrigen Chaos fast surreal wirkte. Die Tischdekoration! Sophie trat zu einem der umgestürzten Tische, dessen Platte schwarz verbrannt war. Auf dem Boden zwischen den verkohlten, nassen Resten der Tischdecke sah sie die Glasscherben eines Windlichts und eine stark angekokelte Weihnachtsmaus. Beim Anblick der Weihnachtsmaus schoss ihr ein anderes Bild durch den Kopf. Sophie bückte sich und zog die kleine Figur behutsam aus den Scherben. Wie sehr hatte Lisa immer wieder darum gebettelt, mit einer Weihnachtsmaus spielen zu dürfen. Sophie sah vor ihrem inneren Auge ihre kleine Tochter, wie sie immer wieder auf die Stühle stieg und nach den Figuren angelte. Einmal hatte sie Lisa sogar dabei erwischt, wie sie an der Tischdecke gezogen hatte, um die Maus näher zu sich zu holen. Ach du meine Güte, dachte Sophie, so könnte es passiert sein. Sarah schickt Lisa zurück, um Mischa zu holen, die Kleine klettert auf den Stuhl, zieht an der

Tischdecke und reißt damit die Kerze im Windlicht herunter. Völlig erschrocken nimmt Lisa schnell ihren Teddy, läuft wieder hinaus, und weil selbst eine Zweijährige weiß, dass sie eine Dummheit gemacht hat, erzählt sie Sarah auch nichts davon. Durch die heruntergefallene Kerze entzündet sich die Deko. Sophie hatte den Eindruck, den ganzen Ablauf greifbar vor sich zu sehen. Sie schloss die Augen und verdrängte die Bilder. Es ist nur ein Sachschaden, sagte sie sich, etwas, das man ersetzen kann. Ein paar Tische und Stühle, ein neuer Schrank, frische Wandfarbe und genug Zeit zum Lüften.

Durch die offene Tür hörte Sophie draußen im Hof plötzlich Stimmen, viele vergnügte Stimmen. Sie runzelte die Stirn, wer würde denn um diese Uhrzeit zu ihr ins Bistro kommen wollen? Sophie steckte sich die kleine Weihnachtsmaus in die Jackentasche und ging nach draußen.

Als sie sah, wer da über den Hof zum ehemaligen Pferdestall kam, war sie erst einmal sprachlos.

»Guten Morgen, Sophie. Na, da staunst du, was? Wir haben uns gedacht, du könntest Hilfe gebrauchen«, sagte Else Weibold. »Hetti lässt auch schon grüßen, sie kann leider nicht dabei sein, weil sie in der Metzgerei gebraucht wird.«

»Dafür aber sind wir dabei, die Tearoom aufzuräumen«, erklärte Ellen Jones. »Ist es nicht so?«

Hinter Else und Ellen hatte sich, soweit Sophie das übersehen konnte, die gesamte englische Reisegruppe versammelt, die alle zustimmend nickten.

»Wir haben gehört, was ist passiert gestern Nacht. Und du warst eine so wunderbare Gastgeberin bei die Backen-Aktion, so wir haben uns gedacht: Lass uns helfen, statt zu fahren zu die Weihnachtsmarkt in Trier.«

»Ich weiß gar nicht … was … was ich sagen soll«, stotterte eine sichtlich gerührte Sophie.

Katie, die offenbar noch viel früher als Sophie aufgestanden und aus dem Haus gegangen war, trat einen Schritt aus der Gruppe heraus. »Wie wäre es mit: Lasst uns loslegen!« Katie lächelte breit, und Simon hob beide Hände, die bereits in Gummihandschuhen steckten.

»Look, Sophie, wir sind vorbereitet. Else hat uns alle mit die Handschuhe ausgestattet. Und wenn ich erst einmal zeige in die Video, wie deine wunderschöne Tearoom jetzt aussieht, ganz St.-Nicholas-on-Sea wird sagen, gut, dass ihr geholfen habt.«

Erst jetzt sah Sophie, dass einige in der Gruppe Putzeimer und Schwämme trugen, und dass Else Weibold einen Hochdruckreiniger wie einen Koffer-Trolley hinter sich herzog. Mit rauer Stimme sagte Sophie: »Tausend Dank. Ach was, ich habe keine Worte dafür, wie ich mich freue.« Sie hob die Hände in einer hilflosen Geste halb nach oben und überlegte. Schließlich besann sie sich auf eine uralte Krisenstrategie: »Ich lasse mal ein paar Kannen Tee kochen, und dann wollen wir loslegen. Lasst mich nur vorher noch mit der Versicherung telefonieren, ob wir wirklich schon sauber machen dürfen.«

***

In der Tür tauchte Peter auf. Schon im Türrahmen stehend rief er: »Ich habe Lisa in die Kita gebracht, und hier bin ich wieder. Ich geh jetzt rüber ans Telefon und sage für heute alle Termine ab. Dann können wir anfangen …« Erst nach zwei weiteren Schritten in den Raum hinein wurde ihm klar, dass Sophie nicht allein war. »Nanu, was ist denn hier los?«

Else Weibold ergriff das Wort. »Wir haben gehört, dass ihr Hilfe braucht, und da sind wir.«

»Und zwar alle«, ergänzte Katie. »Und wenn es stimmt, dass du heute Termine bei der Arbeit hast, musst du auch nicht unbedingt hierbleiben. Du siehst ja selber …«

Ja, Peter sah es. Ein gutes Dutzend Helfer stand mit Putzzeug bereit. Sollte er wirklich … Unsicher blickte er zu Sophie.

»Geh nur, Peter. Else und Katie haben recht. Wir haben jetzt so viele Helfer, dass du ebenso gut zur Arbeit gehen kannst.«

»Aber was wird die Versicherung sagen? Müssen die nicht als Erstes einen Gutachter schicken? Hab ich mal gehört.«

»Du kannst ganz beruhigt sein«, meinte Sophie. »Ich habe vorhin angerufen. Sie haben gesagt, es reicht, wenn wir die Schäden fotografieren. Je eher der Ruß entfernt wird, umso besser fürs Gebäude. Dann setzt sich der Geruch nicht fest.«

Nun wanderte Peters Blick zu Else Weibold und ihrem Hochdruckreiniger, dann zurück zu Sophie. Sie lachte, sie schien zu ahnen, was ihm gerade durch den Kopf ging.

»Was gibt's denn da zu lachen?«, fragte Else verwirrt.

»Ich weiß schon«, erklärte Peter. »Wir haben bis jetzt nur ein einziges Mal mit einem Hochdruckreiniger gearbeitet, nämlich, als wir letztes Jahr den Plattenweg am Haus von Moos befreien wollten. Der gelöste Dreck ist meterhoch gespritzt, und am Ende war der Plattenweg sauber, aber wir mussten stundenlang die Hauswand abwaschen. Das war eine riesengroße Sauerei.«

»Ja«, sagte Sophie. »Genau daran habe ich mich gerade erinnert, ich wusste sofort, dass du auch dieses Bild vor Augen haben würdest. Else hat mir das aber schon erklärt. Sie hat für ihr Gerät eine spezielle – wie hieß das noch – richtig, eine Bodenhaube. Da spritzt nichts hoch.«

»Genau«, nickte Else, »mach dir keine Sorgen, ich reinige mit dem Ding jedes Frühjahr die Terrassenplatten, das geht gut.«

»Nass ist der Boden ja sowieso, von dem Löschwasser. Es macht also keinen Unterschied«, fügte Sophie hinzu. »Du kannst jetzt wirklich ganz beruhigt zur Arbeit fahren, ich habe jetzt jede Menge Hilfe.«

***

Die Engländer machten sich mit Feuereifer daran, den Caféraum wieder herzurichten. Verbranntes und Unbrauchbares landete draußen auf einem großen Haufen, den Rußflecken auf dem Boden rückte Else mit dem Hochdruckreiniger zu Leibe, andere wuschen mit warmem Wasser die Wände sauber.

Gegen elf Uhr kam Klaus-Jürgen Weibold vorbei, um das beschädigte Küchenbüfett abzutransportieren. Er hatte seinen Anhänger mitgebracht und wollte gleich auch die übrigen beschädigten Teile der Einrichtung zur Müllkippe bringen. Kurze Zeit später tauchte Elektromeister Rainer Baumann auf, der zwei große Bautrockner aus dem Kofferraum wuchtete. »Ich dachte mir, die hier wirst du brauchen. Ich kenne das doch, wenn unsere Freiwillige Feuerwehr löscht, dann richtig. Mit den Bautrocknern wird dein Raum schneller wieder trocken, du musst nur regelmäßig den Wassertank leeren.« Sprach's, schloss die Geräte an und verabschiedete sich dann wieder.

Gegen Mittag zog sich Sophie in die Küche des Bistros zurück und bereitete mit Melanies Hilfe mehrere große Bleche Flammkuchen vor, damit ihre Helferinnen und Helfer etwas zu essen bekamen.

Als sie die Flammkuchen servierte, wollte sich niemand ins Wohnzimmer setzen, um dort in Ruhe zu essen. Alle waren begierig darauf, möglichst schnell weiterzuarbeiten, und aßen deshalb ihre Flammenkuchenstücke im Stehen.

»Hier wird anscheinend überhaupt nicht gearbeitet, sondern nur Pause gemacht«, tönte es plötzlich von der Eingangstür her. Sophie drehte sich zu der Stimme um. Henry stand in der Tür und zwinkerte ihr zu. »Ich habe gehört, dass es hier letzte Nacht heiß hergegangen sein soll. Und da dachte ich mir, ich suche mal meine besten Stücke zusammen und schaue, ob du etwas davon gebrauchen kannst.«

Hinter Henry tauchte Karin auf, ausnahmsweise nicht im Hosenanzug, sondern in Jeans, Sweatshirt, gefütterter Jeansjacke und mit Arbeitshandschuhen an den Händen. »Haha, dass ich nicht lache. Von wegen ich suche mal meine besten Stücke zusammen. Tatsächlich hat Henry mich heute schon in aller Frühe angerufen, mir erklärt, dass es sich um einen Notfall handelt, und darum gebettelt, dass ich in dem Datenbestand des Onlineshops die richtigen Stücke heraussuche.«

»Aber Karin, du musst doch arbeiten«, erwiderte Sophie.

Karin winkte ab. »Du glaubst ja gar nicht, wie viele Urlaubstage ich noch habe. Ich habe einen Beratungstermin an einen Kollegen übergeben und mir freigenommen. Wenn es in *Tante Dottis Bistro* brennt, dann ist es doch eine Selbstverständlichkeit, dass wir alle helfen kommen. Übrigens: Henry hat den großen Transporter vorne geparkt, da bräuchten wir gleich ein paar starke Arme, um den auszuräumen. Heidi und Rita müssten auch jeden Moment hier eintreffen. Rita hat darauf bestanden, den Geländewagen ihres Mannes und den großen Anhänger selber zu fahren. Ich fürchte aber, die Gute ist noch nie mit einem Anhänger unterwegs gewesen. Entsprechend langsam ist sie gefahren, und irgendwann hat Henry sie dann auf der Landstraße überholt.«

Sophie spürte, wie ihre Augen feucht wurden. Alle ihre Freunde nahmen Anteil. Nein, mehr noch, nicht nur ihre Freunde, sondern auch Menschen, die sie vor einer Woche überhaupt noch nicht gekannt hatte.

»Ihr seid alle großartig, das habe ich nicht verdient«, sagte sie mit erstickter Stimme. »Ich bin so froh, euch als Freunde zu haben.«

Karin trat zu Sophie und nahm sie in den Arm. »Dotti hat immer gesagt: Es heißt Freundschaft, weil man mit Freunden alles schafft«, sagte sie leise, »und das hier schaffen wir locker.«

***

Abends um neun lag Sophie völlig erschöpft in ihrem Bett. Erschöpft und allein, denn Peter war noch nicht zurück. Trotz ihrer abgrundtiefen Müdigkeit konnte sie nicht in den Schlaf finden. Ja, sie selbst hatte Peter großzügig weggeschickt. Ihm gesagt, er könne ruhig arbeiten gehen und alle seine Termine wahrnehmen. Und dennoch nagte das jetzt an ihr. Irgendwann gab sie den Gedanken an Schlaf auf. Sie schlug die Bettdecke zurück, stand auf, zog den warmen Bademantel über und setzte sich nach unten ins Wohnzimmer. Auch hier fand sie keine Ruhe. Hätte Peter nicht ein kleines bisschen früher als sonst nach Hause kommen können? Konnte er sich nicht denken, dass er hier gebraucht wurde, hier an ihrer Seite?

Sophies Tagebuch – Montag, 13. Dezember

Liebe Dotti,

ich weiß nicht mehr, was ich denken soll. Meine Gedanken fahren Karussell, alles dreht sich. Und meine Gefühle ... Meine Gefühle rasen auf einer schrecklichen Achterbahn dahin. Rauf und runter, in einem Moment wird es etwas ruhiger, um plötzlich die steile Schussfahrt in die Tiefe zu stürzen.

Ich weiß schon, was du jetzt sagen würdest: Ich soll mir nicht alles so zu Herzen nehmen. Das hast du schon gesagt, wenn ich während meines Studiums aufgeregt und nervös war. Und weißt du was, liebe Dotti, eigentlich hat es damals schon nichts genutzt. Ich habe dir das nie gesagt, aber man erreicht Gelassenheit nicht einfach, in dem man sie einfordert oder beim Universum bestellt. Das Gegenüber wird auch nicht ruhiger, nur weil man ihm den Rat gibt, ruhiger zu werden.

Warum es mir so geht, willst du wissen?

Im Pferdestall hat es gebrannt. Der schöne Raum, den ich eben erst eingerichtet hatte. Was ich danach erfahren durfte, war ganz unglaublich. Das ganze Dorf und die Engländer haben mit angepackt, die englischen Gäste wollen morgen Vormittag wieder vorbeikommen und weitermachen. Heute Morgen hatte ich noch gedacht, ich müsste eine Firma finden, die mir hilft, weil das Personal im Bistro dafür auch keine Zeit hat. Der Betrieb muss ja weiterlaufen. Aber das war gar nicht nötig. Wir haben so viel geschafft. Henry, Karin, Rita und Heidi haben neue Möbel vorbeigebracht, und Elses Geheimrezepte – riesige Schalen mit Essig und Teller mit gemahlenem Kaffee – haben tatsächlich den letzten Brandgeruch aus dem Raum vertrieben. Ja, ich glaube, ich bin noch einmal mit einem blauen Auge davongekommen.

Na bitte, Sophie, wirst du jetzt sagen, was regst du dich auf?

Ich rege mich auf, weil dieser Brandunfall ja nicht das Einzige ist, was mich beschäftigt. Ich hab es dir doch schon anvertraut, ich weiß nicht, was mit Peter los ist. Auch heute musste er wieder länger arbeiten. Wieso gibt es in der Agentur plötzlich so viel Arbeit, dass er an vielen Tagen Überstunden machen muss? Selbst an einem Tag wie heute? Mehr als ein Jahr lang hat er immer davon geredet, dass er mehr zu Hause arbeiten will, dass er vielleicht sogar etwas ganz Neues anfangen möchte, aber so sieht es im Moment nicht aus. In den zurückliegenden Wochen gab es so viele Abende, an denen er nicht rechtzeitig zu Hause war. Dieser schreckliche Verdacht, der nagt an mir. Ich will Peter nicht verlieren, aber ich kann nur um ihn kämpfen, wenn ich weiß, wer mein Gegner ist. Oder wohl eher, meine Gegnerin. Ist Merle, Peters Kollegin, diese Frau? Wird ihm das hier, in unserem Zuhause, alles zu viel? Lisa, das Bistro, seine Familie? Was ist nur los?

Peter schläft längst, und ich vertraue dir und diesem Buch meine düstersten Gedanken und Sorgen an, weil ich weiß, dass ich etwas klarer sehe, wenn ich sie erst einmal aufgeschrieben habe. Ach, Dotti, in nur elf Tagen ist Heiligabend. Elf Tage, um meinen Seelenfrieden wiederzufinden.

Weißt du, was Aristoteles gesagt haben soll? Freundschaft, das ist eine Seele in zwei Körpern. So habe ich mich mit Peter gefühlt, ich hoffe nur, ich habe mich nicht geirrt.

Lebe wild und gefährlich

Karin Mahler wusch sich die Hände und schaute sich dann prüfend im Badezimmerspiegel an. Ich sehe so müde aus, wie ich mich fühle, dachte sie. Ich sollte mich nicht wundern, seit Jahren sitze ich fast nur am Schreibtisch. Die langen Spaziergänge, das regelmäßige Schwimmen und die Yogastunden – das alles hat mir eine trügerische Sicherheit vermittelt. Trügerisch, weil ich dachte, dass ich ganz fit sei, aber zwei Tage Putzen, Aufräumen und Möbelschleppen bringen die Wahrheit ans Licht. Von wegen fit, ich spüre jeden Muskel und noch ein paar, von denen ich gar nicht wusste, dass es sie gibt. Karin streckte sich mit einem leisen Seufzen. Ja, sie spürte ihren Körper, und sie war müde. Müde, aber glücklich und zufrieden.

So glücklich und zufrieden wie in den letzten Tagen war sie schon seit Jahren nicht gewesen. Und der Grund dafür hatte einen Namen: Henry. Sie kannte ihn schon so viele Jahre lang. Aber das stimmte auch wieder nicht. Sie hatte nur das Bild gekannt, das Henry sorgfältig von sich geschaffen hatte. Ein Bild, das ihn vor allzu viel Nähe durch seine Mitmenschen bewahrte. Der schrullige Alt-Hippie war sein Schutzschild. Doch er hatte sie hinter diesen Schutzschild schauen lassen. Und wenn sie ehrlich war, dann machte sie dieses Vertrauen sehr glücklich.

Karin nickte ihrem Spiegelbild zu, so als müsste sie sich selbst noch einmal darin bestätigen, dass sie recht hatte. Draußen in ihrem Wohnzimmer wartete Henry darauf, dass sie wieder aus im Badezimmer herauskam. Sie hatten Pläne für diesen Abend. Sie wollten ein Stück am Moselufer entlang spazieren gehen und dann in Karins Lieblingsweinlokal etwas trinken und essen. Der Tag im Bistro war lang und anstrengend gewesen, er hatte einen ruhigen Ausklang verdient.

***

Anders als im Frühling oder Sommer war der Uferweg in Cochem entlang der Mosel jetzt menschenleer. Karin hatte sich bei Henry untergehakt, und so gingen sie dicht nebeneinander durch den Winterabend. Den Fluss konnte man nur erahnen, dunkle Wellen ohne Schiffe oder Boote. Der Fluss hatte auch seine Jahreszeiten. Im Frühling und Sommer glitzerte das Sonnenlicht auf den Wellen, und das Wasser schien viel lebhafter zu fließen. Jetzt, im Winter, war der Fluss träge und nebelgrau, verströmte eine stoische Ruhe.

Sie genoss die Ruhe und das gemeinsame Schweigen. Wer hätte gedacht, dass man mit Henry so gut schweigen kann, überlegte sie.

»Woran denkst du gerade, Karin?«

Für einen Moment war sie versucht, irgendetwas zu antworten, etwas Belangloses, aber das hätte nicht ihren Gefühlen entsprochen. »Ich habe gerade überlegt, dass man mit dir gut schweigen kann.«

»Hoppla, da kommt meine Frage ja gerade zum unpassendsten Moment.« Henry lachte leise.

»Nein, das geht schon in Ordnung. Du hast gefragt, und ich habe dir eine ehrliche Antwort gegeben. Aber das ist nur ein Teil der Wahrheit, tatsächlich habe ich heute Abend nicht nur daran gedacht, dass man mit dir gut schweigen kann, sondern dass ich in den letzten Tagen so glücklich und zufrieden war wie schon sehr lange nicht mehr. Und …«, Karin zögerte. Es war eine Sache, die Wahrheit zu kennen, und eine andere, sie auszusprechen.

»Und was?«

»Und das liegt daran, dass ich mit dir zusammen bin, Henry.«

Karin erwartete, dass er lachen, einen seiner charmanten kleinen Scherze machen würde, um die Verlegenheit zu überspielen, aber Henry seufzte lediglich und drückte sanft ihre Hand. »Das, Karin, ist das Schönste, was ich seit Jahren gehört habe.«

Karin legte den Kopf an seine Schulter und genoss den Moment.

***

Karin nahm eine Baguettescheibe und strich etwas Kräuterbutter darauf, bevor sie von dem Brot abbiss. »Mmh, das hat gut geschmeckt«, sagte sie, »die Kräuterbutter ist großartig, dass ich diese zusätzliche Scheibe nehme, ist die nackte Gier.«

»Ich habe gehört, dass man hier das Brot noch selber backt und dass schon etliche französische Touristen ganz neidisch auf dieses Baguette gewesen sind. Und aus eigener Erfahrung kann ich sagen, ja, ich habe schon in Paris schlechteres Brot gegessen. Tja, das kommt eben davon, wenn man unbedingt in Frankreich wohnen will statt in unserem schönen Moseltal.« Henry lächelte verschmitzt. »Das ist ein sehr schöner Abend mit dir, Karin.«

Karin legte das kleine Buttermesser beiseite und griff nach Henrys Hand. »Ja, das ist er.«

Henry rückte auf der Bank ein wenig von ihr ab, griff mit

einer Hand in die Innentasche seines Tweed-Sakkos und holte eine kleine Schachtel heraus. »Ich hatte gehofft, dass sich heute der richtige Moment findet, dir das hier zu schenken.«

Karin ließ Henrys Hand los griff nach der Schachtel. Vorsichtig öffnete sie den Deckel. Auf schwarzem Samt lagen zwei zierliche, in Silber gefasste Ohrstecker. Ein winziger, dunkelblau schimmernder Saphir war umgeben von einem kleinen Ring weißer Diamantsplitter.

»Henry, das kann ich unmöglich annehmen.«

»Gefallen sie dir nicht?«

»Doch, natürlich, sie sind wunderschön.«

Henry lächelte breit. »Nun, dann wüsste ich nicht, was dagegenspricht, dass du sie annimmst. Ich habe diese Ohrstecker vor vielen Jahren in Frankreich für den Laden angekauft, und ob du's glaubst oder nicht, ich habe mich nie überwinden können, sie wieder zu verkaufen. Vielleicht sollte es nicht so sein. Vielleicht haben diese Ohrstecker auf eine ganz besondere Frau gewartet – auf dich, Karin. Seit ich dich kenne, trägst du ausschließlich deine Ohrstecker mit einer einzelnen Perle. Schlicht, elegant und zurückhaltend. Diese Stecker sind anders: Sie sagen: Lebe wild und gefährlich.«

»Wild und gefährlich? Ich? Dr. Heinrich Hieronymus Daniels, du bist ja verrückt. So einem Mann wie dir bin ich noch nie begegnet.«

»Heißt das, du nimmst mein Geschenk an?«

»Ja, Henry, das werde ich.« Karin löste die Ohrstecker mit der Perle aus ihren Ohrläppchen, legte sie vorsichtig in den Deckel des Kästchens und ersetzte sie durch die neuen Ohrstecker. Sie drehte den Kopf zu Henry. »Was sagst du? Stehen Sie mir?«

»Sie passen wunderbar zu deinen Haaren.«

Karin rutschte auf der Bank näher zu Henry und küsste ihn sanft. Zärtlich strich sie ihm mit der Hand über die Wange. »Und du meinst, das gelingt mir – wild und gefährlich zu leben?«

»Davon bin ich überzeugt. Du kannst alles, was du dir vornimmst, Karin.«

»Vielleicht brauche ich dabei deine Hilfe.«

»Ich wüsste nicht, was ich lieber täte. Ich bin da, versprochen.« Und er besiegelte dieses Versprechen mit einem weiteren Kuss.

Endlich lösten sie sich voneinander und saßen eine Zeit lang einfach nur da, jeder in seine Gedanken versunken, bis Karin plötzlich leise auflachte.

»Was ist los?«, fragte Henry.

»Oh, nichts. Nichts Wichtiges, meine ich. Ich habe mir lediglich die erstaunten Gesichter von Rita, Heidi und Sophie vorgestellt, wenn wir zusammen, Hand in Hand, zur Weihnachtsfeier erscheinen. Denn eines ist klar, mein Lieber, dein Einsiedlerdasein ist seit heute Abend beendet.«

»Das ist wilder und gefährlicher, als ich mir vorgestellt habe«, murmelte Henry und zog sie noch näher an sich heran.

»Daran hättest du früher denken sollen. Jetzt ist es zu spät.«

Blonde Haare

»Sophie, ich habe noch einmal die Bautrockner überprüft und die Wassertanks geleert – die können jetzt in den nächsten Stunden so weiterlaufen.« Peter stand im Wohnzimmer, seine Winterjacke in der einen Hand, die Autoschlüssel in der anderen. Sophie schaute von den Buchhaltungsunterlagen hoch, die sie gerade auf dem großen Esstisch sortiert hatte. Als sie Peter mit Jacke und Schlüssel sah, stutzte sie. »Musst du noch mal weg?«

»Äh, ja … hatte ich doch erzählt, da ist dieses Vorbereitungstreffen mit der Messe München.«

Nein, davon hast du nichts erzählt, dachte Sophie. Schon das kurze »äh ja« bewies ihr, dass Peter sehr wohl wusste, dass er sich auf dünnem Eis bewegte. »Aber wie soll das gehen? Wir hatten doch vereinbart, dass du heute Nachmittag im Homeoffice arbeitest und flexibel Feierabend machen kannst. Schließlich wollen wir den Weihnachtsball im Gemeindesaal vorbereiten.«

»Guter Jesus, der Weihnachtsball, ich denke, der ist erst morgen?«

»Natürlich ist der erst morgen, aber wir haben versprochen, dass wir bei den Vorbereitungen helfen. Sarah kommt heute extra etwas früher. Und weil noch nicht ganz klar ist, wann die Engländer von ihrer Moseltour zurück sein werden, haben wir ausgemacht, dass Katie bei uns anruft, sobald sie absehen kann, wann der Bus im Dorf eintreffen wird. Ich kann nur begrenzt mithelfen, weil ich auch hier im Bistro gebraucht werde, aber du wolltest dafür mit anpacken.«

»Ich habe den Termin für das Gespräch mit München nicht ausgemacht, den hat man mir spontan aufs Auge gedrückt.«

»Aber du hast doch schon öfter mit den Messeverantwortlichen verhandelt, ohne dass du dafür wegfahren musstest. Was ist denn heute anders?« Sophie bemerkte selbst, wie gekränkt und vorwurfsvoll sie klang, und Peter, das sah sie deutlich, fühlte sich auch unbehaglich. War da noch mehr als nur das schlechte Gewissen, ein Versprechen nicht einhalten zu können?

»Sieh mal, Sophie, nach dem Termin muss ich mich noch mit dem Team absprechen, das geht nun mal schneller, wenn alle vor Ort sind.«

»In den letzten Wochen sieht dich dein Team mehr als deine Familie.«

»Komm, Sophie, das ist unfair …«

»Nein, Peter. Unfair ist es, wenn wir erst eine Vereinbarung treffen und anderen eine Zusage machen und sie dann nicht einhalten.«

»Ihr werdet das Schmücken des Saals auch ohne mich gut schaffen.«

»Darum geht es doch gar nicht.«

Peter trat zu ihr und küsste sie sanft auf die Wange. »Ich weiß, Sophie, und es tut mir auch leid, dass ich nicht an die Vorbereitungen gedacht habe. Aber ich verspreche, dass ich mich beeile. Wenn es mit dem Verkehr gut geht, komme ich allenfalls eine halbe Stunde zu spät. Okay?«

»Also gut. Ich kann dir schließlich nicht verbieten, dich am späten Nachmittag mit Kunden zu besprechen.«

»Tust du ja auch nicht, und ich verspreche, dass ich künftig immer an unsere gemachten Zusagen denken werde.« Peter küsste sie noch einmal und eilte dann aus dem Haus.

Ich werde jedenfalls unsere Zusage einhalten, dachte Sophie trotzig, als sie Peters Auto vom Hof fahren hörte. Das bin ich den anderen schuldig, weil sie in den letzten Tagen so bereitwillig mitgeholfen haben, die Folgen des Feuers zu beseitigen. Sophie rechnete im Kopf nach, wie viel Zeit ihr noch blieb, bevor sie Lisa aus der Kita abholen musste. Diesen Stapel Belege würde sie noch schaffen, aber dann musste sie sich beeilen.

***

Eine halbe Stunde später lief Sophie hoch ins Schlafzimmer, um sich etwas Wärmeres anzuziehen. Möglicherweise wird Katie anrufen, während ich zur Kita unterwegs bin, dachte sie, besser, ich richte mich darauf ein, dass ich mit Lisa direkt zum Pfarrsaal weiterfahre. Sophie entschied sich für eine ältere Jeans und ein warmes Kapuzensweatshirt, dazu ihre alten Turnschuhe, mit denen fühlte sie sich sicherer, wenn sie auf eine Leiter steigen musste. Als sie in dem begehbaren Kleiderschrank nach dem Sweatshirt angelte, fiel ihr Blick auf Peters blaues Sakko, das achtlos über eine Stuhllehne geworfen worden war. »Das gute Sakko«, murmelte sie, »das wird doch ganz zerknittert. Mensch, Peter, du musst wirklich besser auf deine Sachen aufpassen.«

Sophie nahm einen breiten Kleiderbügel aus Peters Schrankhälfte und hängte das Sakko auf. Sie wollte den Schrank schon schließen, als sie die blonden Haare auf der Schulterpartie des Sakkos bemerkte. Mit spitzen Fingern zupfte sie die Haare vom Stoff und ließ sie angewidert in den kleinen Papierkorb fallen, in den sonst Peter seine nicht mehr benötigten Notizzettel aus seinen Hosentaschen warf.

»Mhm, für meinen Geschmack kommt diese neue blonde Kollegin Peter eindeutig zu nahe«, dachte Sophie. Nachdenklich fuhr sie mit der Hand über die Brusttasche des Sakkos. In der knisterte Papier. Sophie zögerte, dann griff sie in die Tasche und zog einen Zettel heraus. Es war einer dieser quadratischen Notizzettel, die Peter immer verwendete. *Merle anrufen* stand da in Peters Handschrift und darunter ein Datum mit dem Zusatz *Rosen für Merle.*

»Rosen für Merle, wie jetzt?« Sophie schnaubte empört, dann aber begriff sie, welches Datum da auf dem Zettel stand. »Das ist ja heute. Von wegen, der Termin kam ganz plötzlich. Dass du Rosen kaufen musst, daran hast du aber schon früher gedacht.«

Wut und Enttäuschung grummelten in ihr. Sie streifte sich schnell das Sweatshirt über, steckte den Notizzettel in die Hosentasche und lief zurück ins Wohnzimmer. Winterjacke, Handtasche, Autoschlüssel, Handy – alles griffbereit. Während sie draußen zu ihrem Auto lief, wählte sie Peters Büronummer.

»ETA Consulting, Apparat von Metten, Hans Meiner, guten Tag.«

Hans war Peters langjähriger Kollege. Komisch, warum ging der bei Peter ans Telefon?

»Hans? Hallo, hier ist Sophie. Kann ich kurz mit Peter sprechen?«

»Peter? Nee, der ist nicht da.«

»Aber er müsste längst in der Agentur sein.«

»Warum? Er hat doch gestern ausdrücklich Überstundenabbau im System eingetragen. Stimmt was nicht?«

Sophie überlegte kurz, ob sie Hans nach dem Gespräch mit der Messe München fragen sollte, aber verzichtete dann doch darauf. Stattdessen hörte sie sich selber sagen. »Nein, nein, es ist alles in Ordnung. Ich glaube, Peter wollte nur noch schnell etwas von seinem Schreibtisch holen, ich dachte, er wäre schon da. Ich denke, das hängt mit Merle, eurer neuen Kollegin, zusammen. Peter hat da so was angedeutet.«

»Sophie, ich verstehe kein Wort. Welche neue Kollegin denn? Wir haben keine Merle in der Agentur.«

»Oh, dann habe ich wohl den Namen falsch verstanden. Ich dachte … ach, egal.«

»Soll ich ihm etwas ausrichten? Ich meine, wenn er wirklich an seinem freien Nachmittag vorbeikommen sollte?«

»Nein, Hans, nicht nötig. Ich schreib ihm gleich eine kurze Nachricht.« Sophie beendete das Telefonat, blieb vor ihrem Auto stehen und legte die Stirn an das kalte Metall des Türrahmens. Peter hatte gar nicht vor, in die Agentur zu fahren. Überstundenabbau – wofür? Um sich mit der blonden Merle zu treffen, die ihm so nahe kam, dass ihre Haare auf seiner Schulter zurückblieben? ›Wir haben keine Merle in der Agentur.‹ Wütend stieg Sophie ins Auto und schmetterte die Tür zu. Rosen für Merle. Es gab eine Menge Fragen, auf die sie von Peter Antworten haben wollte. Wenn sie jetzt darüber nachdachte, wie Hans eben am Telefon ganz offensichtlich überhaupt nichts über Peters Aktivitäten gewusst hatte, war sie sich nicht sicher, ob ihr Peters Antworten gefallen würden.

»Hoffentlich hast du ein paar gute Gründe für dein Verhalten, Peter«, murmelte sie und fuhr los. Als sie vom Hof auf die Straße abbiegen wollte, hupte es laut. Sophie bremste heftig und würgte dabei den Motor ab. Der weiße Transporter eines Paketdienstes kurvte knapp um sie herum. Sophie schloss die Augen und atmete einmal tief durch. Konzentrier dich, befahl sie sich, niemandem ist damit geholfen, wenn du jetzt einen Unfall baust. Ihr Handy auf dem Beifahrersitz klingelte.

»Hallo, Peter, ich …«

»Hi, Sophie, ich bin es, Katie. Sorry, ich wollte nur sagen, dass wir in spätestens einer halben Stunde eintreffen werden. Alles in Ordnung bei dir?«

Wie gern hätte Sophie jetzt laut »Nein« geschrien, aber stattdessen sagte sie: »Ja, klar. Eine halbe Stunde sagst du? Gut, dann sehen wir uns im Pfarrsaal der Kirche. Bis gleich.«

Sophie warf ihr Handy zurück auf den Sitz. Sie startete den Motor neu, und diesmal achtete sie darauf, wer auf der Landstraße unterwegs war.

Ein letzter Cha-Cha-Cha

Tom Jones' *Sex Bomb* füllte den großen Saal, in dem allerdings – anders als in den Abendkursen – nur ein einziges Paar einen Cha-Cha-Cha tanzte. Als die Musik endete, blieb das Paar noch für einen Moment auf der Tanzfläche stehen, bevor sie sich voneinander lösten.

Merle Brinkmann klatschte anerkennend. »Ganz klasse, Peter. Körperspannung, die Drehungen, vor allem die letzte Figur. Ich liebe es, wenn ein Schüler solche Fortschritte macht.«

Peter, der vor Merle auf der Tanzfläche stand, verbeugte sich leicht. »Danke für das Lob, du bist eben eine gute Lehrerin.«

Zusammen gingen sie zurück zur Theke, wo Merle am Mischpult die Tonanlage ausschaltete. »Das war es, Peter. Ein letzter Cha-Cha-Cha. Unsere Privatstunden sind zu Ende.« Sie beugte sich vor und schnupperte an den gelben Rosen, die Peter ihr zu Beginn der Stunde überreicht hatte und die jetzt in einer Vase am Rand der Theke standen. »Und herzlichen Dank für die Blumen, das wäre doch nicht nötig gewesen. Mmh, die duften sogar.«

»Die Rosen waren schon deshalb nötig, weil kein Honorar

der Welt die blauen Flecken auf deinen Füßen wiedergutmachen kann.« Peter grinste verlegen.

»Berufsrisiko einer Tanzlehrerin. Aber das passiert dir ja nicht mehr, auch das hast du am Ende gelernt. Was sagt denn deine Frau zu den neu erworbenen Fähigkeiten ihres Gatten?«

»Das ist leider ein großes Problem. Weißt du, Merle, das Ganze sollte ja eine Überraschung für Sophie werden, aber in den letzten zwei Wochen ist bei uns im Dorf und zu Hause so viel passiert. Ich habe mir die Zeit für den Tanzunterricht sozusagen gestohlen, und ich musste mehr als einmal lügen, damit Sophie nichts merkt. Mittlerweile hängt der Haussegen richtig schief. Wahrscheinlich denkt sie, ich hätte ein Verhältnis.« Peter seufzte und hob hilflos die Hände. »Ich habe es gut gemeint und dabei den Karren offenbar voll gegen die Wand gefahren.«

»Ach, Peter, du hättest sie doch einfach einweihen können. Klartext reden ist gar nicht so schwer.«

»Ja, aber dann wäre die ganze Überraschung dahin gewesen … okay, ich weiß schon, eine Überraschung, die auf Lügen aufbaut, ist eine blöde Idee.«

»Genau, sehe ich auch so. Aber ich habe eine Idee. Warte mal.« Merle griff unter die Theke und kramte aus einer Kiste eine CD heraus. »Hier, ein Geschenk des Hauses. Alles tanzbare Nummern, leg die CD ein, fordere deine Frau zum Tanz auf und überrasche sie. Rosen solltest du auch dabeihaben – rote natürlich. Und bestelle ihr schöne Grüße von mir. Ich würde sie gern mal kennenlernen. Vielleicht kommt ihr bald zusammen vorbei, in meinem Tanzclub ist noch Platz.«

»Das ist keine schlechte Idee. Vielleicht im neuen Jahr.« Peter griff nach der CD. »Ich danke dir jedenfalls für alles, auch für die CD. Ich muss mich jetzt wirklich beeilen.«

»Wartet das Abendessen auf dich?«

Peter schüttelte lächelnd den Kopf. »Nein, ein Pfarrsaal muss für einen Weihnachtsball geschmückt werden. Und wenn ich mich richtig beeile, dann werde ich sogar fast pünktlich dort sein.«

Aber ich liebe dich doch

Im Pfarrsaal der St.-Antonius-Kirche herrschte eine aufgeregte Heiterkeit. Die englische Reisegruppe war zwar den ganzen Tag an der Mosel unterwegs gewesen und hatte unter anderem die Innenstadt von Trier besucht, aber von Müdigkeit war bei den Gästen nichts zu bemerken. Simon und Michael nahmen unermüdlich Videosequenzen für ihren Blog auf, David ließ sich lachend von Marie und Lisa durch den Saal jagen, und ein paar Vertreterinnen des Müttervereins kümmerten sich um Geschirr und Gläser für das große Büfett.

»Sophie, was ist mit dir los? Immer wenn du dich unbeobachtet fühlst, machst du ein Gesicht, als wäre in diesem Jahr die Weihnachtsbescherung abgesagt worden.« Leonie baute sich vor Sophie auf und musterte sie besorgt. Sophie, die auf einem der Tische saß, um eine kurze Pause zu machen, rückte ein Stück zur Seite, damit ihre Freundin ebenfalls Platz hatte.

»Ich habe jetzt schon zweimal auf Peters Kleidungsstücken blonde Haare gefunden, außerdem diesen Zettel hier.« Sophie kramte die Notiz aus ihrer Hosentasche und reichte ihn Leonie, die ihn las und dann einen stummen Pfiff ausstieß. »Wer ist denn Merle?«, fragte Leonie.

»Gute Frage. Ich weiß es nicht. Schon neulich hat er mir

etwas von einer neuen Kollegin erzählt. Ich habe aber inzwischen herausgefunden, dass es bei ihm im Büro gar keine neue Kollegin namens Merle gibt. Leonie, Peter hat mich angelogen. Wegen einer Frau. Was kann das bedeuten, außer, dass er eine andere hat?« Sophies Stimme zitterte. »Und heute hat Peter behauptet, dass er am späten Nachmittag ein Gespräch mit einem Kunden hätte, nur, er ist nicht in der Agentur. Ich habe dort angerufen …« Eigentlich hatte Sophie gar nicht vorgehabt, mit irgendjemandem darüber zu sprechen, aber sie merkte auch, dass die Wut in ihr immer größer wurde. Leonie war eine Freundin, eine gute Freundin. Und mit wem, wenn nicht mit einer Freundin, sollte man über solche Dinge sprechen, dachte Sophie.

»Für das alles könnte es eine ganz einfache Erklärung geben.«

Sophie lachte verbittert auf. »Ja klar, zum Beispiel, dass Peter es satthat, sich mit Frau und Kind herumzuschlagen.«

»Aber Sophie! Das ist doch kompletter Blödsinn. Entschuldige bitte, aber das muss ich jetzt mal so deutlich sagen. Ich kenne Peter zwar nicht so lange wie du und bin nicht mit ihm verheiratet, aber eine Affäre ist das Letzte, was ich mit ihm in Verbindung bringe.«

»So geht es mir ja auch, und ich will das alles gar nicht denken«, stöhnte Sophie, »aber diese ganzen Abendtermine in letzter Zeit, wer sagt mir denn, ob er an den Tagen wirklich in der Agentur war? Und die blonden Haare bleiben ein Fakt, genauso wie dieser Zettel da. Das bilde ich mir ja nicht ein.«

»Das schon, aber über den Rest solltest du wirklich noch mal nachdenken.«

»Worüber soll die Frau meines Herzens nachdenken?«, tönte eine Stimme hinter den beiden Frauen. Peter war in den Saal gekommen und hatte den letzten Satz von Leonie wohl noch gehört.

Die legte kurz die Hand auf Sophies Arm und raunte: »Im

Zweifelsfall für den Angeklagten, denk daran. Ich lasse euch jetzt mal allein.« Sie rutschte vom Tisch und ging durch den Saal davon. Peter nahm ihren Platz neben Sophie ein, küsste sie auf die Wange und stutzte kurz, denn Sophie funkelte ihn finster an.

»Oh, bist du immer noch sauer auf mich?«, fragte Peter besorgt.

Sophie schloss kurz die Augen. Als sie sie wieder öffnete, schwammen Tränen darin. »Sag mir die Wahrheit. Wer ist Merle? Warum finde ich blonde Haare auf deiner Kleidung? Und warum belügst du mich?«

»Sophie, ich kann dir das erklären …«

»Peter, du warst gar nicht in der Agentur. Ich habe dort angerufen. Du hattest heute frei, also frage ich dich noch einmal: Warum belügst du mich?«

Peter sackte in sich zusammen und wischte sich mit der Hand über das Gesicht. »Genau das hatte ich befürchtet. Ich bin ein solcher Idiot, ich hätte es dir längst erzählen sollen. Sogar Merle hat mir dazu geraten.«

Er wollte nach ihrer Hand greifen, doch Sophie zog sie weg und verschränkte die Finger in ihrem Schoß. Sie zog die Schultern hoch und sah aus, als müsse sie sich vor Schlägen schützen. Heiser flüsterte sie: »Also hast du ein Verhältnis.«

»Blödsinn! Natürlich nicht! Es gibt nur eine Frau, die ich liebe, und das bist du, Sophie.« Peter war lauter geworden, Sophie bemerkte, wie sich die ersten neugierigen Gesichter zu ihnen umdrehten.

»Rede ruhig noch ein bisschen lauter, dann können wir uns auch gleich auf die Bühne stellen und dem ganzen Saal verkünden, wie es um unsere Ehe steht«, zischte Sophie.

»Mir ist egal, was die anderen denken, mir geht es vor allem darum, dass du mir glaubst. Also ich … ach was, ich zeig es dir.«

Peter griff in seine Jackentasche und lief zum anderen

Ende des Saals. Sophie schaute ihm verwirrt hinterher. Was hatte er nur vor? Sie sah, wie Peter sich mit Rainer Baumann unterhielt, ihm etwas in die Hand drückte und dann zurück zu ihr kam. Er hatte noch nicht ganz den Weg zu ihr zurückgelegt, da knackte es schon in den Saallautsprechern, alle schauten verwundert hoch zu den Boxen, und dann tönte Norah Jones' *Come Away With Me* durch den Saal.

Mit einem verlegenen Lächeln stand Peter vor ihr und streckte die Hand nach ihr aus.

»Darf ich bitten?«

»Sag mal spinnst du jetzt komplett?«

»Nein, ich will dir nur zeigen, warum dein Mann, der dich über alles liebt, sich wie ein kompletter Idiot benommen hat. Ich dachte, es wäre eine tolle Überraschung, wenn ich dir bei nächster Gelegenheit mal nicht auf die Füße trample.«

»Peter … ich …«

»Sophie, vertrau mir. Ich hatte keine Affäre, ich hatte Tanzstunden in Koblenz, und Merle Brinkmann ist meine Tanzlehrerin gewesen, der ich heute zum Abschluss der privaten Einzelstunden einen Strauß gelber Rosen geschenkt habe. Rote Rosen habe ich übrigens auch dabei, die liegen noch im Auto, damit wollte ich dich gleich überraschen. Und jetzt komm bitte, sonst ist das Lied vorbei, und ich kann keinen langsamen Walzer mit dir tanzen.«

Sophie rutschte vom Tisch und ergriff Peters Hand. Der zog sie in Tanzposition, achtete für einen Moment auf die Musik und den Takt und begann zu tanzen. Verblüfft stellte Sophie fest, dass er gar kein Kommando gegeben hatte und sie trotzdem genau im Takt mit den Schritten begannen. Peter führte hervorragend, schon nach wenigen Takten erinnerte sich Sophie an Figuren, die sie früher in der Tanzschule gelernt hatte, und war überrascht, wie er sie plötzlich in ein Damensolo mit anschließender Promenade führte.

»Du hast wirklich Tanzstunden genommen«, sagte Sophie und klang dabei so ungläubig, dass Peter lachen musste.

»Ja, das habe ich, und ich dachte, es wäre leicht, die Stunden zwischen der ganzen Arbeit zu verstecken, um dich zu überraschen. Aber das war der größte Fehler, den ich machen konnte. Ich wollte dich nicht belügen, und schon gar nicht verletzen.«

»Du bist wirklich ein Kindskopf, aber du tanzt wunderbar.« Und dann beschloss Sophie zu schweigen, sich von Peter, der sie voller Liebe anstrahlte, führen zu lassen und nichts anderes zu tun, als diesen einen Tanz zu genießen.

Stille Nacht, heilige Nacht

Der schlichte Pfarrsaal der St.-Antonius-Kirche hatte sich verwandelt – und zwar in den Ballsaal eines Weihnachtsmärchens. Dort, wo sonst Ausschusssitzungen, Kirchenchorproben und der Handarbeitskreis des Müttervereins stattfanden, strahlten jetzt vier große, festlich geschmückte Weihnachtsbäume. Lichterketten zogen sich funkelnd an den Wänden entlang. Der Rand der Bühne am Ende des Saals war mit einer Tannengirlande geschmückt, auf den Tischen lagen Kränze aus Stechpalmenzweigen, und Dutzende von Kerzen verbreiteten warmes Licht.

Jeder, der den Saal betrat, blieb für einen Moment staunend stehen. So ging es auch Sophie, die mit Peter und Lisa in den Saal kam. Sofort wurden die drei freudig begrüßt.

»Sophie, Peter, great to see you, wie wäre es mit eine Becher von unsere original English Weihnachtspunsch?«, begrüßte Ellen die drei. »Hi, Lisa, für dich habe ich eine Keks.«

Es dauerte nicht lange, da waren Sophie und Peter von den englischen Gästen umringt. »Ihr habt gestern Abend aber wirklich lange gearbeitet«, lobte Sophie, »so schön sah das alles noch gar nicht aus, als wir gegangen sind.«

»Johannes und ein paar Männer von die Dorfverein haben später noch die Bäume aufgestellt«, erklärte David.

Und Simon, der bereits wieder sein Tablet für die nächsten Videoaufnahmen bereithielt, ergänzte: »Oh, ich liebe die German Weihnacht. Und St.-Nicholas-on-Sea liebt sie auch. Die Zuschauerzahlen für unser Video-Blog, sie gehen durch die Decke. Ihr müsst unbedingt bald schon eine Besuch bei uns machen.«

»Versprochen«, erwiderte Peter. »Schaut mal, da drüben sind die anderen.«

Katie, Heidi, Leonie, Jan und Marie sowie Rita mit ihrem Gatten betraten den Saal. Auch sie blieben für einen Moment stehen und bewunderten die prachtvolle Dekoration. Lisa zog die Hand aus Peters und rannte durch den Saal auf ihre ältere Freundin zu.

»Oh, entschuldigt uns für einen Moment, wir wollen nur kurz unsere Freunde begrüßen« sagte Sophie zu den Engländern.

»Natürlich, geht nur«, antwortete Ellen.

Es war eine herzliche Begrüßung, und Sophie hatte das Gefühl, dass diese Menschen hier, Heidi, Rita, Leonie und die anderen, so etwas wie ihre Familie waren. Da gab es eine Zuneigung, ein tiefes Vertrauen – richtige Freundschaft eben.

»Sagt mal, habt ihr Karin und Henry gesehen?«, fragte Peter in die Runde. »Sie sind doch auch eingeladen.«

»Die beiden müssten jeden Moment hier sein«, erwiderte Rita, »wir haben Henrys Auto schon gesehen.«

»Ich hoffe, ihr redet nur Gutes über mich«, tönte es von der Tür her. Henry und Karin hatten den Saal betreten. Er in einem gut sitzenden Tweedanzug und Karin in einem langen nachtblauen Seidenkleid. Das tief ausgeschnittene Kleid sorgte bei Heidi, Rita und Sophie für Stielaugen, Peter aber bemerkte sofort das viel wesentlichere Detail. Er stupste Sophie leicht in die Seite und deutete mit einem kurzen Kopfnicken auf die beiden. Und da sah es auch Sophie: Henry und Karin hielten sich wie zwei verliebte Teenager an den Händen. Sophie schaute Karin fragend an und zog dabei eine Augenbraue hoch, die verstand die stumme Frage und nickte nur strahlend.

»Gott sei Dank, lieber Henry, du hast es also endlich getan«, erklärte Rita und klatschte begeistert in die Hände. »Ich habe ja befürchtet, das würde nie etwas mit euch beiden.«

»Jetzt tu nicht so, als hättest du das alles schon geahnt«, erwiderte Karin mit einem sanften Lächeln, das ihr Gesicht gleich viel weicher und anmutiger aussehen ließ.

»Natürlich habe ich das. Eigentlich schon seit Jahren«, verteidigte sich Rita, »aber ich kann mich schließlich nicht um alles kümmern.«

Ritas Satz ging in dem lauten Lachen der Runde unter, und bevor Henry oder Karin noch Zweifel an der Weitsicht ihrer Freundin äußern konnten, betraten Armin Overhofen-Dümpels und Karl-Friedrich Serghein die Bühne. Armin ergriff das Wort.

»Liebe Wümmerscheid-Sollensbacher, liebe englische Freunde. Wir möchten euch ganz herzlich im Namen des Stadtrats und des Dorfvereins zu unserem heutigen Weihnachtsball begrüßen. Es dauert keine Woche mehr, und dann ist Weihnachten. In diesem Jahr haben wir die Tage vor dem Fest ganz besonders intensiv erlebt, und dafür danken wir dir, liebe Ellen, stellvertretend für unsere englischen Freunde.«

Jetzt übernahm Karl-Friedrich das Mikrofon. »Erst durch euch haben wir einmal mehr erkannt, wie viele schöne Weihnachtstraditionen wir in unserem Dorf haben und dass die in der Hektik der Vorweihnachtszeit manchmal in Vergessenheit geraten.«

»Jo, zum Beispiel gehackte Trockenfrüchte und Nüsse irreführend als Fleisch zu bezeichnen«, tönte es aus einer Ecke des Saals.

Anstelle der beiden Ortsvorsteher antwortete Ellen Jones:

»Wer braucht minced meat, wenn er Johannes' gutes Mett mit die Kräuter haben kann?«

Der ganze Saal lachte. Die beiden Ortsvorsteher wechselten einen kurzen Blick, dann holten sie zusammen von der Bühnenseite eine Staffelei, die mit einem Samttuch verhängt war. »Wir haben ein Geschenk für euch, liebe Ellen, und wir hoffen, es wird in St.-Nicholas-on-Sea einen passenden Platz finden«, erklärte Armin. Karl Friedrich zog das Tuch herunter. Auf der Staffelei stand ein großes gelbes Ortsschild mit der Aufschrift *St.-Nicholas-on-Sea. Weihnachtspartnerstadt von Wümmerscheid-Sollensbach.*

Tosender Beifall erfüllte den Pfarrsaal. Ellen kam auf die Bühne und nahm das Ortsschild strahlend entgegen. »Danke, vielen, vielen Dank. Wir hoffen, ihr werdet im nächsten Jahr uns in England besuchen. Dann zeigen wir euch, dass wir für die Schild eine Platz gefunden haben. Wir haben auch noch eine Geschenk, für eine ganz besondere Frau in diese Saal. Wir haben eine Geschenk für Sophie.«

Ein Raunen ging durch das Publikum, die Ersten klatschten begeistert. Sophie schaute Peter ratlos an, der zuckte nur mit den Schultern. »Ich weiß von nichts, geh nur«, sagte er.

Unter Beifall betrat Sophie die Bühne.

»Du hast uns so herzlich aufgenommen, Sophie, wir wollen dir eine kleine Freude machen«, erklärte Ellen. »Bitte schön, wir durften es in der Werkstatt von Hermann Weibold selber mit erstellen.«

»Ja«, rief Hermann Weibold von unten aus dem Saal, »sie durften an der CNC-Fräse selber den Text eintippen.«

Simon und Michael trugen ein großes Holzbrett nach vorne. Mit strahlenden Gesichtern drehten sie die Vorderseite des Schildes nach vorne zum Saal. *Das kleine Café an der Muhle* stand da zu lesen, in schönen geschwungenen Lettern. Leises Kichern im Publikum.

»Das ist aber lieb von euch«, freute sich Sophie, »das Schild wird einen Ehrenplatz im Café bekommen.«

Hermann Weibold winkte dezent Sophie zu sich und wisperte ihr ins Ohr: »Um das Ü in ›Muhle‹ kümmere ich mich später, wir tun so, als hätten wir das nicht gesehen.«

Sophie umarmte Ellen und ging dann zu Simon und Michael, die ihr das Schild hinterhertrugen. Ellen aber war noch nicht fertig. »Liebe Freunde. Wir haben in den letzten Tagen so viele schöne Dinge erlebt, dass wir wollen euch heute Abend ein Stück English Christmas vorstellen. Dafür bitte ich alle hier auf die Bühne.«

Die ganze englische Reisegruppe kam nach vorne. Sie baute sich zu einem Chor auf, und auf ein Zeichen von Ellen begannen alle zu singen. *O Come, All Ye Faithful*, tönte es durch den Saal. Als das Lied zu Ende war, verbeugten sich alle.

»Nun, da können wir gegenhalten«, erklärte eine Stimme aus dem Hintergrund, und nur wenige Augenblicke später formierten sich die Wümmerscheider Goldkehlen im hinteren Teil des Saals. Offenbar hatte der Gesangsverein für diesen Abend etwas ganz Neues einstudiert. *Nikolaus kommt heut' Nacht ins Dorf*, eine deutsche Textversion des bekannten *Santa Claus is coming to town*, gefolgt von *Fahre heim ins Dorf* und *Was ich mir nur wünsche, bist du.*

»Meinst du, Chris Rea und Mariah Carey hätten ihre Freunde an den Goldkehlen-Versionen ihrer Hits?«, flüsterte Peter Sophie zu, die wieder neben ihm stand.

»Der gute Wille zählt«, gab Sophie zurück, »aber ich hoffe, wir können bald tanzen. Ich möchte die neuen Schuhe testen.«

Sie blickte verzückt auf die Tanzschuhe, die ihr Peter noch am Abend zusammen mit den Rosen überreicht hatte.

»Gefallen sie dir auch wirklich?«

»Sie sind ganz wunderbar, mein Schatz. Zum Glück wird Elsie jeden Moment hier sein, um Lisa zu übernehmen und nach Hause zu bringen. Ich freue mich so auf diesen Abend. Igor und Melanie haben ja quasi darauf bestanden, dass ich mir freinehme. Ich wünschte nur, wir könnten endlich tanzen.«

Sophies Wunsch ging in Erfüllung. Die Wümmerscheider Goldkehlen beließen es bei den drei Stücken, und kurze Zeit später betraten die ersten Paare die Tanzfläche.

»Wollen wir, Liebling?«, fragte Peter.

»Mehr als alles andere.«

***

Es war weit nach Mitternacht, als der Weihnachtsball endete. Als Sophie und Peter den Pfarrsaal verließen, schneite es.

»Schau nur, wie idyllisch«, sagte Sophie. Wümmerscheid-Sollensbach lag vor ihnen, einzelne Lampen an den Häusern, Weihnachtsdekoration und Laternen schimmerten in der Nacht.

»Oh, wie wunderful«, erklärte David, der mit seiner Frau hinter den beiden nach draußen gekommen war. David ging zurück zur Saaltür und rief: »Kommt alle heraus. Es ist so schön hier.«

Es dauerte nicht lange, und die Engländer standen zusammen mit ihren deutschen Gastgebern auf dem Vorplatz des Pfarrsaals. Plötzlich ertönte eine einzelne Stimme, es war Katie, die mit einem klaren Sopran *Stille Nacht, heilige Nacht* anstimmte, und alle fielen mit ein. Unter den deutschen Text mischte sich das englische *Silent Night Holy Night*, und Leonie steuerte *Douce nuit, sainte nuit* bei.

»Es werden wunderschöne Weihnachten, Sophie«, raunte Peter in ihr Ohr.

Sie lehnte sich an ihn, spürte seine Wärme und ein unbeschreibliches Glücksgefühl. Stille Nacht … Wümmerscheid-Sollensbach lag zu ihren Füßen. Auf der anderen Seite oberhalb des Dorfes schimmerten die Lichter des Mühlenhofs. Ihr Zuhause. Sophie drehte sich um, legte Peter die Hände in den Nacken und besiegelte diese Nacht mit einem zärtlichen Kuss.

ENDE

Rezepte

Oreschki (»Nüsse«), Russisches Gebäck

Wenn man Igor Zwerovchtschikow glaubt, dann sind diese mit Karamellcreme gefüllten Nüsse das beste Gebäck auf der ganzen Welt.
Für die Zubereitung braucht man ein spezielles Waffeleisen, einen Nussbäcker, mit dem man je nach Größe des Geräts 12 oder 24 Nusshälften auf einmal bäckt.

Zutaten:
Teig:
400 g Mehl
100 g Zucker (wir nehmen braunen Rohrohrzucker)
250 g weiche Butter
2 Eier
1 P. Backpulver
1 P. Vanillezucker

Füllung:
150 g weiche Butter
1 Dose (ca. 400 g) gezuckerte Kondensmilch
Walnüsse

Zubereitung:
Aus allen Zutaten einen Knetteig herstellen. Den Teig in kleine, etwa kirschgroße Portionen teilen. Nusshälften goldbraun backen.
Die gezuckerte Kondensmilch kochen, bis sie karamellisiert

und goldbraun aussieht. Abkühlen lassen und mit der Butter zu einer Creme verrühren. Die Ränder der gebackenen Nusshälften abschneiden. Die Randreste fein mahlen und unter die Creme mischen. Die Nusshälften mit Creme füllen, ein Stückchen Walnuss einlegen und jeweils zwei Hälften zusammenkleben.
Ergibt ungefähr 60 Stück.

Tipps:
Bis die gezuckerte Kondensmilch karamellisiert und goldbraun aussieht, muss sie ziemlich lange kochen. Mit etwas Glück findet man fertige karamellisierte Kondensmilch im Handel, oft dort, wo es russische Lebensmittel gibt.
Das fertige Nussgebäck in einer gut schließenden Dose aufbewahren. Es lässt sich auch gut einfrieren.

Mincemeat

Ein Projekt für einen trüben Novembernachmittag.
Als Füllung für das traditionelle Weihnachtsgebäck, die Mince Pies, braucht man Mincemeat. Diese Mischung, die hauptsächlich aus Trockenfrüchten, kandierten Früchten, gehackten Nüssen, Alkohol und Gewürzen besteht, ist nicht schwierig herzustellen, braucht aber ein bisschen Zeit. Am besten schmeckt Mincemeat, wenn es vor der Verwendung etwa vier Wochen durchzieht.
Dieses alte, original englische Rezept hat Christine aus ihrer Zeit in Sheffield mitgebracht. Ursprünglich waren im Rezept alle Gewichte in britischen Pfund (lb) angegeben (1 lb sind 454 Gramm). Das Rezept stammt aus einem etwa hundert Jahre alten Kochbuch. Damals lebten viel mehr Personen in einem Haushalt, entsprechend großzügig sind die Mengen für die Zutaten bemessen. Mincemeat bereitet man in der Regel auf Vorrat zu. Es ist eine beliebte Füllung für verschiedene Arten von süßem Gebäck oder kann auch unter den Teig gemischt werden.

Zutaten (ergibt 7 lb oder 3,15 kg Mincemeat – daher eine ausreichend große Schüssel verwenden):
450 g Rosinen
450 g Sultaninen
450 g Korinthen
175 g Mischung von Orangeat und Zitronat
100 g abgezogene Mandeln
450 g Apfel
300 g geriebener Rindertalg
450 g brauner Zucker

1 Zitrone
1 gestr. TL gemahlener Zimt
1/2 gestr. TL gemahlene Muskatnuss
2 Gläschen Brandy, Rum oder Sherry

Zubereitung:
Rosinen und Sultaninen klein schneiden. Korinthen hinzufügen. Abgezogene Mandeln, Zitronat und Orangeat fein hacken und hinzufügen. Die Äpfel schälen, entkernen und raspeln. Rindertalg raspeln und dazugeben. Zucker untermischen. Gewürze, abgeriebene Zitronenschale, ausgepressten Saft der Zitrone und Alkohol unterrühren. Alles gut vermengen. Übrigens: Man sagt, es bringe Glück, das Mincemeat im Uhrzeigersinn zu rühren.
In saubere, trockene Schraubgläser füllen. Kühl und dunkel aufbewahren.

Mince Pies

Als Füllung für dieses traditionelle englische Weihnachtsgebäck braucht man ungefähr 600 g Mincemeat, entweder selbst gemacht oder fertig aus dem Glas.

Zutaten für den Teig:
375 g Mehl
260 g weiche Butter
125 g Zucker
1 Prise Salz
1 Ei
Milch zum Bestreichen
etwas Puderzucker zum Bestreuen nach dem Backen

Zubereitung:
Mehl, Butter, Zucker, Salz und Ei zu einem Teig verarbeiten. Den Teig 20 Minuten kalt stellen.
Die Hälfte des Teigs auf einer bemehlten Fläche dünn ausrollen und 24 Kreise mit einem Durchmesser von etwa 10 cm ausstechen. Ein Muffinblech einfetten und in jede Vertiefung einen Kreis legen.
Jede Vertiefung bis zum Rand mit Mincemeat füllen.
Die zweite Teighälfte ausrollen und 24 Kreise von etwa 7 cm Durchmesser ausstechen. Die Füllungen mit diesen kleineren Kreisen bedecken. Dabei die Ränder leicht anfeuchten und Ober- und Unterteile zusammendrücken, um die Mince Pies sorgfältig zu verschließen. Die Oberfläche der Mince Pies mit Milch bepinseln.
Bei 200 Grad (Ober- und Unterhitze) im vorgeheizten Ofen etwa 20 bis 25 Minuten backen, bis die Mince Pies goldbraun

sind. Auf einem Kuchengitter abkühlen lassen. Mit Puderzucker bestäuben.

Ergibt 24 Mince Pies.

Sausage Rolls

Zugegeben, englische Sausage Rolls, frei übersetzt Würstchen im Teigmantel, sind alles, nur kein Weihnachtsgebäck. Aber als Notlösung, wenn man Wurstbrät oder Mett anstelle von gehackten Trockenfrüchten und Nüssen zur Verfügung hat, waren sie in diesem Roman natürlich die Rettung.
In England sind Sausage Rolls nicht nur ein beliebtes Gericht als Fingerfood auf Partys, beim Picknick oder auch bei Kindergeburtstagen, man kann sie auch an der Fleischtheke in vielen Supermärkten kaufen.
Bei unseren Urlauben in England waren sie eine willkommene Ergänzung für den Mittagsimbiss bei einem Ausflug, denn Sausage Rolls schmecken auch kalt ganz köstlich. Neben den Cornish Pasties, die wir in Cornwall regelmäßig gegessen haben, und den Scotch Eggs bei unseren Ferien in Schottland haben Sausage Rolls einen festen Platz auf unserer Picknickspeisekarte.
Es gibt unzählige Rezeptvarianten, mit Unterschieden bei der Füllung und auch bei dem Teig, mit dem die Füllung ummantelt wird. Außerdem variiert die Größe. Wer Sausage Rolls als Fingerfood auf einer Party servieren möchte, wählt eine kleinere Größe, die man mit einem oder zwei Bissen aufessen kann. Sind die Sausage Rolls dagegen Mittelpunkt einer Mahlzeit, dürfen sie natürlich auch größer ausfallen.
Hier kommt unsere eigene Rezeptvariante, die für vier Personen ausreicht.

Zutaten:

450 – 500 g Blätterteig (tiefgefroren oder frisch aus dem Kühlregal)

200 g Kalbsbrät oder Bratwurstbrät
250 g Schweinemett
1/2 TL scharfes Paprikapulver
1 – 2 Knoblauchzehen
1 kleine Zwiebel
2 EL Semmelbrösel
2 Eier, eins davon in Eigelb und Eiweiß trennen
1 – 2 EL Milch
Salz und Pfeffer
Außerdem je nach Geschmack zusätzlich:
2 EL frischen Schnittlauch, in Röllchen geschnitten
1 EL Sesamkörner

Zubereitung:
Ist der Blätterteig tiefgefroren, werden die einzelnen Scheiben aus der Packung geholt und aufgetaut.
Der Backofen wird auf 200 °C (Unter- und Oberhitze/Umluft ca. 180 °C) vorgeheizt.
Die Zwiebel sehr fein hacken. Die Zwiebelstückchen, das Fleisch, die gepressten Knoblauchzehen, ein Ei, die Semmelbrösel sowie Paprikapulver, Salz, Pfeffer und die Schnittlauchröllchen in eine Schüssel geben. Alles miteinander verkneten. Einen Teelöffel voll Fleischteig in der Mikrowelle garen und probieren, danach eventuell den Fleischteig noch mit Pfeffer und Salz nachwürzen und daraus acht Würstchen rollen.
Hat man tiefgekühlten Blätterteig, müssen die einzelnen aufgetauten Scheiben noch etwas größer ausgerollt werden. Den frischen Blätterteig auseinanderrollen und 8 gleich große Vierecke schneiden.
Jede Fleischteig-Rolle wird einzeln in Blätterteig eingeschlagen. Die Teigkanten werden mit etwas Eiweiß bestrichen, dann halten sie beim Backen besser zusammen. Die Sausage Rolls bleiben an den beiden Schmalseiten offen.

Die fertigen Sausage Rolls werden mit der Teigkante nach unten auf ein mit Backpapier ausgelegtes Backblech gelegt.
Das Eigelb verquirlt man mit einem oder zwei Esslöffeln Milch und bepinselt damit die Sausage Rolls. Das sorgt dafür, dass sie eine goldbraune Farbe bekommen. Wer möchte, kann noch ein paar Sesamkörner darauf streuen, aber das ist Geschmackssache. Die Sausage Rolls müssen dann bis zu 30 Minuten backen. Es hat sich als nützlich erwiesen, nach 20 Minuten schon mal einen Blick in den Ofen zu werfen – jeder Ofen ist schließlich anders.
Wie gesagt: Sausage Rolls sind warm oder kalt ganz köstlich. Man kann sie pur essen oder mit Kräuterquark oder einer Schafskäsecreme servieren.

Weiße Winter-Kaffeeküsse

Das kleine Café an der Mühle ohne Kaffeeküsse? Unvorstellbar. Hier verraten wir euch ein altes Lieblings-Familienrezept.

Ergibt ca. 50 Stück

Zutaten:
300 g Mehl
150 g Butter
1 Ei
3 EL starker, kalter Espresso
75 g Zucker
200 g weiße Kuvertüre
50 g Sahne
50 Mokkabohnen aus Schokolade als Verzierung

Zubereitung:
Mehl, Butter, Ei, Espresso und Zucker verkneten. Zugedeckt in einer Schüssel für 1 Stunde kalt stellen.
Kuvertüre in Stückchen schneiden. In der Mikrowelle vorsichtig bei 400 Watt erwärmen, bis sie halb geschmolzen ist. Die Sahne kurz aufkochen. Vom Herd nehmen. Die Kuvertüre dazugeben und glattrühren. Die Creme zum Abkühlen beiseitestellen.
Den Mürbeteig auf einer bemehlten Fläche ca. 3 mm dick ausrollen. Plätzchen ausstechen (wir nehmen am liebsten die kleine Herzchenform ☺). Auf einem mit Backpapier belegten Blech bei 175° Ober- und Unterhitze ca. 10 bis 12 Minuten backen. Die Plätzchen auf einem Rost abkühlen lassen.
4 EL von der Creme in einen Spritzbeutel füllen und beiseite-

legen. Mit der übrigen Creme je 2 Plätzchen zusammensetzen. Auf jeden Doppelkeks wird nun noch ein kleiner Klecks Creme gespritzt und mit einer Schokoladen-Mokkabohne verziert.

Nachwort und Danksagung

In unsere Romane lassen wir immer gern einige Zitate einfließen.

Das Zitat gleich zu Beginn des Buches hat uns besonders gut gefallen. In vielen Quellen wird für diesen Satz Friedrich Nietzsche als Urheber genannt. Es gibt aber berechtigte Zweifel, ob der Satz wirklich von ihm ist. Ist es also ein Falschzitat? (siehe dazu: https://falschzitate.blogspot.com/2020/10/man-muss-das-leben-tanzen-friedrich.html, abgerufen am 31.03.2022)

Andererseits: Was macht das schon? Schön ist der Spruch auf jeden Fall. Also vielen Dank, Friedrich Nietzsche, oder danke an den unbekannten Autor, der ihm diese Worte in den Mund gelegt hat.

Unklarheit gibt es im Netz auch über das Zitat, das Henry gegenüber Karin erwähnt: Lebe wild und gefährlich.

Dieses Zitat wird oft sowohl mit dem österreichischen Schriftsteller Arthur Schnitzler als auch mit dem französischen Dichter Arthur Rimbaud in Verbindung gebracht.

Beides stimmt nicht: »Die Devise ›Lebe wild und gefährlich‹ hat nichts mit Arthur Schnitzler und Arthur Rimbaud zu tun, sondern wurde von dem Hamburger Künstler und Schriftsetzer Artur Dieckhoff Anfang der 1980er Jahre für ein Plakat geprägt, das er wild an Hamburger Hauswänden anbrachte.« (https://falschzitate.blogspot.com/2018/08/du-fragst-was-soll-ich-tun-und-ich-sage.html, abgerufen am 29.08.2021)

Aber auch hier gilt: »Lebe wild und gefährlich« passte einfach großartig zu Henry, egal, von wem es nun wirklich stammt.

Auch wenn unsere Romane nie autobiografisch sind, fließen doch immer wieder eigene Erfahrungen und selbst Erlebtes in die Geschichten mit ein. So haben wir zum Beispiel sieben Jahre lang eine Tanzschule besucht. Sieben Jahre Tanzkurs – das verbindet, daraus sind Freundschaften entstanden. Einige fest, andere eher lose, aber es waren lauter schöne Begegnungen und Erinnerungen. Und so widmen wir dieses Buch Birgit und Jürgen, schon allein wegen Birgits unvergesslichem Ausruf, den wir auch verarbeitet haben. Wir widmen es Stefanie und Dietmar, Gundula und Jürgen, Heike und Dieter. Unser besonderer Dank aber gilt unserer Tanzlehrerin Sibylle Daumas, Schlosstanzschule Neuwied, die uns geduldig viele Jahre lang Tanzschritte und Figuren beigebracht hat und die viele Eigenschaften von Merle Brinkmann besitzt.

Die lebende Krippe ist keine Erfindung des Dorfvereins von Wümmerscheid-Sollensbach. Sie ist vielmehr die Hauptattraktion auf dem Weihnachtsmarkt in Andernach. Jahr für Jahr bauen die Mitglieder der Prinzengarde 1896 Andernach e.V. einen großen Krippenstall auf und inszenieren die Weihnachtsgeschichte, lebende Tiere inklusive – allerdings ohne ein Alpaka. Die lebenden Tiere waren viele Jahre lang das Highlight für unsere Söhne.

Bedanken müssen wir uns auch bei der Freiwilligen Feuerwehr Andernach, die uns bereitwillig Auskunft über das Löschen eines kleinen Zimmerbrandes gegeben hat. Sollten uns hier Fehler unterlaufen sein, liegen diese ganz allein bei uns.

Unsere Freundin Irene Haller hat uns geholfen, die Oreschki zu backen, wir durften dafür sogar ihren Nussbäcker ausleihen. Und sie hat dafür gesorgt, dass Igor keine Fehler macht, wenn er gelegentlich Russisch spricht. Falls doch etwas falsch ist, liegt es ganz allein an uns. Danke, Irene!

Bei Bianca Pehlivan-Alt bedanken wir uns für die fachliche Unterstützung bei allen Fragen zur Organisation einer Kita und zur frühkindlichen Erziehung.

Zuspruch, dieses Buch zu schreiben, erhielten wir von unserer Agentin Anna Mechler, die uns bei allen Vertragsverhandlungen und Verlagsfragen den Rücken frei hält, sodass wir uns auf die Geschichten konzentrieren können. Eine bessere Agentin als dich kann man sich nicht vorstellen, liebe Anna.

Bei Lübbe fühlen wir uns wohl und geschätzt, das liegt vor allem an der tollen Zusammenarbeit mit dem Team von beHEARTBEAT. Ein großes Dankeschön an Lena, Stephan und all die anderen lieben Menschen, die wir dort schon kennenlernen durften.

Stichwort Zusammenarbeit: Hier verdient unsere Lektorin Dr. Clarissa Czöppan ein großes Lob. Die Zusammenarbeit mit dir, liebe Clarissa, macht unheimlich Spaß.

Zum Schluss aber möchten wir uns bei allen Leserinnen und Lesern bedanken. Ohne euren Zuspruch und eure Begeisterung für unsere Geschichten wäre Barbara Erlenkamp nicht das, was sie heute ist. Wir sagen Danke – ihr seid die Besten!